Les Corps flottants

DU MÊME AUTEUR

ROMANS

Le Syndrome du golem, Le Dilettante, 2022
L'Assassinat de Joseph Kessel, Serge Safran, 2021
Quand nous étions des ombres, Intervalles, 2016
Libertalia, Intervalles, 2015
Notre-Dame des vents, Intervalles, 2014
Avec les hommes, Intervalles, 2013
Les Successions, L'Éditeur, 2011
Le Réprouvé, L'Éditeur, 2010
(réédité aux éditions J'ai lu en 2011)
OMICRoN, Ramsay, 2007

POÉSIE

Chants de partout et d'ailleurs, Librairie-Galerie Racine, 2000

THÉÂTRE

Faire bouillir le chevreau dans le lait de sa mère,
pièce coécrite avec Émile Brami, festival d'Avignon, 2012

Mikaël Hirsch

Les Corps flottants

le dilettante
7, place de l'Odéon
Paris 6e

ISBN 979-10-308-0104-0

Nos vies sont définies par la perte, mais c'est la perte de ce qui aurait pu être, la perte des choses dont nous n'avons jamais eu l'expérience.

Adam Phillips, *La Meilleure des vies*, 2013

La route sinuait dans la garrigue sans donner l'impression de mener quelque part. J'arrivai enfin là où le Luberon se prend pour le Colorado. Le parfum résineux des cyprès s'engouffrait par la fenêtre ouverte et les autocars quittaient maintenant ce canyon de pacotille pour retourner vers la ville comme des chenilles processionnaires. Coincé derrière les touristes, j'apercevais entre les arbres et sur le versant gauche de la combe les fameuses bavures d'ocre tandis que David Bowie égrainait en sourdine les paroles de *Life on Mars* à la radio.

L'après-midi touchait à sa fin, mais le Soleil était encore haut dans le ciel du mois d'août, éclaboussant le paysage d'une clarté insoutenable. Quelque part au-dessus du Pacifique, la Lune ébréchait pourtant le disque solaire et les circonstances de l'éclipse, aussi bien que la musique, me renvoyaient à un passé devenu étranger. J'aurais dû être ailleurs et si j'avais prétendu l'oublier jusque-là, installé dans le déni et la routine, les échéances astronomiques se chargeaient de me rappeler à l'ordre. En d'autres temps, j'avais juré d'aller en Amérique voir cette ombre traverser le continent de part en part, comme on fait un serment d'amour que la vie se charge pourtant de démentir. La coïncidence n'en était que plus troublante, car l'alignement des astres s'avérait aussi prévisible que les sentiments s'étaient montrés volatiles. Par ignorance, j'avais tout mélangé, promis de voyager, promis d'aimer, mais l'existence en avait décidé autrement. J'avais dû choisir à un moment ou à un autre. Ainsi, j'allais dormir seul cette nuit-là au pied du plateau d'Albion, plutôt qu'à Portland ou Nashville et dans les bras d'une femme. Je ne pouvais m'en vouloir, mais le fait de n'avoir pas tenu parole était sans doute moins amer que celui d'être aujourd'hui le seul à m'en souvenir. Dix-huit ans et dix jours s'étaient écoulés. Le jeune homme que j'avais été aurait pourtant adoubé l'adulte que j'étais devenu, ce dernier ayant beaucoup sacrifié aux rêves très exigeants d'un adolescent qui m'apparaissait désormais comme un peu tyrannique. Ainsi, j'avais renoncé à l'amour, au confort et me consacrais uniquement à mesurer le poids du ciel.

La plus grande part de ce qui existe reste invisible et ne se manifeste que par sa gravité. Si toutes les étoiles ne représentent en réalité qu'une infime partie de la masse de l'univers, il doit donc y avoir quelque part une matière noire qui pèse dans les cieux sans pour autant se laisser appréhender. Certains croient à l'existence d'objets monstrueux et d'autres, dont je fais partie, à des particules exotiques qui traverseraient la matière sans même interagir avec elle. On raconte qu'Archimède de Syracuse apprit à discerner la composition d'un objet rien qu'en observant le volume d'eau qu'il déplaçait dans un récipient gradué. L'or pur n'en était pas en fin de compte et le roi Hiéron, commanditaire du savant grec, s'était donc fait refiler une couronne en toc. Il m'arrivait parfois, moi aussi, d'imaginer un moyen de plonger l'univers tout entier dans un liquide afin d'en percer la véritable nature. Si l'or massif n'était en réalité que de l'argent doré, la matière dans sa totalité n'est pas non plus ce que l'on croit, mais une arnaque divine et c'est bien pour exposer cette escroquerie au grand jour que j'allais me cacher dans les profondeurs de la Terre.

Je traversai Rustrel sans même un coup d'œil au château et me garai sur le parking à flanc de falaise. La stridulation assourdissante des cigales supplanta aussitôt le bruit du moteur. Avec ses allures de friche industrielle, le laboratoire était en réalité un vestige de la Guerre froide. On avait enfoui cette cathédrale de béton sous la montagne comme les premières églises des catacombes romaines. À l'extérieur, les installations avaient tout l'air d'un puits de mine désaffecté. La rouille le disputait au ciment lézardé et j'avais désormais peine à croire que des militaires se fussent relayés dans ces installations pendant trente ans avec une régularité de métronome. Les tours de garde s'étaient succédé, formels et invariables. Il avait pourtant suffi d'un moment d'inattention, les hommes ayant tourné le dos à leur création monstrueuse, pour que la nature s'en empare.

Je passai la lourde porte blindée, traversai l'ancienne conciergerie et enfourchai un vélo sous le grésillement des néons blafards. La galerie n'était qu'un boyau nu et grisâtre dont l'extrémité semblait se perdre dans les profondeurs. L'eau d'infiltration suintait par endroits et de minuscules stalactites se formaient déjà au milieu du plafond. Le trop-plein qui n'avait pas coulé goutte à goutte se ramifiait alors sur les parois voûtées en varices plus ou moins roses. Dans cette grotte à l'usage de l'homme, la géologie se moquait des artifices et les minéraux se déposaient aussi bien, avec la même patience infinie, que dans les gorges creusées par des torrents. Ils finiraient d'ailleurs par dessiner des draperies rouges et blanches au fil des millions d'années.

Après quelques centaines de mètres, le couloir obliquait soudain à angle droit puis reprenait son parcours rectiligne. La chicane était destinée à dévier le souffle d'une explosion nucléaire. Des galeries profondes et sans issue devaient recueillir en cas de besoin le trop-plein d'énergie libéré par la déflagration d'un missile soviétique. La puissance décharnée des lieux, ainsi que leur brutalité utilitaire, se trouvait amoindrie par la constance de la nature, comme si toute la volonté des hommes n'était rien face à l'obstination aveugle de l'eau de pluie. Par endroits, l'éclairage défaillant livrait le tunnel à l'obscurité que balayait alors le faisceau de mon phare.

J'avais passé de longues heures à traquer les vestiges de mon passé sur Internet, accumulant des détails insignifiants sur ceux qui avaient compté dans ma jeunesse. Les réseaux sociaux que je fréquentais en voyeur m'apparaissaient comme ces vitrines de grands magasins qui mettent en scène la beauté et l'abondance en période de fêtes. On n'y trouvait jamais aucune trace des drames qui émaillent pourtant l'existence. Tout le monde semblait avoir réussi. Les anciennes maîtresses souriaient de toutes leurs dents, les anciens amis posaient avec leurs enfants, traces d'une vie mouvante, d'un monde flottant. Walter Kerven enseignait maintenant la physique des particules à Toronto. Miranda Falke, qui avait été l'épicentre de mon adolescence, était devenue ergothérapeute et mère de famille à Angers.

Je l'observais à distance et ne supportais pas de la voir se flétrir, comme ces stars de cinéma dont l'image ne change pas au gré des rediffusions et se voient nier le droit de vieillir par leurs admirateurs. Après toutes ces années, elle apparaissait encore comme le mètre étalon de ma vie sentimentale. Ces divagations virtuelles au pays des souvenirs confinaient au ressassement et prenaient l'allure d'une collection. J'épinglai alors ces *memento mori* brillants et colorés comme des papillons préservés pour toujours de la corruption du monde dans une boîte entomologique. Je tapais mon nom dans un moteur de recherche et voyais apparaître les articles et les contributions scientifiques dont j'étais si fier, me demandant toujours ce qu'une ancienne connaissance aurait pu penser de moi à la lecture de ces pages. Dans quelle mesure ces informations, que je filtrais avec soin, pouvaient renseigner qui que ce soit sur ce que j'étais vraiment. Qui pouvait bien être cet astrophysicien du nom d'Isaac Bahir, sinon une partie très incomplète de moi-même? Les autres pouvaient-ils aussi se résumer, comme on essayait de me convaincre, à une image factice de la joie? La technologie empêchait d'oublier et je pouvais savoir en temps réel où se trouvaient ces anciennes amours dont la simple existence avivait chez moi une blessure jamais refermée. Ce n'était pas tant l'idée du bonheur des autres qui m'était insoutenable, mais celle qu'il puisse advenir sans moi, dans une sphère dont j'étais absent et souvent du fait de ma propre volonté. Je m'étais retiré de la vie d'autrui, soustrait au regard et aurais voulu que cette retraite en un lieu inaccessible soit une cause de souffrance pour la majorité. Bien au contraire, personne ne semblait avoir remarqué ma disparition. J'avais le sentiment de n'avoir pas compté, tandis que tous les autres, jusqu'aux relations de travail, m'avaient marqué de façon permanente. À bien y réfléchir, j'avais toujours quitté les femmes que j'avais aimées dans l'espoir un peu vain de susciter le manque. J'avais considéré celui qui reste comme le faible dont l'image s'affadit, et le salaud qui s'en va sans crier gare comme un être susceptible de rester dans les mémoires. Le monde entier avait pourtant l'arrogance de continuer à vivre sans moi.

Au temps du lycée, j'étais de ces inadaptés à la vie en groupe que les filles évitent comme une maladie honteuse et que les garçons brutalisent pour passer le temps. Afin d'échapper à cette malédiction, je maltraitais aussi de plus faibles que moi lorsque, par chance, la violence ou les moqueries s'abattaient sur d'autres que le destin accablait plus encore. Ne montrant aucune solidarité à leur égard, je profitais plutôt de la situation pour me venger du sort et dans le secret espoir de voir ma lâcheté récompensée par les plus mâles. Ma traîtrise était pourtant vaine et jamais ces brimades et ces quolibets ne m'attirèrent quoi que ce soit de valorisant, sinon une honte qui m'afflige encore aujourd'hui.

Éric Benedetti était de ces parias qu'une timidité et une sensibilité extrêmes rendent impropres à la survie en milieu scolaire. Souvent je me reconnaissais en lui, mais plutôt que de tendre la main à cette victime désignée, je l'insultais avec le groupe afin d'échapper à son malheur. Beaucoup plus tard, j'appris qu'il avait tenté de mourir à plusieurs reprises, n'évitant la mort que d'extrême justesse, et cette découverte m'empêcha de dormir pendant des semaines. Je ne bénéficiais pas de l'inconscience des brutes, alors que je m'étais comporté comme elles.

Tentant d'échapper à ma condition, j'avais hérité de tous les inconvénients de la cruauté sans jamais bénéficier du moindre de ses avantages. Si je sais tout cela aujourd'hui, c'est que je l'ai lu dans un livre, car ce Benedetti est devenu écrivain. J'ai donc parcouru la longue description de son calvaire, puis de sa rédemption finale par l'écriture en tremblant de voir mon nom apparaître dans ses lignes. Je ne pouvais m'empêcher de tourner les pages, terrifié à l'idée qu'il y ait une justice pour les gens comme lui et fasciné par le fait que la littérature puisse être une arme de destruction massive. Je redoutais l'humiliation tout en souhaitant sans le dire que la vérité me lave enfin de ce sentiment de culpabilité que je trimbalais partout et en toute circonstance. En réalité, j'en ai conscience aujourd'hui, je crevais d'envie qu'il parle de moi et refermai donc son livre, pincé par l'amertume de la situation. J'avais été insignifiant jusque dans l'ignominie et personne, même mon souffre-douleur, ne se souvenait de moi.

Au bout du tunnel interminable, un nouveau coude brisait la perspective et masquait l'entrée de la capsule de tir. C'était une carlingue en acier trempé, suspendue à l'intérieur d'une caverne de béton. Sous cinq cents mètres de roches karstiques, la cage de Faraday ainsi constituée isolait ses occupants de toute perturbation extérieure. Elle pouvait encaisser les coups de boutoir d'un séisme ou résister au feu et aux radiations. À l'intérieur du bunker, et pendant des décennies, les officiers de la Force de frappe avaient attendu l'ordre présidentiel, assis sur des sièges de dentiste et scrutant l'éclat surnaturel de diodes électroluminescentes. On redoutait l'apparition d'un spectre sur l'écran noir et blanc du circuit fermé, la face blême du pouvoir acculé à la folie. Les hommes s'étaient repus de chiffres et de signaux, songeant aux codes qui ne manqueraient pas de mettre un terme à leur veille. Ils s'étaient entraînés aux exercices d'engagement, tirant pour de faux avec des armes bien réelles qui sommeillaient dans leurs silos d'acier. Tandis que les jours et les nuits se succédaient à leur insu et sans que le temps n'ait aucune prise sur eux, ils avaient guetté l'alarme comme d'autres, plus anciens, avaient redouté le son du tocsin. Ils s'étaient portés volontaires, désireux d'obéir et flattés par la responsabilité qui leur incombait. Bien sûr, ils auraient survécu, car l'ironie de la dissuasion veut que les seuls rescapés d'une catastrophe nucléaire soient justement ses instigateurs. Puis un beau jour, tout s'était arrêté. Les règles du jeu avaient changé sans qu'on y prenne garde. Les petits soldats avaient donc déguerpi, emportant tous leurs merveilleux colifichets et laissant derrière eux des kilomètres de galeries inutiles.

Je pénétrai dans le Saint des saints et refermai la lourde porte derrière moi. Comme à chaque fois, je sentis la présence des anciens occupants m'accabler de leurs certitudes. Enfoui au cœur de la montagne, j'étais maintenant coupé du monde, mieux qu'un navigateur en solitaire ou qu'un astronaute en perdition, à l'abri de la civilisation, mais aussi protégé de sa destruction éventuelle.

Le silence exerçait son emprise de manière totale et c'est bien cette absence de bruit qui m'intéressait au plus haut point. Le rayonnement électromagnétique régnant dans le caisson était quasi nul. Pour ne rien perturber, j'avais même laissé ma montre à quartz à l'extérieur. L'écoulement de l'eau dans les failles rocheuses et la circulation de mon sang étaient maintenant les seules mécaniques à l'œuvre dans un environnement où l'activité est proche du minimum théorique.

L'expérience consistait à créer des cibles. Les gouttelettes de gaz surchauffé restaient à l'état liquide dans un gel sous pression. Le passage éventuel d'une particule massive au travers de celles-ci devait provoquer une onde de choc, comme l'explosion d'une pomme sous l'effet d'un carreau d'arbalète. C'est la répétition de ces collisions éventuelles qui devait révéler l'existence d'une matière invisible. Le cataclysme infime était enregistré par des microphones hypersensibles. Il fallait enterrer les détecteurs afin d'éviter toute interaction avec le milieu cosmique et se servir de la montagne comme d'un filtre naturel. Tout le travail consistait à discriminer le son d'un événement particulier du bruit de fond pourtant réduit à presque rien. On traquait là des chimères, des centaures. Le matériel informatique était situé dans une pièce adjacente à la capsule, l'ancien mess des officiers. Tout fonctionnait de manière autonome durant des périodes pouvant aller jusqu'à trois mois consécutifs. Il me suffisait alors de passer de temps en temps pour vérifier l'étanchéité du système. Cette matière tant convoitée est dite noire, car elle n'émet pas ou peu de rayonnement, et j'en venais à établir d'étranges correspondances entre ma vie sentimentale et mon activité professionnelle. J'avais toujours eu la nette impression de ne pas faire le poids et en étais venu à chercher des corpuscules dont l'existence même fait aujourd'hui débat. J'étais passé à côté de quelque chose sans savoir quoi, comme les physiciens s'interrogent sur la nature imperceptible du monde. On constate aussi l'existence d'une énergie sombre par son influence sur la gravitation sans pour autant savoir ce que c'est, ni d'où elle vient. De la même manière, je découvrais les répercussions de décisions à peine formulées en leur temps, comme on subit les conséquences d'une réaction en chaîne. En toute circonstance, je cherchais la masse manquante.

Je m'assurai des différents branchements. Les bouteilles devaient rester hermétiques et je tirai avec délicatesse sur les tubes de plastique afin d'éprouver la solidité du montage, contrôlant ainsi la pression à l'intérieur du dispositif. Je m'assis sur la seule chaise de la pièce. C'était d'ailleurs l'unique objet purement fonctionnel dans un fatras d'expériences passées ou à venir. On venait là de partout pour étudier le magnétisme, la sismologie ou la mécanique des fluides. Derrière moi, une bombonne d'hélium liquide de la taille d'un homme et destinée à refroidir un appareil quelconque se dressait entre deux portes comme un colosse immobile. Je songeai au paradoxe de la situation. Je scrutais des bulles dans un abri antiatomique enfoui sous une montagne à la recherche des neuf dixièmes de la création qui échappent encore à l'analyse. Au lieu de lever les yeux vers le ciel à la recherche d'un dieu hypothétique, comme tous les hommes depuis l'origine du monde, je baissais la tête, peut-être en signe d'humilité devant la tâche restant à accomplir. Sans y réfléchir, je fixai la cloison devant moi, grand aplat orangé noirci aux entournures par la poussière et l'humidité. Les ramifications toujours changeantes qui parasitaient mon œil droit profitèrent du fond monochrome pour ressurgir avec plus d'insistance. Mon ophtalmologiste m'avait pourtant bien dit de ne pas m'en inquiéter. Avec l'âge, des fragments du vitré baptisés « corps flottants » se décollent et divaguent dans le globe oculaire comme des algues à la dérive après une tempête en mer. Mon cerveau s'était habitué à leur présence et ne les distinguait plus qu'en de rares occasions, ou quand je décidais d'y fixer mon attention, regardant ces objets fantomatiques passer devant le ciel trop bleu ou les murs uniformes. Je voyais défiler des cortèges de spectres dont la forme oscillait entre le limbe d'une feuille et la toile d'une araignée prise de folie. Les rameaux se subdivisaient en réseaux asymétriques et semblaient portés par un courant comme les résidus d'un naufrage. Je pouvais les chasser à la périphérie de mon champ de vision d'un simple mouvement de la tête. Je les voyais alors caboter, emportés par l'inertie, tirant des bords dans mon crâne jusqu'à un littoral quelconque.

Je quittai la pièce en pesant de tout mon poids sur la porte blindée. Je laissai à main gauche les trappes étanches menant aux silos désormais vides. La première d'entre elles, à l'exception de toutes les autres, avait été soudée à son chambranle sans qu'on sache pourquoi. Une fois dans le mess, je m'installai devant l'ordinateur permettant de contrôler l'expérience. Je récupérai ma montre au passage et vérifiai l'heure sans y penser bien que cette notion fût assez abstraite dans un environnement privé de la lumière du jour. Je jetai un rapide coup d'œil aux enregistrements, vérifiant la permanence des collisions et leur nature énigmatique. Les filets dérivants d'une vieillesse prématurée occupaient maintenant tout mon espace visuel, se superposant à la réalité et m'empêchant de me concentrer sur les données accumulées. Je songeai un instant à ces jouets optiques du XIXe siècle qui associaient deux images distinctes pour en former une troisième. À travers les entrelacs, je regardai de nouveau ma montre qui semblait prise au piège comme un poulpe dans un casier de pêcheur. Il me suffit d'un rapide calcul pour songer une fois encore à l'éclipse. La réalité d'un événement si localisé était pourtant impossible à concevoir dans ma souricière autrement que sous la forme d'un postulat mathématique dont il faut croire les fondements sur parole et sans se poser de questions. J'imaginai la marche forcée de l'ombre dans les secondes qui précèdent la totalité, me souvenant de l'éclipse à laquelle j'avais assisté autrefois, si bien que ce qui suivit pourrait passer pour une simple réminiscence, sans que cela soit le cas le moins du monde.

De manière quasi imperceptible, les droites commencèrent à se déformer et je mis tout d'abord cette extravagance sur le compte de ma vision défaillante. J'étais seul sous la montagne sans personne à qui demander de l'aide, coupé de mes semblables et livré aux forces anciennes. Venais-je de trouver par accident ce que les premiers hommes étaient venus chercher sous la terre, s'enfonçant toujours plus avant dans les boyaux et dans les failles pour y laisser leur marque? L'angle droit que formait le mur avec le sol, les arêtes de la table sur laquelle j'étais accoudé ainsi que les contours de l'écran s'arc-boutèrent pour former une bulle dont j'occupais à présent l'espace central. Puis ce sont les couleurs qui se mirent à fondre et à dégouliner formant une sorte de magma, jusqu'à ce que des ombres, rien que des silhouettes, apparaissent sur les parois concaves de la sphère. Je les voyais danser, un peu anthropomorphes, mais bavant encore en traînées successives. Les militaires et les techniciens qui m'avaient précédé en ce lieu avaient-ils connu pendant leurs quarts de pareils moments de débâcle, jetant ainsi le discrédit le plus complet sur le concept même de dissuasion? Ce lieu était-il habité par un génie qu'il fallait apprivoiser par une offrande quelconque? Je crus perdre la raison en plus de la vue, cédant à la panique, dépossédé de mon corps aussi bien que de ma capacité de jugement. Je flottais maintenant dans une obscurité vague et rassurante, observant au travers d'une membrane translucide. Des formes décharnées gigotaient en tous sens, comme des peintures rupestres sont animées par les mouvements désordonnés d'une flamme. Tout un système veineux apparaissait au creux de la voûte et palpitait, clair-obscur. Et j'étais bien, en fin de compte, dans cet œil aux dimensions considérables avant que celui-ci ne reçoive sa toute première lumière, percevant des traces et des rémanences plutôt que des contours bien définis. Apprenant à voir, comme on apprend à marcher, petit à petit et me relevant sans cesse de mes anciennes erreurs, je finis par distinguer des visages avant de reconnaître des voix qui elles aussi m'avaient été familières. À la naissance, on m'avait tiré vers la lumière contre mon gré et j'avais cru que ce monde-là était celui de la vérité, mais j'en doutais à présent. Aucun effort ne m'était demandé, la mémoire n'ayant rien de commun avec ce spectacle qui m'était offert. Il ne s'agissait pas non plus d'une hallucination. Je n'avais pas besoin de convoquer une fois encore les redites et les imitations plus ou moins fidèles, car enfin je voyais.

PREMIÈRE HYPOTHÈSE

Imagine encore que cet homme redescende dans la caverne et qu'il aille s'asseoir à son ancienne place ; dans ce passage subit du grand jour à l'obscurité, ses yeux ne seront-ils pas comme aveuglés ?

Platon, *La République*, 385-370 av. J.-C.

Débarquant du train dans la cohue estivale et sous la pression de centaines de curieux venus de la capitale, les jeunes gens jaillissaient de la petite gare de province et inondaient la ville. Walter menait le cortège, mal peigné, arborant son éternel tee-shirt Nirvana. Miranda courait derrière lui, débraillée d'avoir somnolé dans le couloir du wagon, mais regardant partout autour d'elle, inspirant l'air de la mer à pleins poumons et rayonnant de cette assurance tranquille qui, en toute circonstance, lui conférait une forme de noblesse.

Enfin, loin derrière et néanmoins exalté, c'est bien Isaac qui fermait la marche, et j'utilise ce prénom à dessein tant je ne peux dire « moi » dans cette situation, contraint de regarder la scène de l'extérieur comme un spectateur dans une salle de cinéma. Bien sûr, je me souvenais de tout, mais découvrais pour la première fois cette journée du 11 août 1999 par les yeux d'un chef opérateur absent et neutre. Non seulement je voyais, mais les pensées et les émotions de tout un chacun m'étaient aussi accessibles dans un flot bouillonnant et indescriptible que je mis un moment à apprivoiser. Les mouettes voletaient au-dessus des bassins, planant sur les voiliers à l'ancre, et je survolais moi aussi la scène.

Les trois amis s'aventurèrent sur des quais aux noms d'écrivains, délaissant la plage de galets et son casino, alors que des nuages sombres s'amoncelaient à l'horizon et qu'un vent frais balayait la rade. Juste avant la jetée qui bordait l'embouchure du chenal, ils posèrent leurs sacs contre un muret et dévorèrent des sandwichs à même le papier aluminium. La balise rouge trônait au bout du brise-lames envahi de curieux et la plage, immense et anthracite, qui s'étendait sous les falaises de l'autre côté du port, était animée en tous sens des mouvements de la foule. Partout, on entendait une clameur, comme un bourdonnement qui emplissait l'espace et montait jusqu'aux cieux dans l'attente de l'événement. Il régnait à Fécamp cette ferveur collective qui anime parfois les stades de football et les concerts de rock. Le disque de la Lune avait commencé à éroder celui du Soleil, mais il n'y avait rien à voir, car le ciel opaque et chargé de pluie empêchait toute observation du phénomène. Les populations avaient pourtant migré à travers toute l'Europe le long d'une ligne dictée par les éléments et formaient comme une longue chaîne humaine allant de la Normandie à la mer Noire. L'excitation se mêlait ainsi à la déception, car les chances de distinguer quoi que ce soit devenaient de plus en plus minces à mesure que le vent forcissait, à la limite du coup de tabac. Le caractère prévisible de l'alignement céleste était à rapprocher du caractère incertain du climat.

– Dix ans que j'attends ça et on va rien voir, soupira Isaac.

– Tu sais ce qui me fascine, déclara Walter de manière rhétorique, le diamètre apparent de la Lune est égal à celui du Soleil. Bien que la Lune soit quatre cents fois plus petite, elle est aussi quatre cents fois plus près de nous. Ni plus ni moins. La Lune s'éloigne de la Terre de quelques centimètres par an, si bien que les éclipses totales n'existaient pas il y a un million d'années et qu'elles n'existeront plus dans un million d'années. La Terre est la seule planète connue où se produisent des éclipses totales et c'est aussi la seule planète habitée par des créatures susceptibles de les regarder. Quand l'homme n'existait pas, il n'y avait rien à contempler, et quand l'homme n'existera certainement plus, ce phénomène disparaîtra, comme s'il nous était destiné.

– Fais attention, tu deviens mystique. En attendant, il aura suffi d'un simple nuage pour tout foutre en l'air, jusqu'à la place de l'homme dans l'univers telle que tu la conçois.

– Il paraît, ajouta Miranda, que l'alignement parfait de la Lune et du Soleil représente une accumulation de masses susceptible de contrecarrer l'attraction terrestre de manière très localisée. Les organes du corps humain baignant dans du liquide, on se sent légèrement flotter pendant la phase de totalité.

Walter éclata de rire.

– En Chine, on dit aussi que c'est un dragon qui dévore le Soleil, ajouta-t-il.

– Eh bien, moi, j'y crois, affirma Miranda, et ça n'est pas plus idiot que ta théorie de la prédestination.

– Je veux bien croire à tout ce que vous voulez, conclut Isaac, la coïncidence qui n'en est pas une, la place particulière de l'homme dans l'univers, les organes qui flottent dans l'abdomen et même qu'un dragon chinois est en train de dévorer le Soleil tout cru, pourvu qu'on puisse enfin voir quelque chose.

La lumière qui avait un peu décru à cause du front nuageux se mit à décliner de manière subite comme sous l'effet d'un variateur et la colonne d'ombre immense et menaçante apparut sur la mer, fonçant vers la côte deux fois plus vite que le son. L'arrivée de cette masse d'air froid fendit les nuages comme un scalpel et le Soleil apparut derrière un voile qui finit par se déchirer tout à fait. Le crépuscule vira au surnaturel. Les falaises de craie se chargèrent d'une humeur violacée tandis que la plage de galets tournait au vert-de-gris. La tache noire et gigantesque submergea le ressac, se ruant vers le port pour l'engloutir. Le Soleil semblait rongé jusqu'à l'os. Isaac regarda Miranda et sa peau était à présent celle d'un cadavre, blême et glauque tout à la fois. Ses traits étaient soulignés de manière lugubre. Soudain, une nuée de filaments noirs se mit à ramper sur le sol comme autant de serpents terrifiants. C'étaient les « ombres volantes » que provoque la diffraction de la lumière raréfiée dans l'atmosphère terrestre. Un dernier éclat plus brillant que les autres sembla jaillir du bord du Soleil comme un ultime soubresaut d'activité avant l'agonie. Les rayons de l'astre passaient en réalité dans les vallées lunaires, se heurtant aux pics et aux chaînes de montagnes avant de parvenir jusqu'au sol de la terre en un scintillement de diamant. Un cri de stupeur s'éleva de la foule, puis ce fut le silence complet. Les deux engrenages se superposèrent alors comme on emboîte des pièces conçues pour être assemblées. La couronne apparut, vaste anémone de clarté diaphane qui étendait ses pétales fins comme des pinceaux dans le ciel obscur. Mercure et Vénus brillaient de part et d'autre de cet œil évidé, trou béant qui semblait fixer chacun des spectateurs. C'est alors qu'un ourlet de sang émergea de la nuit, entourant le Soleil devenu noir. Isaac entendit très distinctement la mélopée rythmique d'un orchestre, les cordes d'un violon que l'on frappe avec le bois de l'archet. Beaucoup plus tard, il identifierait ce motif comme étant un extrait des *Planètes* de Gustav Holst, alors qu'il ne connaissait pas ce morceau et n'entendait sans doute que les palpitations de son cœur qui battaient ses tempes *ostinato*. La musique des sphères était donc une réalité pour qui voulait bien l'entendre. À l'horizon, la lumière du plein midi illuminait la mer, alors qu'à l'intérieur du cercle régnait une nuit maladive et cosmique. Et tous ressentirent ce flottement auquel il était pourtant difficile de croire, marée montante qui leur soulevait la poitrine. Suspension dans l'éther sans commencement ni fin. Puis la lumière revint, sans que l'on puisse dire si l'étrange lévitation avait duré un an ou juste une minute et les observateurs, désespérés d'avoir atteint les limites de la gloire et de la beauté, convaincus d'avoir touché du doigt l'acmé d'une vie banale, essuyèrent des larmes de dépit. La colonne d'ombre poursuivait sa route vers l'est, laissant derrière elle des populations désemparées. Rien n'était plus grandiose que ce spectacle sans doute destiné à être observé, et rien n'était plus fugitif, comme si l'émerveillement devait être limité dans sa durée.

Les nuages ne s'étaient amoncelés que pour soutenir l'intensité dramatique et disparurent une fois la représentation terminée. Les mouettes qui étaient parties se coucher reprirent leur déambulation molle dans un ciel devenu bleu et la chaleur du mois d'août revint cuire les galets de la digue. Tous étaient silencieux, murés dans une sorte d'isolement pudique, et Miranda, qui avait pourtant la manie d'agacer Walter avec ses attentions, se tenait sur la réserve, parcimonieuse pour une fois de ses habituelles marques de tendresse. Ils se regardèrent malgré tout au bout d'un moment, comprenant qu'ils avaient partagé une sensation à nulle autre pareille et même Isaac, qui s'était toujours montré le plus sceptique et le plus rationnel de la bande, avait la nette impression de s'être trouvé un instant dans la main de Dieu.

Tout le reste de la journée, les jeunes gens déambulèrent dans la petite ville qu'ils ne connaissaient pas et dont ils ne se souviendraient pas, absorbés par l'expérience qui les avait réunis et séparés tout à la fois. Ils oublieraient le palais Bénédictine et les terre-neuvas, comme on efface de sa mémoire des informations parasites. En fin d'après-midi et alors que le train pour Paris n'était pas encore en gare, ils montèrent au sommet du cap Fagnet, empruntant la route du sémaphore. Les lacets grimpaient à flanc de falaise et la végétation décroissait avec l'altitude. Ils passèrent d'un sous-bois à la lande rase. Quittant la route, ils franchirent le parapet et s'aventurèrent au sommet de l'escarpement qui s'effritait sous les assauts du vent et tombait par pans entiers dans la mer turquoise. Au loin, la côte d'Albâtre miroitait dans la lumière vermeille. Sur leur passage, des nichées d'oiseaux mécontents s'envolèrent en poussant des cris de stupeur. Les jeunes gens s'approchèrent d'une ruine, un pan de mur situé en contrebas du terrain militaire et qu'ils avaient choisi pour cible. Une fois passés les bunkers délabrés, les fils de fer barbelés et les genêts encore en fleur, il y avait un éperon rocheux, cerné par la mer, comme l'étrave d'un navire immobile. C'est là qu'ils organisèrent la cérémonie. Miranda sortit de son sac la vieille boîte de Quality Street qu'ils avaient élue entre tous les contenants pour servir de capsule temporelle. Walter y enferma son canif de berger corse. Miranda y déposa le foulard qu'elle avait noué et qui conservait le parfum de ses cheveux. Isaac abandonna, non sans regret, son écusson de la mission Apollo 17, la plus intéressante selon lui. Babioles et fanfreluches pour certains, joyaux de la Couronne pour les autres, car il s'agissait bien là d'un royaume qu'on croyait inexpugnable, empire de rêves et de désirs. Il fallait que le geste soit douloureux pour avoir un sens quelconque, comme on s'entaille avant de se serrer la main pour devenir frères de sang. Ils ajoutèrent la lettre qu'ils avaient tous signée et qui les invitait à se rendre ensemble aux États-Unis en 2017 pour voir la même éclipse se reproduire à peu de chose près de l'autre côté du monde. Dix-huit ans et dix jours plus tard, le Soleil, la Terre et la

Lune reproduiraient la même géométrie, bouclant ainsi une phase de ce qu'on appelle aujourd'hui un « saros ».

– J'imagine que c'est ce qui compte, déclara Isaac.

– Quoi, demanda Walter ?

– Abandonner quelque chose pour se créer un souvenir, même si c'est paradoxal.

– Qu'est-ce que tu veux dire ?

– Un souvenir est quelque chose que l'on conserve, pas un objet que l'on abandonne, mais en ce qui nous concerne, il faudra penser à l'absence pour se rappeler cette journée. Je ne sais pas qui a eu cette drôle d'idée.

– C'est justement toi, répondit Miranda.

Le futur leur paraissait être une masse informe et malléable qui ne demandait qu'à être triturée pour tenir ses promesses, plutôt qu'un obstacle auquel il leur faudrait s'adapter, comme un fleuve voit sa course arrêtée par un massif résistant et doit infléchir sa trajectoire pour aller à la mer. Walter embrassa Miranda avec une volupté salace, lui mettant la main aux fesses comme seuls les adolescents osent le faire sans honte. Il affichait ainsi sa propriété sur un territoire conquis tout en méprisant la pudeur et les bonnes mœurs. Elle ne fit rien pour l'en empêcher. Comme à chaque fois, Isaac aurait dû détourner le regard, mais ne put s'abstenir de contempler la scène avec un mélange de rancœur et d'envie. Il profita de l'occasion pour prêter un autre serment, celui de désirer cette fille qui ne voulait pas de lui jusqu'à en crever. Il fut ensuite désigné pour enterrer le butin. Pas besoin de carte pour retrouver le trésor. On se souviendrait bien sûr de l'endroit et d'ailleurs on se souviendrait de tout dans une forme d'arrogance propre à cet âge qu'on qualifie pourtant de tendre. Ils n'imaginaient pas un seul instant que les années passeraient en décapant leurs certitudes, comme le vent abrase les falaises et en révèle les strates. Il leur paraissait inconcevable d'oublier quoi que ce soit, imaginant avec naïveté que ce qui leur semblait capital le resterait toujours, n'ayant aucune conscience des changements qui les attendaient. Ils se recueillirent un instant, contemplant la boîte au fond de son trou sans bien comprendre qu'ils enterraient une part d'eux-mêmes de manière irrémédiable. Et le cadavre de leur jeunesse resterait bien là, à sa place, car personne ne viendrait jamais le chercher. Puis, ils rebouchèrent le trou, jetant à tour de rôle une poignée de terre grasse sur la boîte colorée. Des fragments de silex tintèrent sur le couvercle métallique. Déjà le couple redescendait main dans la main, entraîné par la pente, tandis qu'Isaac, toujours en retard, piétinait le monticule pour le rendre invisible. On avait consenti au rituel, à cause de l'éclipse et par superstition, mais il était désormais tabou d'en parler, et d'ailleurs le sujet ne fut jamais abordé par personne. Ils conservèrent longtemps un sentiment un peu honteux d'avoir ainsi entériné une réalité qu'ils pressentaient tous sans être capables de la formuler. Ils souhaitaient croire encore à la permanence du présent, à ce long printemps qui n'en finissait pas d'éclore, et ne voulaient en aucune façon se pencher plus avant sur ce qui les guettait.

Dans le train pour Paris, ils restèrent silencieux, embarrassés par cette gêne nouvelle qui s'était immiscée dans leur relation. Ils ne savaient si c'était l'éclipse ou la liturgie un peu païenne qui les mettait mal à l'aise. Le lien qui les unissait et dont l'origine restait obscure semblait se dénouer de manière inattendue. Ou bien était-ce la promesse qui, par son caractère engageant et formel, les forçait à déchanter pour la toute première fois ?

Les deux garçons s'étaient connus quelques années plus tôt sur les bancs de l'école et avaient entamé une forme d'association qui s'était avérée profitable. Bien que d'un physique ordinaire, Walter avait cette assurance auprès des filles qui lui conférait un statut à part chez les boutonneux et les forts en thème. Il était alors le chef naturel de toute une tribu de frustrés qui finiraient un jour par diriger la France et se vengeraient ainsi de l'ostracisme dont ils avaient été victimes. La liste de ses conquêtes était aussi longue qu'improbable et celles qui n'y figuraient pas encore semblaient mues par une forme d'hystérie collective, comme les lemmings se jettent en masse du haut des falaises. Isaac, qu'une timidité maladive avait jusque-là soustrait aux mystères de la gent féminine, éprouvait une fierté indicible à lui servir d'acolyte. Assister aux aventures de son mentor lui avait donc permis de découvrir un monde insoupçonné, dont les portes étaient pourtant restées closes. Spectateur de la vie des autres, il avait plongé dans une forme de dépression larvée.

À cette époque, et travaillant d'arrache-pied dans la perspective des concours, Isaac songeait souvent au sort du malheureux Éric Benedetti dont il connaissait la solitude sans savoir encore que celui-ci finirait par tout raconter pour échapper au suicide. Isaac partageait alors sa vie entre les khôlles et les rendez-vous galants de Walter. Par nécessité, il devenait parfois le confident de jeunes filles soudain délaissées. Il recueillait ainsi les larmes et jurait d'intercéder en faveur des plus faibles qui sanglotaient dans ses bras, tandis qu'il tentait avec maladresse de dissimuler une violente érection. Il avait bien tenté quelquefois de profiter de la situation, mais s'était toujours heurté à un mur d'incompréhension, passant pour un satyre et le dernier des salauds. N'était-il pas en réalité le mauvais génie dont l'influence délétère, quoique discrète, devait expliquer le soudain revirement de l'innocent Walter ? Ce dernier, désinvolte, ne revenait jamais sur sa décision, mais il paraissait vain de vouloir l'expliquer à celles qui jonchaient le passage du séducteur comme autant de pertes humaines tombées au champ d'honneur. Le succès indéniable du jeune homme auprès des femmes restait un mystère qu'Isaac tentait de percer. De Walter émanait une lumière dans laquelle il faisait bon évoluer et dont on ne supportait pas l'absence une fois celle-ci évanouie. Isaac semblait être le seul à se maintenir dans ce halo d'estime, et certaines favorites oubliées, plus perspicaces ou observatrices que les autres, l'enviaient parfois de jouir ainsi de cette permanence.

Walter Kerven avait tout du play-boy et cultivait presque malgré lui certaines singularités. Il pilotait de petits avions de tourisme pour se distraire et chérissait un lignage dont l'origine se confondait avec les légendes arthuriennes. Comme ses ancêtres de la Roche Goyon avaient bâti Fort-la-Latte dans les Côtes-d'Armor, il ne manquait jamais de revendiquer sa propriété ancestrale sur le moindre caillou d'origine bretonne. Isaac évoluait dans ce sillage, comme les petits poissons qui profitent du flux généré par la masse d'un grand squale et se nourrissent des reliefs laissés par le prédateur. En échange, il servait de répétiteur à Walter, lui permettant de rattraper le retard accumulé lors de ses virées nocturnes, car il était meilleur élève et n'avait que le travail pour occuper son temps libre. Il n'est pas non plus exclu que Walter ait eu des ambitions pour Isaac, ayant à plusieurs reprises essayé de lui refiler une soupirante éconduite. En dépit de cette bonne volonté, le pauvre garçon semblait indécrottable et les stratagèmes sentimentaux voués à le déniaiser échouaient tous de manière lamentable tant il était une caricature de premier de la classe. On lui promettait une carrière académique, tandis qu'il se voyait pendu dans sa thurne, consumé de l'intérieur par le désir inassouvi et l'indifférence des femmes.

Tout ceci aurait pu continuer jusqu'à la rue d'Ulm, et nul ne se souvenait plus des circonstances précises de la collision, mais il avait fallu que Walter rencontrât Miranda. Elle était apparue dans leur vie comme par enchantement et avait assagi le tombeur au premier coup d'œil. Exerçant un charme souverain, elle avait choisi d'ignorer le passé de Walter, traitant ce qui l'avait précédé par le mépris le plus complet. Isaac jouait depuis lors le rôle d'amer, comme si les deux autres avaient eu besoin d'un point fixe resté sur la rive pour leur servir de repère. En réalité elle s'appelait Sabine, mais ne répondait qu'au nom de Miranda à cause de l'épicerie « Miranda service » que tenaient ses parents à Limeil-Brévannes. Il est vrai qu'elle se sentait parfois dans l'obligation d'apporter son aide lorsque les circonstances l'exigeaient sans savoir si cette propension était liée le moins du monde à une forme d'atavisme familial. De l'épicerie, elle méprisait à peu près tout. Ce sobriquet, tout d'abord désobligeant, qui lui collait à la peau et dont l'avaient affublé les enfants de son quartier, était pourtant devenu un étendard le jour où elle avait découvert qu'il désignait la fille du magicien Prospero dans *La Tempête* de William Shakespeare. Cette trouvaille littéraire avait décidé de son sort, la poussant de façon irrémédiable dans la voie des études. En la voyant, Isaac songeait plutôt à la cinquième lune d'Uranus, un astre inaccessible et brillant, dont un seul hémisphère a été cartographié. Pourtant issue d'un milieu populaire, elle s'était hissée jusqu'à la khâgne par défi et montrait en tout point sa supériorité. Toutefois, ce parcours l'avait coupée de ses origines et de sa famille sans lui permettre d'accéder à la bourgeoisie. Le talent et la volonté l'avaient propulsée au cœur du *no man's land* de la méritocratie française dans lequel les pauvres sont éclairés un moment par la culture avant d'être remis pour de bon à leur place. Son intelligence la condamnait à l'enseignement, seule voie possible pour ces transfuges sociaux dont on se méfie toujours un peu, car ils ont déjà trahi une première fois. Elle irradiait cependant, au pinacle d'une beauté quasi douloureuse, seule femme véritable au milieu des jeunes filles. Sa silhouette gracile et ses lèvres pulpeuses trahissaient une sensualité sûre d'elle-même qui ne virait jamais au narcissisme. Elle brillait sans le savoir, comme ces éphémères qui vont bientôt mourir et accomplissent par conséquent leurs tâches essentielles sans angoisse ni remords. En toute circonstance, elle montrait un aplomb et une aisance hors du commun, balayant les critiques sans même un mot de malveillance, car elle était aussi douée d'une forme de bonté charismatique.

Ils arrivèrent à Saint-Lazare après un franchissement tortueux des banlieues et des campagnes. Tout le long du parcours, ils étaient restés mutiques, absorbés par leurs pensées. La nuit était tombée peu avant Rouen sur les cheminées d'usines et la lumière artificielle du wagon plongeait l'extérieur dans une obscurité opaque. On ne voyait plus rien que son propre reflet dans la vitre et le rougeoiement périodique des enseignes au néon. Ils ne voulurent pas se quitter ainsi, sur un quai de gare, et décidèrent de prolonger cette journée particulière. Ils se rendirent donc chez les parents de Walter qui étaient en villégiature sur les plages immaculées de Formentera.

Le grand appartement du boulevard Arago avec ses pièces en enfilade et ses couloirs démesurés avait des allures de cathédrale désertée par les fidèles. Miranda avait emménagé là pour l'été, laissant traîner ses affaires un peu partout, et l'exposition inattendue de cette intimité sema le trouble chez Isaac qui dut disperser les sous-vêtements pour s'asseoir sur le canapé. Jamais il n'avait été aussi proche d'une femme et se rassasiait par conséquent de cette proximité. Il étudiait les gestes de l'amour, ses paroles et ses attitudes, se forgeant ainsi une contenance de comédien. Il était amoureux et s'était persuadé qu'il comprenait mieux Miranda que quiconque, y compris Walter. Néanmoins, il se savait dépourvu de cette assurance qui lui aurait permis de rivaliser. Amputé de cette aptitude, il souffrait jour après jour de vivre par procuration.

La solitude affreuse qui avait été la sienne et à laquelle il avait fini par s'habituer était maintenant remplie par cette présence dévorante qui rendait la douleur plus aiguë. Bien sûr, il était toujours vierge. Cette situation l'acculait au suicide à mesure que les années d'apprentissage s'évanouissaient, ne lui laissant plus aucune excuse. Il vieillissait et devenait un homme sans pouvoir en être un.

Miranda saisit la télécommande de l'énorme chaîne hi-fi et l'introduction de *Life on Mars* retentit dans la pièce. Walter leva les yeux au ciel et se versa un cognac. La lumière du plafonnier traversait la carafe en cristal et imprimait sur son tee-shirt noir un éclat stellaire. Isaac alluma la télévision et regarda les images de l'éclipse encore et encore, passant d'une capitale à une autre, traversant les pays et mesurant l'étendue de la déception, car le mauvais temps avait privé la plupart des observateurs du spectacle. Ils ne savaient que tirer de leur expérience commune dont l'utilité leur paraissait contestable et se sentaient comme ces personnages bibliques qui sont appelés par le Seigneur, mais refusent d'écouter, ou fuient dans l'espoir de semer un destin trop grand pour eux. « Lève-toi, va à Ninive » avait entendu Jonas avant de partir pour Jaffa et de passer trois jours et trois nuits dans le ventre d'un grand poisson. On avait beau tout connaître, tout comprendre et prédire la conjonction à la seconde près, l'éclipse conservait sa part de mystère irréductible et tous songeaient à l'effroi atavique qu'ils avaient ressenti dans les secondes précédant l'obscurité, comme si la disparition du Soleil en plein jour ne pouvait être naturelle. La peur irrépressible les avait renvoyés malgré eux dans les cavernes, à l'époque où la simple survie dépendait des éléments et de leurs caprices tyranniques.

Miranda fredonnait doucement l'air de David Bowie. Walter était retombé dans l'aphasie qui l'avait caractérisé durant tout le trajet et Isaac prétendait s'intéresser aux nouvelles. Si sa position d'écuyer ne l'avait pas vraiment dérangé jusqu'alors, dormant sur la paille humide et astiquant l'armure de Walter durant la nuit, il découvrait à quel point cette vocation de sous-fifre lui était à présent intolérable. La confrontation intime aux forces de la nature lui avait permis d'entrevoir sa propre singularité.

La nuit avançait et Walter, qui n'avait pas décroché un mot de la soirée, finit par aller se coucher, emportant le cognac avec lui. Dans la pénombre du couloir, le flacon lança ses derniers feux, éclaboussant les murs d'étincelles ambrées qui disparurent une fois claquée la porte de la chambre. La musique s'était arrêtée depuis longtemps, mais Isaac ne prit conscience du silence qui régnait dans la pièce qu'à ce moment précis. La présence de Miranda s'imposa comme une forme nouvelle de souffrance. Assis au bout du canapé, il lissait avec frénésie les jambes de son jean pour occuper ses mains. N'en pouvant plus, il jeta un regard furtif à celle qui se trouvait de l'autre côté de la table basse et découvrit qu'elle le regardait sans ciller, comme pour mieux le jauger. Il avait toujours été incapable d'interpréter l'attitude des femmes, celles-ci n'exprimant à son égard qu'une indifférence parfois teintée de gêne, mais il comprit tout de suite qu'il y avait quelque chose d'autre dans les yeux de Miranda.

J'observais la scène, prisonnier de ma bulle, avec la certitude d'assister non à ce qui aurait pu arriver si les circonstances avaient été différentes, mais bien à ce qui s'était produit d'une manière ou d'une autre sans pour autant l'avoir vécu ou m'en rappeler le moins du monde. Je me souvenais pourtant avoir quitté la pièce sans même un mot d'excuse, affichant une constance de pacotille qui dissimulait mal mon trouble. J'avais ensuite dévalé l'escalier quatre à quatre sans avoir pris la peine d'attendre l'ascenseur et m'étais retrouvé dans la rue sous la lumière des réverbères, mais rien de tout cela n'arriva une seconde fois.

Miranda semblait calme et déterminée. Sans un mot, elle vint s'asseoir à côté d'Isaac.

– Tu as peur? lui demanda-t-elle en prenant soin de ne plus le regarder.

– Non, répondit-il d'une voix pourtant mal assurée.

C'est au moment le plus inopportun qu'il montrait soudain de la fierté.

– Tu veux que j'éteigne la lumière?

– Oui.

Elle appuya sur l'interrupteur et se pressa contre lui pour l'embrasser. Il n'eut pas vraiment le loisir de s'interroger sur les motivations d'un tel geste, submergé par la chaleur de ce corps vivant et étranger. Puis elle entreprit de le dévêtir et il crut voir qu'elle souriait dans l'obscurité, animée par une joie presque enfantine d'accomplir à nouveau des mouvements familiers. Nu à côté d'elle, il suffoquait presque, enivré par l'émotion. Elle saisit la main d'Isaac qu'elle guida entre ses jambes, puis l'anima d'un mouvement lent et régulier jusqu'à ce que tout son corps se raidisse. Elle le serra ensuite dans ses bras avant de relâcher son étreinte, comme pour le remercier sans un mot, alors qu'il se sentait à la fois redevable et honteux, pensant à Walter qui dormait dans la pièce à côté. Il ne savait plus si la peur d'être découvert l'emportait sur celle de décevoir Miranda, ou si la fébrilité qui s'emparait de lui était le fruit de sentiments antagonistes. Il fallait que son plaisir passe par la traîtrise et il se rassurait en pensant qu'il était légitime de voler un peu aux riches pour redistribuer aux pauvres. Il se vit un instant en Robin des bois du sexe, s'accordant à lui-même la primeur du butin, car étant le plus misérable et le plus nécessiteux des indigents. Un sentiment de justice l'envahit enfin, et même si les apparences étaient contre lui, même si Walter avait nourri en son sein le plus insoupçonnable des félons, il eut la certitude absolue qu'il ne pouvait rien y avoir de mal dans un élan aussi beau. Loin d'être rassasiée, Miranda s'assit sur lui, l'enserrant avec ses cuisses et, tandis qu'elle empoignait son sexe pour l'enfouir en elle, il se sentit happé dans des profondeurs moites et incompréhensibles. Elle l'enfourcha et remua ses hanches d'avant en arrière, posant ses mains sur sa poitrine avant de se raviser. « Je veux que ce soit toi » lui souffla-t-elle à l'oreille. C'est alors qu'elle lui fit cet autre cadeau en le forçant à prendre l'initiative. Elle s'allongea sur le dos et le fit rouler sur elle. Au lieu de le materner, elle lui permit d'exercer enfin une forme d'ascendant qui lui était alors inconnue. Il s'agissait d'un don pur et désintéressé que ne motivait pas vraiment le désir ou la recherche de la volupté. Elle semblait avoir opéré un choix et ne voulait pas qu'il lui soit reconnaissant ou qu'il s'attache à elle par gratitude et dépendance, car elle savait déjà ce qu'il ignorait encore. Il la quitterait bientôt pour exercer ailleurs cette assurance nouvelle qu'il découvrait à peine. Elle n'était pas non plus animée par la pitié ou la compassion, mais bien par une générosité pleine et entière, car elle ne voyait pas comment refuser son aide à celui qui en avait tant besoin. La pénombre les empêchait de se distinguer tout à fait, mais ils se regardaient pourtant sans détourner le regard, échangeant leur souffle court. Leurs corps s'épousèrent avec une harmonie qu'aucun d'entre eux n'avait imaginée. Isaac ne fit rien pour masquer son plaisir, comme le font souvent les hommes plus aguerris et désireux de garder pour eux ce moment de faiblesse. Il s'effondra soudain comme un oiseau abattu en plein vol et Miranda se délecta de cette violence inattendue. Elle jouit à son tour, sans que les gestes malhabiles d'Isaac y soient vraiment pour quelque chose, mais d'avoir provoqué un tel abandon. Pendant un bref instant, le corps d'Isaac fut secoué par les spasmes et Miranda posa une main sur sa bouche pour étouffer un cri. Ensuite, ils restèrent là, unis par le ventre, comme ces libellules accrochées l'une à l'autre et dont les contractions abdominales dessinent un cœur.

Le plaisir morbide du voyeur qui observe sans être vu était ici décuplé, car je me contemplais moi-même. J'assistais à leurs ébats et pleurais en songeant aux bras ballants de la femme âgée qui, pour quelques billets, avait mollement consenti, mue par une grande lassitude, à m'accueillir en elle pour la première fois, mettant ainsi un terme à mon étrangeté. J'avais senti sur elle cette odeur douceâtre de la vieillesse que l'on refuse toujours de sentir sur soi. Cette expérience triste ne m'avait procuré aucun soulagement, car elle était survenue trop tard et le mal était déjà fait. J'avais seulement remplacé une honte par une autre. Le temps perdu ne pouvait être rattrapé par un tour de passe-passe. « Nous étions jeunes et larges d'épaules » chantait pourtant Bernard Lavilliers dans la mansarde de la rue Blondel. Ensuite, et tandis qu'elle se rhabillait, vaguement accablée par la répétition et l'ennui, j'avais ressenti l'obligation de la remercier, par excès de politesse, comme je l'aurais fait auprès d'un voisin m'ayant tenu la porte.

Isaac n'eut pas l'impression de s'être débarrassé d'un problème insoluble, mais d'avoir réintégré le monde des vivants après avoir évolué dans une communauté de spectres. Il n'eut pas le sentiment imbécile qu'elle avait fait de lui un homme au sens viril du terme, mais qu'elle avait donné naissance à un être humain, fort d'une dignité dont la vie l'avait pourtant dépouillé. La portée de ce bienfait le laissait sans voix.

Après l'amour, il resta en elle un long moment, lui prodiguant toute la tendresse dont il était capable, l'embrassant sur les sourcils et les pommettes, jusqu'à ce qu'elle se mette à rire d'une gaieté douce et délicieuse. Sa légèreté, son insouciance contrastaient avec la gravité d'Isaac pour qui tout était toujours si sérieux. Il se sentait pourtant flotter, délivré du fardeau du désir, et l'alignement des astres lui revint en mémoire comme la seule métaphore possible à cette communion. Il rejetait pour l'instant toute forme de culpabilité, aidé en cela par le bien-être, refusant de laisser la présence de Walter gâcher ce moment d'apesanteur. Il aurait tout le temps de s'accuser par la suite, dédouanant Miranda dont la bonté intègre n'était plus à prouver. Elle venait d'ailleurs de le démontrer une fois encore et de manière admirable. Un instant auparavant, il aurait dit ou accompli n'importe quoi pour combler ce désir qui lui semblait maintenant étranger. Son ambition, sa carrière, ses rêves qui lui avaient paru insignifiants au regard de l'exigence corporelle, revenaient à présent le hanter. Il était de nouveau capable d'une pensée rationnelle. Alors qu'il s'apprêtait à quitter son étreinte, elle le retint un instant pour lui chuchoter : « Je reste à Walter. Ça ne se reproduira pas. Tu comprends ? » Sans même y réfléchir, il fit un signe de tête en guise d'approbation et ravala son orgueil, ayant soudain retrouvé sa place antérieure dans la hiérarchie sociale. Il mesura ainsi l'ampleur de ce qu'il avait gagné et de ce qu'il venait de perdre tout à la fois, sans pouvoir déterminer s'il s'agissait d'un jeu à somme nulle.

Dans les jours qui suivirent, Isaac se fit plus distant. Il évitait maintenant Walter par peur de se trahir, craignant que la honte l'emporte et le pousse à tout déballer dans un élan de contrition. Son éducation l'incitait à se repentir.

Il était pourtant convaincu d'avoir agi au mieux, regardant à présent l'arrogance de son ancien gourou avec un certain mépris. Il avait œuvré par nécessité et le crime qu'il avait commis était presque le fruit de la légitime défense. Le piédestal sur lequel il avait mis Walter s'effritait. Le mâle dominant s'avérait vulnérable et, plus que la honte d'avoir agi dans le dos d'un ami, Isaac ressentait avant tout de la déception à voir cette assurance secrètement mise à mal. Il avait cru au charisme et s'était même abrité dans l'ombre d'un homme qui en imposait à tous, si bien qu'il se trouvait maintenant dépité devant tant d'imposture. Comme le magicien d'Oz, Walter n'était en réalité qu'un pantin ridicule, attifé d'un costume qui s'avérait trop grand pour lui.

À présent, Isaac évitait aussi Miranda dont la simple évocation lui donnait le vertige. Il pensait à juste titre que leur rencontre éventuelle serait par trop étrange, opposant le mensonge social à la vérité des corps. Son ancienne vie lui semblait ridicule. S'il s'était longtemps masturbé en songeant à Miranda, il pratiquait encore, mais cette fois en pensant aux gestes qu'elle avait accomplis, aux paroles qu'elle avait prononcées et non plus à ce qu'elle aurait pu accomplir ou prononcer si la vie avait été différente. Enfin, ce basculement du fantasme au souvenir changeait tout, bien que sa vie d'un point de vue extérieur n'ait pas paru bouleversée dans ses habitudes.

Aveuglé par sa supériorité, Walter s'attendait à ce changement de comportement qu'il mit par expérience sur le compte de la jalousie. Il était habitué à ce que ses amis expriment un jour ou l'autre leur rancœur à son égard. Ce mouvement était d'ailleurs naturel. Comme certains contrats de travail, son amitié avait une durée déterminée. Un jour venait où les faire-valoir n'en pouvaient plus. Il fallait alors les remplacer par d'autres, dont la capacité à supporter une comparaison peu flatteuse était encore intacte. Et ce moment précis était celui du triomphe de Walter. Il n'éprouvait jamais autant de plaisir à séduire une jolie fille ou à susciter de l'admiration qu'à pousser ainsi ses anciens comparses à la rupture. S'il avait à plusieurs reprises tenté de jeter Isaac dans les bras d'une ancienne maîtresse, c'était à la fois pour se débarrasser d'une conquête devenue encombrante, mais aussi et surtout pour voir le jeune homme échouer. Il aurait pourtant nié un constat si sévère, se serait même défendu avec la dernière énergie. La distance qu'Isaac avait soudain mise entre eux ne l'avait donc pas surpris outre mesure, mais à force d'insouciance, il était devenu dépendant du soutien scolaire que lui apportait son binôme.

Dès la rentrée scolaire, une véritable compétition s'engagea donc pour occuper l'ancienne position d'Isaac. On espérait, chez les binoclards, des retombées sous forme de filles. Dispenser des cours particuliers de mathématiques tout au long de scolarités studieuses et pesantes n'avait servi à rien. On cherchait un rabatteur en croyant qu'une soumission supplémentaire permettrait de tout arranger. Plus tard, ils inventeraient des algorithmes destinés à ruiner des économies nationales, exploiteraient des mines d'uranium ou bâtiraient des ponts destinés à relier les continents, mais à cet âge hésitant, complexés par des années de frustration sexuelle, ils rêvaient en secret d'avoir de la prestance et des mains de boucher, plutôt que de comprendre les matrices et les applications linéaires. En attendant des jours meilleurs, ils se battaient pour obéir à nouveau, adoptant Walter pour maître et protecteur dans un univers où le simple fait d'être adoubé par le meneur a valeur de reconnaissance. À vingt ans, les classes préparatoires ont tout de la cour de prison. Mieux vaut choisir d'être au service du plus fort que d'être la chienne d'un second couteau. Par conséquent, peu importait une nouvelle forme d'esclavage consenti. Ils s'enverraient en l'air. Ils en étaient persuadés. Pendant des semaines, on vit Walter s'adonner à ce concours enlevé, infligeant aux postulants des épreuves dont les règles tacites avaient le désavantage de changer en permanence au gré de sa fantaisie et de sa cruauté.

À mesure que les mois passaient, Isaac gagnait en audace et en maîtrise de soi, mais ce n'est qu'au bout d'un an qu'il comprit toute la portée du cadeau qu'il avait reçu. En fin de compte, ce n'était pas Miranda qu'il avait aimée, mais bien l'amour lui-même et ses innombrables possibilités. Pendant un moment, elle avait pourtant incarné à ses yeux tous les attraits de la beauté par son seul dévouement à son égard. Comme les oiseaux nouveau-nés s'imprègnent d'une simple présence et se choisissent pour mère la première créature venue, Isaac avait projeté sur Miranda un sentiment à la hauteur de sa privation. Elle avait toutefois su s'effacer, l'empêchant de succomber à cette illusion et lui avait ainsi permis d'échapper à la tyrannie des sens. Il avait ensuite capitalisé sans le savoir sur ce moment d'apesanteur, cherchant à le reproduire avec d'autres et de manière compulsive, comme le joueur invétéré court toujours après la main qui l'a vu triompher la première fois.

Durant la même période, Walter fit jouer son statut sans comprendre que sa gloire était désormais déclinante. Il était résolu à choisir le premier bizut qui se montrerait à la hauteur pour lui servir de page. N'ayant toutefois plus la patience de modeler un nouvel apprenti à ses exigences, Walter avait enchaîné les associations bancales, sans plus jamais jouir de ce sentiment de toute-puissance. Entraîné malgré lui par un sentiment qu'il n'arrivait pas à formuler, Walter se jeta dans une vie sociale et nocturne de plus en plus intense. Avait-il l'impression que Miranda lui échappait déjà et que sa possession n'était qu'un leurre ? Se doutait-il de quoi que ce soit ?

Ses factotums interchangeables ne lui étaient plus d'aucun secours et ses résultats scolaires s'en ressentirent de manière considérable. Dans cet univers clos et façonné par l'excellence, sa dérive apparut bientôt comme une tare inacceptable, si bien que les larbins, toujours prompts à changer leur fusil d'épaule, le désertèrent petit à petit pour des relations plus prometteuses. Le concours en fin d'année mit un terme définitif à cet épisode. Les résultats sans appel figèrent ainsi un moment de la jeunesse durant lequel les attributions de chacun ne sont pas encore irrévocables. Isaac fut reçu avec brio et intégra le laboratoire de radioastronomie de l'École normale supérieure. Walter, quant à lui, échoua aux épreuves et dut se rabattre sur l'université. Le temps de leur relation apparaissait maintenant à Isaac comme un instant de suspension, le point d'intersection de deux courbes opposées qui se croisent.

Une fois au sein de l'école, Isaac eut enfin le sentiment d'en finir avec un long et pénible bachotage. La préparation de l'examen, avec son lot d'incertitudes et d'angoisses, avait aussi été un moment d'indéfinition personnelle. Il se rendait maintenant compte que les trajectoires suivies, pour différentes qu'elles soient, ont toutes une origine commune et dépendent d'inflexions minimales, comme ces vagues qui cheminent un moment de concert avant de prendre des directions opposées sous le coup d'un événement pourtant insignifiant. S'agissait-il du *clinamen*, cette petite déviation imprévisible inventée par Épicure et chantée par Lucrèce ? Il se demandait par conséquent quel courant, quel coup de vent ou quel relief invisible avait décidé de son sort et s'interrogeait sur la part du libre arbitre dans un monde pourtant contraint par le déterminisme social et les circonstances. L'existence dans son ensemble lui semblait aussi chaotique que le climat, façonnée par une infinité de facteurs impondérables qu'il rêvait en secret d'identifier afin d'élaborer une véritable météorologie du destin.

Les années qui suivirent furent celles de l'épanouissement intellectuel. Isaac découvrit avec bonheur le sort réservé aux lauréats, passant de l'aliénation laborieuse à la liberté de penser. Les véritables efforts étaient maintenant derrière lui et l'admission lui apparut *a posteriori* comme un sésame ouvrant sur un monde de confort à la fois matériel et intellectuel. Cette absence de transition fut un choc. L'école était comme ces scriptoriums du Moyen Âge où s'enfermaient les moines copistes tout à leurs études, à l'abri de la féodalité et de la misère. On pouvait s'y consacrer aux choses de l'esprit jusqu'à prétendre à la disparition complète du trivial.

Le temps libre d'Isaac était désormais occupé par la lecture et le sport. Bien que mal à l'aise avec son corps, gauche et inhibé, il s'était pourtant résolu à changer du tout au tout. Il se rendait maintenant au gymnase Jean-Sarrailh afin de pratiquer diverses activités dont le racolage pur et simple n'était pas la dernière. Entre deux séances de handball ou de musculation, il profitait de la promiscuité pour lancer des œillades aux étudiantes qui pratiquaient des disciplines aussi improbables que le *west coast swing*, le *mapouka* ou le *kin-ball*, matant les chorégraphies depuis la galerie qui surplombe la grande salle. À plusieurs reprises, ses efforts furent même couronnés de succès, nouant ainsi des relations allant du coup d'un soir à l'aventure romantique avec des filles dont la diversité n'en finissait pas de le fasciner. Il s'émerveillait de la variété sans jamais vraiment s'investir, séduit avant toute chose par la nouveauté et l'inattendu. Il ne voyait rien d'autre dans cette absence d'émotion véritable qu'une glissade merveilleuse au pays de la séduction, un flirt continuel, sans comprendre qu'il s'agissait en réalité d'un comportement morbide et obsessionnel le privant de tout attachement véritable.

Isaac avait aussi rejoint le club de voile de l'école et, durant les vacances scolaires, accomplissait le tour de France par équipe sur un Mumm 30 dont il choquait les écoutes de génois ou hissait le spinnaker. Un marchand d'armes finançait l'achat du matériel et avait en échange apposé son logo sur la coque et les vareuses. À l'avant du bateau, Isaac se sentait libre, délivré de toute contingence par le fouet des embruns, et ce n'est qu'en doublant un beau jour la fameuse pointe de la Latte, voyant le drapeau à l'hermine flotter sur la plus haute tour du château, qu'il songea de nouveau à Walter Kerven. C'était au mois de juillet 2001. Ce dernier lui était simplement sorti de l'esprit. Il se souvenait maintenant du temps de sa soumission comme d'une période honteuse à laquelle il avait du mal à comprendre quoi que ce soit. Comment avait-il pu se livrer ainsi pieds et poings liés sans combattre ? Celui qu'il était devenu dénigrait celui qu'il avait été sans chercher à le connaître. En réalité, ce n'était pas Walter qu'il avait écarté, ce n'était pas un ami qu'il avait trahi, car il se croyait d'ailleurs incapable du moindre geste belliqueux, mais bien l'une de ces anciennes mues qui lui inspirait maintenant un sentiment d'horreur et dont il voulait oublier jusqu'à l'existence. Son passé le dégoûtait au point qu'il se croyait né avec le concours. De ce terrain vague et souvent contourné ne subsistait plus que la relique de Miranda, exposée comme un joyau dont la nature et la provenance changeaient avec le temps, variaient au gré de son imagination. Les torts étaient ainsi corrigés par la mémoire défaillante, les courbes redressées. Isaac recomposait maintenant un paysage à l'aune de son nouveau statut, le rendant ainsi plus conforme à la légende qu'il souhaitait véhiculer. Peu lui importait l'originalité des traits ou la conformité des teintes, car il avait généré un vide autour de lui et personne ne viendrait plus contredire l'authenticité du tableau. Il fallait que les détails coïncident et donnent une impression de véracité, car il ne supportait pas l'idée de se regarder en face, sans fard et sans retouche. Il testait par conséquent son invention sur ses conquêtes, se dépeignant comme un autre au creux d'alcôves pourtant propices à la confession et au repentir sincère.

Walter aussi avait changé. Ayant été voué au succès dès le plus jeune âge, l'échec inattendu avait ébranlé son caractère. Sa mère l'avait élevé dans le culte de l'enfant unique. Elle avait joué pour lui le rôle de la bonne fée, flattant depuis toujours un ego avide de reconnaissance, le poussant même à croire qu'il avait du génie pour mieux se repaître ensuite de ses propres louanges. Lorsqu'il était enfant, elle avait pris l'habitude de plagier des poèmes obscurs dont elle lui attribuait ensuite la paternité, s'extasiant à chaque nouvelle marque d'une intelligence pourtant commune, mais qu'elle magnifiait de manière inconséquente. Elle lui avait tressé les lauriers dont elle n'osait se couvrir elle-même, rêvant de triompher enfin par procuration alors que la vie l'avait cantonnée au rôle d'épouse et mère. Tombé de l'Olympe, Walter avait dû admettre qu'il était vulnérable. Sa trop grande assurance lui avait permis jusque-là de surmonter tous les obstacles, mais avait aussi été son pire ennemi. Soudain, il s'était retrouvé seul, sur les bancs du commun, devant sympathiser pour survivre avec de nouveaux condisciples qu'il refusait pourtant de considérer comme ses égaux. Narquois dans la défaite, il s'était tout de suite attiré l'inimitié de ceux qui ne l'avaient pas connu du temps de sa splendeur, ignoraient tout de son passé et ne voyaient donc en lui que le rebut d'une filière concurrente. La réputation sans tache qu'il avait bâtie avec patience ne lui était d'aucune utilité dans ce monde parallèle. Les filles ne le regardaient plus de la même manière. Son personnage social avait été un déguisement, dont il avait parfait la justesse jusque dans ses moindres détails. Il lui avait tout sacrifié, mais comprit sur le tard que cette chute imprévue pouvait aussi lui être profitable. En fin de compte, il rompit avec Miranda, comme on décroche d'un seul coup un trophée suspendu au-dessus d'une cheminée. Il le fit avec dureté, à dessein, afin qu'elle lui en garde rancune. Elle avait intégré l'École des chartes et le caractère définitif de cette rupture devait aussi prémunir Walter de toute comparaison désavantageuse. Il ne voulait pas paraître diminué à ses yeux, mais craignait qu'elle lui en veuille d'avoir menti, comme on reproche aux acteurs d'abandonner leurs vieilles dépouilles pour d'autres plus récentes et moins aimables. Il se mit à se blâmer pour l'attitude méprisable qu'il avait eue envers Isaac, tout en gardant un fond de dédain pour celui qui l'avait choisi par intérêt et sans aucun discernement, parce que les menteurs ne peuvent respecter tout à fait ceux qui les ont crus, encore moins ceux qui les ont aimés alors qu'ils jouaient la comédie.

Après seulement un an, Walter passa le Certificat et devint enseignant dans un collège de banlieue au grand désespoir de ses parents qui l'imaginaient en proie aux affres du verlan, de l'islamisme et de la fonction publique. Ils avaient élevé un ingénieur des mines ou un *trader* de Wall Street et ne reconnaissaient pas ce professeur de physique-chimie qui donnait l'impression de se punir, et sa famille avec lui, pour une faute dont on ignorait tout. Comme les pénitents blancs se flagellaient le long des rues, Walter semblait expier quelque chose d'innommable, embrassant une vie que sa famille considérait comme minable en lieu et place du destin magnifique qu'elle lui avait tracé. Son père et sa mère songeaient maintenant aux sacrifices consentis afin d'assurer la transmission de leur statut : pension de standing dans le canton de Fribourg, stage de golf à Augusta et cabinet d'orthodontie à Passy. Le rejeton semblait pourtant prendre un malin plaisir à se contenter de peu et ses parents le soupçonnaient d'avoir renoncé à tout pour les sanctionner d'une manière ou d'une autre, ne pouvant imaginer un seul instant qu'il s'épanouissait mieux dans l'humilité qu'il n'aurait pu dans l'ostentation. Ce renoncement à la saint François d'Assise passait mal. Walter se réjouissait pourtant en songeant que son irresponsabilité l'avait enfin révélé à lui-même, comprenant qu'il avait poussé une certaine logique jusqu'à son paroxysme. Il délaissait maintenant ses anciens compagnons de beuverie et ses rêves de grandeur pour un idéal basé sur le dépouillement et l'ascèse. Autant dire que cette contrition inattendue était perçue par ses géniteurs comme un sabotage social pur et simple.

Isaac, Miranda et Walter s'étaient donc perdus de vue. Ils ignoraient désormais tout les uns des autres et quand bien même auraient-ils voulu en savoir plus, ils n'auraient su comment s'y prendre. Il semblait donc inutile de s'agripper aux amours défuntes. La nostalgie qui n'était pas encore de leur âge se serait heurtée de toute façon aux contraintes de la technique. Internet balbutiait et les réseaux sociaux n'existaient pas encore. Le passage du temps permettait ainsi l'oubli et le repos des morts, le chagrin, puis le regret et en fin de compte une saine résignation. On déplorait parfois cette fuite en avant sans comprendre la chance qu'elle représentait en réalité. Il n'y avait d'autre alternative que de devenir adulte et Isaac, porté par cet élan, termina ses études avant d'être recruté par l'Institut de radioastronomie millimétrique. Une fois fixé sur son sort, il se promena une dernière fois dans Paris, à la lisière du Palais-Royal, sachant qu'il n'y reviendrait jamais. Il entendait par là qu'il n'y vivrait plus et que ses visites ultérieures, éventuelles et épisodiques, ne seraient plus que des transits sans signification véritable, car cette ville qui l'avait vu naître et grandir lui deviendrait bientôt étrangère.

Quelques jours plus tard, Isaac partit pour Grenoble. Son appartement, un peu à l'écart du centre-ville, donnait sur les rives de l'Isère et le massif de la Chartreuse. Une semaine par mois, il grimpait en voiture jusqu'au Dévoluy et prenait l'hélicoptère qui le déposait par beau temps sur le plateau de Bure. Six années auparavant, un terrible accident avait mis un terme à l'usage du téléphérique, précipitant dans le vide une vingtaine d'astronomes et de techniciens. Il lui arrivait d'ailleurs d'imaginer ce plongeon, la masse de ses collègues suspendue dans les airs durant une fraction de seconde, comme les sphères lâchées par Galilée depuis le sommet de la tour de Pise afin de mesurer la chute des corps.

Les antennes de l'observatoire étaient des miroirs paraboliques en aluminium qui se déplaçaient sur des rails et formaient au gré des observations les sommets d'un polygone toujours changeant. On les voyait glisser de manière rectiligne, dessinant sur le sol des figures mystérieuses, comme un ballet élégant et ralenti. Une prise de vue aérienne aurait trahi l'architecture de cet étrange ensemble sans même en révéler le sens, sémaphore sans message qui pointait vers le ciel. Les voies ferrées se coupaient à angle droit en bordure de précipice et les grands récepteurs argentés miroitaient en fonction des saisons sur la moraine calcaire comme sur la glace. Dans la salle de contrôle, Isaac actionnait les paraboles, sondant de jour comme de nuit l'espace profond et les nuages de poussière galactiques à la recherche de molécules primitives. L'essentiel de la matière est froid et obscur. La chaleur des étoiles ne suffit pas à combler l'absence. Les scientifiques recouraient depuis longtemps déjà aux ondes radio pour observer l'invisible. Isaac étudiait aussi les flux de particules émis par des trous noirs supermassifs, contemplant à la fois un lointain passé et des objets distants. Les galaxies s'éloignent les unes des autres à mesure que l'univers se dilate. La matière se distend, s'effiloche, comme les liens qui avaient uni un moment les trois adolescents, laissant la place au vide des espaces sidéraux.

Les années avaient passé. Isaac Bahir était devenu un chercheur renommé, ayant enchaîné les découvertes et les publications, mais ayant échoué à nouer des relations pérennes en dehors de son milieu professionnel. Il vivait seul, ne caressant plus vraiment l'espoir un peu vain de fonder une famille ou même de rencontrer une femme avec laquelle seulement rire et voyager. La tête dans les étoiles, il avait déjà le sentiment d'être passé à côté de sa vie, alors que la quarantaine se profilait à grands pas. À juste titre, il n'envisageait pas que la seconde moitié de sa vie puisse être plus agréable que la première et comprenait à quel point celui qu'il avait été durant toute sa jeunesse n'était pas une chrysalide pouvant engendrer un être nouveau, comme il l'avait tout d'abord cru, mais bien un concentré de tout ce qu'il aurait à supporter par la suite. Si Miranda lui avait sauvé la vie, car il se serait sans doute donné la mort sans cette main tendue, il avait vite repris le chemin qui devait être le sien, celui de l'étude et de l'isolement. Des femmes étaient passées dans sa vie, comme des astres plus ou moins brillants, plus ou moins rapides, dont il se souvenait à présent, car le passé, un moment désavoué, revenait avec une force inattendue, ne se déclarant jamais vaincu, n'ayant jamais dit son dernier mot.

Quand la solitude lui pesait trop et que les pulsions dont il avait appris à gérer la constance devenaient plus pressantes, Isaac quittait alors son domicile et prenait le cours Jean-Jaurès vers le sud de la ville jusqu'au boulevard Maréchal-Foch. Là, et sous la tyrannie de criminels endurcis, se prostituaient de jeunes femmes venues des républiques balkaniques. Il n'avait jamais été beau et se croyait devenu laid, ayant beaucoup grossi et perdu ses cheveux au point que toute rencontre féminine lui inspirait une peur atroce. Si la jeunesse ne lui avait pas offert grand-chose, cette dégradation progressive, qui le ramenait du rang de prétendant potentiel à celui de laissé-pour-compte, rendait sa quête de bonheur illégitime. Il ne pouvait ou n'osait plus regarder les jolies filles, sauf après les avoir payées, non pour le service qu'elles lui rendaient, mais plutôt pour les dédommager d'avoir ignoré sa laideur. Il se rendait bien compte, à son grand désespoir, qu'il était revenu à son point de départ. Bien sûr, il aurait pu s'offrir les services d'une prostituée plus belle et plus chère qui serait venue jusque chez lui, mais le sordide de la situation était à la fois une délivrance et une punition qu'il s'infligeait par dégoût, craignant en permanence de croiser un collègue de l'institut aussi bien que l'un de ses étudiants. Il le redoutait et le désirait tout à la fois, rêvant en secret d'être enfin démasqué. Il aurait voulu se soustraire tout à fait à la nécessité de l'autre, mais ne pouvait s'empêcher de revenir se leurrer dans ces bras étrangers. La somme de connaissances qu'il avait acquises, les retranchements intellectuels qu'il avait sondés avec méthode contrastaient avec ce besoin dégueulasse qui ne le satisfaisait jamais tout à fait, n'entraînant qu'un bref soulagement suivi tout de suite après d'un écœurement durable. Au sein de l'institut, il touchait du doigt les mystères de la création comme l'Adam de la chapelle Sixtine, observant des masses incommensurables, des forces si colossales qu'elles dépassaient l'entendement, et il s'avilissait par ailleurs sur les trottoirs de Grenoble. Ce paradoxe n'en finissait pas de le surprendre. Il avait toujours eu une tendance à l'abstraction. Il pouvait oublier pendant des jours de contempler le ciel étoilé pour observer les mêmes astres sous forme de courbes sur un écran d'ordinateur. Ces nébuleuses qui l'avaient fasciné étant enfant n'étaient plus des secrets chargés d'une sombre poésie, mais de simples numéros dans le catalogue de Messier. L'amour et l'amitié lui apparaissaient maintenant comme les attributs exclusifs d'une jeunesse qu'il avait pourtant délaissée par inconscience, car elle lui avait semblé éternelle. Il serait toujours temps de s'y intéresser, avait-il songé, après avoir épuisé l'ordre des priorités, mais il découvrait trop tard que la vie ne repasse pas les plats et que certaines émotions ne reviennent jamais. En vieillissant, il lui fallait admettre qu'il ne connaissait personne, ne rencontrait plus personne. Il lui arrivait alors de chercher dans les génériques de film des noms vaguement familiers, comme les anciens combattants inspectent les monuments aux morts à la recherche de camarades disparus.

Durant les jours qui suivaient son retour dans la plaine, Isaac n'arrivait jamais à dormir. La solitude et l'inaction lui pesaient plus que d'habitude. À Bure, les membres de l'équipe formaient une communauté soudée par le travail. Il y avait toujours une observation à analyser, des données à décortiquer. Il fallait en permanence configurer la position des antennes, dessiner des figures abstraites à flanc de montagne. L'ambiance était studieuse, mais bon enfant, rythmée par les repas pris en commun. L'air était pur et cristallin. Le vent soufflait de manière continue, entraînant une vibration des structures métalliques. À Grenoble, au contraire, l'atmosphère était viciée par le dioxyde de soufre, le benzène et les particules fines. Du dixième étage, il voyait la chape de gaz jaune envelopper la ville et la noyer dans sa totalité. En hiver, du haut de sa tour, il était pris en sandwich entre le brouillard lourd et les nuages bas dans lesquels le scintillement des avions de ligne remplaçait celui des étoiles. Plus que tout, il redoutait les congés qu'il ne savait pas occuper, observant les uns et les autres se démener avec leurs problèmes de famille, d'enfants en bas âge, de crèche et de nourrice. Avec le temps, il avait développé un étrange tropisme pour la pop britannique de sa jeunesse, rattrapant peut-être ainsi le temps qu'il avait passé à étudier le calcul différentiel plutôt qu'à draguer en boîte. Il découvrait maintenant de vieux tubes, non plus avec la fraîcheur d'un adolescent, mais avec la nostalgie d'un adulte. Il se surprenait ainsi à écouter *Ordinary World* de Duran Duran dont la sensiblerie mélodramatique lui rappelait le vide de son existence, comme seul un riff de guitare électrique est susceptible de le faire. Le côté sucré de ces chansons passées de mode calmait parfois ses nerfs. Elles ne lui évoquaient cependant aucun souvenir particulier. Il ne les avait d'ailleurs pas écoutées à l'époque de leur sortie, mais les associait *a posteriori* à des moments qu'il redessinait à sa guise, usant de bribes et de mensonges au gré de sa fantaisie, jusqu'à en pleurer parfois, sous le coup d'une émotion pourtant factice. Il y avait toutefois chez lui un certain sens de l'honneur, et jamais il ne sombra dans le répertoire affligeant des slows italiens qu'il considérait comme un bas-fond sentimental où nul ne saurait tomber sans se perdre tout à fait. Le Festival de Sanremo et sa variété monstrueuse lui apparaissaient parfois comme les témoignages d'un enfer véritable qui le terrifiait plus sûrement que n'importe quelle peinture religieuse de la Renaissance, ou n'importe quel cercle de Dante.

Une nuit de désœuvrement complet, veille de week-end, alors qu'Isaac avait pris un bain pour s'anesthésier, allumé toutes les lumières de l'appartement afin de simuler une présence, la moue boudeuse de Monica Vitti sur l'écran de la télévision vint lui rappeler la douceur de Miranda Falke. Il luttait pour ne pas retourner une fois de plus boulevard Foch et s'était mis à regarder d'un œil distrait *L'Éclipse* de Michelangelo Antonioni qui repassait à pas d'heure sur une obscure chaîne du câble. L'actrice italienne se regardait dans le miroir. Ses yeux en amande exprimaient une solitude ineffable qui l'empêchait d'être au monde et, dans un élan de sensiblerie exacerbé par la mélancolie, Isaac ne put s'empêcher de songer à Miranda comme il ne l'avait plus fait depuis des années. L'idée qu'un homme adulte et responsable, reconnu par ses pairs et membre d'une communauté respectée, puisse être à ce point l'esclave de son passé lui était pourtant insoutenable. Il était en secret l'otage de son adolescence et se voyait confronté, même des années plus tard, aux angoisses mal digérées et aux désirs inassouvis de sa jeunesse.

Les rapports sociaux donnaient l'impression d'avoir changé. Les adolescents pianotaient désormais sur leurs smartphones dans une frénésie masturbatoire, utilisant des alphabets divers et indéchiffrables, recourant à des subterfuges numériques pour dissimuler leur incapacité à échanger quoi que ce soit. Isaac se souvenait maintenant de sa brève liaison avec Miranda vécue à l'âge auquel chaque nouvelle aventure s'inscrit dans la mémoire de manière indélébile, comme une trace des années qui passent et des émotions qui s'affadissent. Il songeait à l'époque de la vie où il se passe quelque chose par opposition à l'âge adulte durant lequel il n'arrive plus rien. En d'autres temps, Isaac se serait contenté de souffrir. Il aurait noyé son chagrin dans le travail et se serait abruti à la tâche, emportant avec lui des regrets déplacés, comme on tire derrière soi une triste traîne. Mais les réseaux sociaux, dont il s'était tenu éloigné par mépris et par indifférence, avaient tout bouleversé. Les fosses communes de la mémoire étaient désormais ouvertes à la vue de tous et ceux qu'il avait tenus pour morts, car ils avaient quitté la sphère immédiate que constituait son existence, marchaient de nouveau en plein soleil comme des zombies insouciants. Seuls les adolescents croient se souvenir de tout. Les adultes oublient et c'est pourquoi ils survivent à leurs propres émotions, mais la multiplication des sites et des applications rendait à présent cette amnésie impossible. La constance de la mémoire externalisée maintenait désormais les populations dans une adolescence éternelle.

C'est Monica Vitti qui avait tout déclenché. Isaac avait dû quitter le monde rassurant qu'il avait bâti, comme on quitte un refuge de haute montagne en pleine tempête de neige. Il s'adonna comme tout un chacun au voyeurisme morbide et se mit à traquer Miranda, ému tout d'abord de la revoir en photo, cherchant dans ce visage vaguement familier les traits de celle qu'il avait connue autrefois, puis endossant le costume du censeur qui valide ou récuse des affinités méconnues. Il avait désormais le loisir de fouiller dans sa vie, de découvrir des goûts qu'il ne lui connaissait pas, niant ainsi qu'ils avaient pu évoluer de manière divergente, comme les membres d'une même espèce soudain séparés par une chaîne de montagnes ou un océan se transforment et s'adaptent à leur milieu respectif. Il écouta les listes de chansons qu'elle avait établies, déroula les souhaits de cadeaux qu'elle avait formulés, recensa ses amis à la recherche de relations communes, observa les pays qu'elle avait visités et enfin, étudia avec soin ses anciennes photos de classe. Le temps paraissait aboli. En regardant Miranda, il lui semblait avoir vingt ans de nouveau, non pas comme il s'en souvenait puisque sa jeunesse ne lui avait pas paru agréable, mais comme il en rêvait, car dans les songes éveillés où il réinventait le passé, il jouait le beau rôle de manière systématique, c'est-à-dire celui de Walter.

Durant des semaines hésitantes, Isaac se contenta de plonger dans les méandres de cette vie à l'étal. On pouvait très bien mettre la main dans ces entrailles retournées, comme on cambriole une intimité. Il n'y avait plus de frontière entre la vie privée et la sphère publique. Tout se confondait dans un grand déballage de sentiments et d'anecdotes, de souvenirs, de discussions et de curriculums.

Sans surprise, Miranda avait réussi ses études. Elle avait même échappé à la fatalité de l'enseignement en devenant conservatrice. Elle n'officiait toutefois qu'au musée des Meules et pavés des monts du Vivarais. À son arrivée dans le Sud, elle avait été frappée par la faconde des gens qu'elle avait tout de suite prise pour une marque inattendue d'amitié véritable et qui ne s'avérait être en réalité qu'une forme de politesse à laquelle elle n'était pas habituée. Après avoir vécu un temps à Soissons, elle avait dirigé l'Institut vivant de la porcelaine d'Argenton-sur-Creuse avant d'échouer à Aubenas. La médiocrité de ces établissements culturels contrastait pourtant avec le talent et l'ambition que Miranda avait un jour affichés. Durant toutes ces années, Isaac l'avait plutôt imaginée au Louvre ou dans quelques prestigieuses pinacothèques, vivant à l'ombre des toiles de maître et des siècles accumulés. Il n'aurait su dire, en fin de compte, si elle avait été rattrapée par ses origines modestes.

N'osant la contacter de peur qu'elle ne veuille pas le revoir, ou pire encore qu'elle l'ait tout simplement oublié, Isaac écrivit à Miranda en prétendant être un étudiant chercheur. Le subterfuge nécessitait toutefois un apprentissage spécifique. Il dut alors se documenter plus avant sur la meule à grains, la trituration et le concassage du blé ou la préparation du kaolin au XVIIIe siècle. Emporté malgré lui par l'ampleur de son mensonge, il citait à tout va des experts de la meule rotative, ou d'obscures thèses de doctorat qu'il trouvait sur Internet et dont la plus fascinante à ses yeux s'intitulait *Pan e oli, de l'usage domestique de la meule à main dans l'antiquité gréco-romaine au sud du pays d'Oc*. Miranda lui répondit sans tarder, polie et professionnelle, et tous ses billets, même techniques et abscons, lui firent l'effet de poèmes charmants. Isaac voulait lire entre les lignes, interprétant ce qui pourtant était sans équivoque. Ils dissertaient par conséquent de concert, alors qu'Isaac parlait seul et de tout autre chose. Voulant séduire Miranda sans se l'avouer, il se piqua de la défier sur son propre terrain, s'improvisant spécialiste de la *trémie*, de l'*auget* et de l'*esclop*, renouant ainsi un dialogue interrompu, mais empruntant le discours d'un autre, apprivoisant celle que

Miranda était devenue par une science qu'il ne maîtrisait pourtant pas. Au fil des jours, elle lui écrivit avec régularité, intriguée tout d'abord par les connaissances de son interlocuteur et peut-être même extirpée de sa routine par une curiosité inattendue. Il se flattait de donner le change, usant et abusant de la meule comme d'un improbable outil de séduction, se rapprochant de Miranda un peu plus à chaque nouveau message.

Plusieurs semaines s'écoulèrent ainsi. Sans doute flattée par le tour que prenait leur conversation, Miranda proposa en définitive de rencontrer son mystérieux correspondant. Le subterfuge touchait à sa fin, mais il avait si bien fonctionné qu'Isaac se trouva incapable de réagir, comme un enfant dont le mensonge alambiqué finit par se retourner contre lui et dont l'issue pourtant inexorable n'a jamais été envisagée. Ils étaient peu habitués, l'un comme l'autre, aux sites de rencontres et à leurs usages codifiés. Ces mœurs qui leur avaient paru étranges étaient soudain devenues la norme. Tous les couples se formaient désormais par écran interposé et, comme Isaac et Miranda n'avaient pas eu conscience de ce grand bouleversement, leur relation virtuelle leur paraissait exceptionnelle. Isaac tergiversa, prétextant une impossibilité matérielle, une urgence, un contretemps malheureux, mais les jours passèrent et la liste des excuses pouvant être utilisées sans éveiller de soupçons s'amenuisa. Blessée dans son orgueil et comprenant qu'elle s'était sans doute bercée d'illusions, Miranda retrouva ce ton sec et administratif que lui imposaient les convenances. Elle n'exprima cependant jamais les reproches qu'elle nourrissait à son encontre, refusant de prêter le flanc aux sarcasmes d'un inconnu qui nierait alors toute ambiguïté. C'est pourtant bien lui qui l'avait sollicitée avant de prendre ses distances pour une raison inconnue. Elle avait trente-huit ans et craignait de ne plus jamais séduire. Elle luttait à présent contre les brûlures d'estomac, les nuits d'insomnie et les douleurs lombaires. Cette nouvelle déconvenue lui laissait un arrière-goût amer. Les actrices en vue, les sportives et les chanteuses à la mode étaient toutes plus jeunes qu'elle et lui rappelaient sans cesse, à la devanture des kiosques à journaux, à quel point son monde était déjà celui du passé. Les adolescents qui visitaient son musée, traînés là par leur professeur d'histoire-géographie, lui adressaient la parole en l'appelant « Madame » et lui demandaient parfois si elle avait vraiment connu les années quatre-vingt. Les idoles de sa jeunesse étaient à la retraite. Elle avait maintenant admis qu'elle ne gagnerait jamais le tournoi de Wimbledon, ou ne chanterait jamais dans un stade sous les hurlements de la foule. Le nom et le visage des nouvelles célébrités lui étaient d'ailleurs inconnus. À mesure que le temps passait, elle se trouvait coupée d'une réalité qui lui avait pourtant paru essentielle durant toute son adolescence et se souvenait des reproches qu'elle adressait autrefois à sa mère lorsque celle-ci affichait son ignorance vis-à-vis de gloires pourtant très éphémères.

Isaac dut mettre un terme à sa plaisanterie douteuse. Il regretta les instants où il s'était joué de Miranda, devant abandonner le confort procuré par l'anonymat. Il lui fallait maintenant descendre dans l'arène et s'exposer. Il lui révéla donc qu'il l'avait connue bien des années auparavant, sans pour autant lui communiquer son nom, comprenant tout ce que cette manœuvre avait de périlleux. Il espérait qu'elle songerait à lui en priorité, qu'elle devinerait son identité, mais n'allait-elle pas, au contraire, le prendre pour Walter, ou pour un autre encore dont le souvenir plus vivace serait ranimé par ce stratagème puéril ? Sans doute flattée par l'intérêt qu'on avait manifesté à son égard, Miranda n'exprimerait-elle pas son désir de revoir un homme qui l'avait marquée davantage ? Elle n'en serait donc que plus déçue d'apprendre la vérité.

Enfin, Isaac sentit que toute sa démarche était celle du soupirant maladroit. Et d'en être encore là, après toutes ces années, lui laissait une impression de perpétuel et désespérant recommencement. « Qui êtes-vous ? » lui demanda-t-elle en fin de compte, et bien que la réponse à cette question fût pourtant évidente, il eut du mal à trancher, car il n'était plus vraiment celui qu'elle avait connu. Les circonstances lui dictaient cependant d'assumer l'héritage de celui qu'il avait été, car les adultes sont les descendants des enfants et non le contraire. Il lui répondit avec sincérité et elle lui demanda des preuves. La simple idée qu'un tiers puisse usurper son identité le tira de l'insignifiance à laquelle il se croyait condamné. « Je reste à Walter. Ça ne se reproduira pas. Tu comprends ? » écrivit-il en n'ayant rien oublié des mots qu'elle avait prononcés et qui lui étaient revenus sans réfléchir. Et c'est en les répétant à voix haute qu'il comprit enfin le sens de ses propres simagrées. Depuis le début, c'est-à-dire l'apparition de Monica Vitti sur l'écran de la télévision, ses heures de recherche sur Internet au sujet des meules de gré, l'imposture elle-même, n'avaient été motivées que par la jalousie. L'idée d'avoir été supplanté par un autre lui était insupportable. Il voulait lui montrer qu'elle avait eu tort et corriger ainsi le passé. À ce moment précis, il sut qu'il avait triomphé et que *ça* allait se reproduire.

Le vendredi suivant. Isaac prit sa voiture et parcourut les cent soixante kilomètres qui séparent Grenoble d'Aubenas. Il débordait d'une énergie dont il ne soupçonnait pas l'existence et songeait au chien qui avait partagé son enfance. Le corniaud, mélange d'épagneul breton et de cocker, était un pur produit des villes, mais lorsque la famille quittait Paris pour investir sa maison de campagne, l'animal semblait pris d'une frénésie incompréhensible. Il s'échappait parfois, rendu à moitié fou par l'odeur d'une femelle des environs et disparaissait pendant plusieurs jours avant de revenir en sang, le corps tuméfié par les coups des fermiers et les morsures d'autres mâles. On l'emmenait alors chez le vétérinaire pour le recoudre, mais le chien, fier de son escapade, ne gémissait pas comme à l'accoutumée. Il jouait au dur à cuire, abandonnant de manière provisoire son costume de cabot domestique, car il avait vu ses semblables courir en liberté dans les sous-bois. Il encaissait les reproches et supportait la douleur sans broncher, encore enivré par les bienfaits que la nature avait bien voulu lui prodiguer, éperdu de plaisir et d'audace. Isaac se souvenait que ces fugues lui restaient impénétrables, refusant d'admettre que l'animal, si aimant et fidèle en temps normal, ait pu obéir de façon ponctuelle à des pulsions qu'il ne comprenait pas encore et dont il ignorait la puissance. Toutefois, il percevait avec maladresse que l'animal, soustrait à l'environnement façonné par les hommes, retrouvait une part de sauvagerie dont Isaac était exclu. Il se sentait maintenant bien plus proche de son chien disparu qu'il ne l'avait été à l'époque, humant par la fenêtre ouverte les parfums de forêt qui évoluaient à mesure qu'il progressait et changeait de relief, traversant le Rhône à Valence et quittant les Alpes pour le Massif central. Les sapins cédaient alors la place aux châtaigniers et le parfum encore imaginaire de la femme qu'il avait toujours désirée lui montait à la tête.

Miranda avait vécu seule, se consacrant tout d'abord à ses études puis à sa carrière. Elle avait accepté des postes dont personne ne voulait, croyant qu'elle gagnerait en expérience dans des castelets de troisième zone perdus en rase campagne, veillant sur des collections de lacets ou de verroterie gauloise. Excellant dans des domaines mineurs, elle avait nourri l'espoir d'être remarquée avant de comprendre qu'il existait une hiérarchie invisible dont elle occupait malgré elle la frange subalterne. Son sexe et son milieu social étaient des handicaps certains, mais le plafond de verre n'expliquait pas tout. Elle avait eu la trouille, se complaisant dans des postes sans envergure, car elle craignait non pas d'échouer, mais bel et bien de réussir. Première de sa famille à engranger les diplômes, elle avait pris conscience de la réalité sociale en quittant le monde préservé de l'école. À l'extérieur de la niche égalitaire, l'ancien régime reprenait ses droits sans même un mot d'excuse. On retrouve au sommet de la pyramide les élites des cours privés et des beaux quartiers qui se connaissent depuis toujours, ayant fréquenté les mêmes établissements, les mêmes restaurants et les mêmes stations de ski. Miranda avait craint de devoir s'immiscer dans cet univers qu'elle avait vu de loin sans jamais y pénétrer, refusant de mentir comme de jouer des coudes pour gagner sa place au soleil. Elle s'était habituée à ce que son travail soit récompensé de manière impartiale et s'était rendu compte que l'objectivité cessait une fois quittés les bancs de l'Éducation nationale. L'ascenseur social s'arrêtait avec le doctorat et la désillusion née de ce constat lui avait ôté toute velléité de se battre. Elle conservait depuis lors les trésors oubliés de la République, ces collections hétéroclites qui font la fierté un peu ridicule des collectivités territoriales, portraits approximatifs effectués par quelques gloires régionales, ou vestiges de fouilles mis au jour par les travaux d'une autoroute. Miranda errait dans les couloirs déserts de bastides prenant l'eau, veillait sur des budgets ridicules, tentant d'entretenir le patrimoine en quémandant des subventions. Deux fois par semaine, elle accueillait les visites scolaires dans des villes de sous-préfectures délaissées par l'histoire, sympathisant avec les professeurs de collège et les bibliothécaires municipaux. Elle ne rêvait plus du Louvre ou des grandes institutions.

À Soissons, Miranda avait rencontré un homme qui l'avait tirée de son apathie. Avec le recul, elle s'était sans doute éprise de lui afin de compenser sa déception professionnelle, lui prêtant des qualités qu'il n'avait jamais eues et la capacité d'enchanter son quotidien décevant. Elle s'imaginait passer le reste de ses jours avec lui tant il la rassurait, calmant ses angoisses les plus secrètes. En sa compagnie, elle avait même eu la faiblesse de se croire exceptionnelle. L'âge adulte avait transformé Miranda en quelqu'un d'ordinaire à qui manquait le sel de la jeunesse. Rien ne l'avait préparée aux désillusions de la maturité. Elle était comme ces noceurs accidentés qui dégrisent d'un seul coup et contemplent, ébahis, une réalité qu'ils avaient pourtant fuie sans craindre d'y revenir jamais.

Miranda n'avait pas été capable de le formuler. Au début, son corps s'était mis à réagir de manière inattendue, exprimant une certitude dont elle n'avait pas encore conscience. Quelque chose avait pourtant changé sans qu'elle en soit tout à fait sûre. Elle mit quand même trois mois à admettre la vérité, niant tout d'abord l'évidence. Elle songeait à autre chose et ne voyait pas pourquoi l'amour naissant devrait céder si vite la place à des détails triviaux et insignifiants. Les embarras de la féminité pouvaient bien attendre encore un peu, juste encore un peu, le temps pour Miranda de mettre de l'ordre dans sa vie et de goûter encore une fois à l'amour d'un homme. Elle était tout de même enceinte. Il n'y avait plus aucun doute là-dessus et ses idées fixes n'y pouvaient rien changer. Avec le recul, son incompréhension totale de la situation la laissait sans voix. Elle avait réussi à ignorer l'urgence dans un état proche du rêve. Bien entendu, son amant l'accusa d'avoir attendu dix semaines pour le piéger, le forçant ainsi à assumer une responsabilité dont il ne voulait pas. Elle cherchait à l'enchaîner dans une relation qu'il appréciait parce qu'elle lui semblait légère et inconséquente. Le fardeau de la paternité enlevait tout charme à l'aventure et, ne voyant pas pourquoi sa vie devrait être bouleversée par une décision que Miranda avait prise en connaissance de cause, il disparut du jour au lendemain.

Joshua naquit à Aubenas. C'était l'automne et les châtaigniers couverts de rouille perdaient leurs feuilles sur les placettes. Les tuiles vernissées du château se délivraient péniblement de la brume. Les nuits étaient déjà froides et le soleil matinal réchauffait à peine la pâleur de la ville. Le travail avait duré quatorze heures et la délivrance fut providentielle. Miranda devint mère alors que sa jeunesse lui paraissait à peine ébauchée, n'ayant pas eu le loisir d'en profiter tout à fait. L'âge véritable n'avait aucune espèce d'importance. Dans une société idolâtrant l'adolescence, on se devait de rester jeune le plus longtemps possible. La maternité lui servit alors de nouvelle excuse. La peur qui l'avait empêchée de prétendre à des postes plus audacieux emprunta le masque de la responsabilité. Ce qui semblait être une voie de garage apparaissait à présent comme un refuge. Aubenas n'était plus un chef-lieu de canton du département de l'Ardèche, mais l'endroit idéal pour élever un enfant. Elle ne souhaitait pas exposer son fils aux dangers et à la pollution des grandes villes. Quelle femme aurait bien pu mener une carrière digne de ce nom tout en élevant seule un enfant ? Miranda n'était donc plus une ratée, mais une mère de famille scrupuleuse ayant choisi la campagne pour des raisons éthiques. Un jour ou l'autre, elle blâmerait son fils à demi-mot pour l'avoir privée sans le vouloir d'un destin manifeste. Il lui reprocherait peut-être son manque d'ambition et elle le tiendrait alors pour responsable, soulignant son propre sens du sacrifice. Elle ressasserait ce qui aurait pu être, les possibilités toujours innombrables. La faute passerait ainsi d'une génération à une autre. Bien malin s'il parvenait mieux que sa mère à lutter avec la vie et à tirer son épingle du jeu. Sans se l'avouer, elle préparait déjà les arguments de la culpabilité future afin de supporter ce qu'elle était devenue. Pour le moment, son nouveau statut lui fournissait le déguisement dont elle avait besoin. Bien sûr, la haine de soi finirait par revenir avec l'âge, mais Miranda s'était tout de même acheté du temps. Elle était de toute façon trop occupée par les premiers soins pour s'adonner à quoi que ce soit d'autre, et les regrets durent s'accommoder de ce nouveau régime. Si on lui avait posé la question, elle aurait juré qu'elle était heureuse, mais chaque nuit, elle rêvait pourtant de l'épicerie de Limeil-Brévannes qui lui avait donné son surnom. Ses collègues, ses amants et même son fils nouveau-né apparaissaient bien dans ces histoires insensées, mais le décor était toujours celui de son enfance, comme si elle n'avait jamais quitté les limbes de la jeunesse, restant pour toujours figée dans l'incomplétude.

Isaac flottait au-dessus du lit les bras en croix. Il regardait son propre corps qui gisait endormi dans la pénombre. Miranda épousait la courbure de son dos, ses seins pressés contre sa colonne vertébrale. Comme un rapace scrutant le fond encaissé d'une vallée, il observait d'un œil froid les deux êtres qui dormaient, immobiles. Il planait en silence, indifférent aux implications sensuelles de la scène, n'éprouvant rien qu'un détachement absolu pour les affaires des hommes. Tout lui semblait étranger, immuable, granitique. Les pleurs d'un enfant brisèrent pourtant l'éternité du tableau et Isaac ouvrit les yeux, de nouveau allongé. Miranda se leva sans un mot, puis disparut dans le couloir. Isaac ne bougea même pas. En dépit des liens surprenants qu'il avait noués avec Joshua, celui-ci réclamait toujours sa mère lorsqu'il faisait un cauchemar. Elle récitait alors l'incantation qu'ils avaient mise au point ensemble, les mots qui soignent et apaisent par leur répétition, comme une litanie bienfaisante : « La peur est un animal solitaire. L'animal se cherche une maison. La maison est trop pleine de bruit. C'est le bruit de mes joies et de mes colères et la peur qui n'aime pas le bruit s'enfuit à toutes jambes dans la forêt ». Isaac jouait pourtant les pères putatifs durant les week-ends et les vacances, car il était tombé sous le charme de l'enfant qui l'avait adopté en retour. Il lui apprenait alors la forme des constellations, la ceinture d'Orion, le Dauphin et la Couronne boréale. En réalité, il révisait en secret afin de conserver un ascendant sur son élève, car il avait oublié depuis longtemps la forme figurative de ces élucubrations méditerranéennes pour ne plus s'intéresser qu'à l'abstraction des radiofréquences. Les gens qu'il rencontrait s'étonnaient d'ailleurs qu'il soit incapable de nommer toutes les étoiles du ciel, ne comprenant souvent rien à la nature de son travail. Il ânonnait alors quelques noms arabes, *Al dabarān*, le suiveur, *Al-nasr al-tā'ir*, l'aigle en vol, afin de sauver la face. Joshua, précoce pour un enfant de cinq ans, retenait tout et voulait qu'Isaac l'emmène dans son observatoire, réclamant après lui lorsqu'il retournait à Grenoble pour son travail. Au contraire des lions qui dévorent la progéniture de leurs prédécesseurs afin d'imposer la suprématie de leurs gènes, Isaac appréciait de pouvoir veiller sur cet enfant sans avoir eu à affronter l'angoisse de la paternité, la mort subite du nourrisson ou les crises d'asthme. Chaque fois qu'il y songeait, il se demandait quel subterfuge utilisait les autres pour résister à cette frayeur viscérale. Enfin, il lui semblait que cet esprit tout neuf lui avait été livré clés en main avec de remarquables compétences sans avoir eu à fournir le moindre effort. Qui plus est, l'enfant était beau. Son teint hâlé et ses yeux noirs lui donnaient des allures de Calabrais. Ses longs cils avaient quelque chose de doux et féminin qui contrastait avec la franchise de ses traits. Miranda avait tout de suite senti que des affinités se développaient entre eux, et loin de jalouser ce rapport dont elle était parfois exclue, elle s'était même réjouie que son fils bénéficie enfin d'une influence masculine. Ce rôle de père qu'Isaac avait accepté d'assumer à temps partiel avait, semble-t-il, accru son *sex appeal*. Il ne savait plus si les caresses que Miranda lui prodiguait étaient une réminiscence de leur passé commun, un remerciement pour son attitude paternelle, ou bien l'expression d'un manque trop longtemps ajourné. En s'inscrivant aux antipodes du père biologique, il avait sans doute marqué des points sans le savoir. Il s'était tout de suite senti à l'aise avec elle, comme si cette assurance qu'elle lui avait conférée longtemps auparavant et qu'il avait fini par oublier reprenait le dessus. Ensemble, ils jouaient à présent une partition restée inachevée et dont ils connaissaient les moindres mesures. Isaac l'avait connue du temps de sa splendeur. Elle qui vivait surtout par le regard de l'autre ne se sentait plus obligée de mentir, ou de tricher. Elle avait craint de le décevoir, ayant beaucoup changé depuis leur dernière rencontre, mais c'est tout le contraire qui se produisit. Dès les premiers instants, elle sut qu'il la voyait avec les mêmes yeux qu'autrefois. Son corps, qui avait été pendant longtemps son meilleur allié, la trahissait pourtant. Elle avait grossi. Son cou s'était empâté. Son ventre était maintenant lézardé par les vergetures de la grossesse. Des pattes-d'oie striaient le coin de ses yeux. Mais en compagnie d'Isaac, elle n'avait plus honte de ses kilos superflus ou des cheveux blancs qu'elle dissimulait sous une teinture auburn. Ils s'étaient assis chez un glacier du boulevard de Vernon et la magie dont ils redoutaient pourtant la versatilité avait tout de suite opéré. N'était-elle pas la fille du magicien Prospero après tout, la filleule de William Shakespeare lui-même ? Une tour Eiffel irisée pendait à la fermeture Éclair de son sac et l'air exhalait le parfum acidulé d'une clémentine qu'on épluche. Ils surent tous les deux qu'ils se souviendraient des plus infimes détails de cette rencontre. C'est elle qui avait insisté pour qu'ils se voient à nouveau. Une fois démasqué, Isaac s'était trouvé bien incapable de prendre une décision. Ils avaient tout à découvrir l'un de l'autre, mais avaient pourtant le sentiment de se connaître, et ce mélange de neuf et d'ancien leur procurait un vif sentiment de confort. Ils ne voulaient pas rattraper le temps perdu, mais vivre comme si le passé avait été différent. Elle rit presque tout de suite, pas comme une jeune fille croyant envoyer un signal à son prétendant qui bien souvent n'y comprend rien, mais parce qu'elle se sentait en confiance. Sur le chemin en pente qui conduisait chez elle, Miranda lui prit la main sans attendre et l'attira contre elle pour l'embrasser. Les volets étaient bleus, les façades ocre et les pavés inégaux. Un vol de martinets zébra le ciel entre les toits. Isaac et Miranda firent l'amour comme on scelle un pacte avec des forces démoniaques. Ils eurent le sentiment d'être jeunes à nouveau, se conférant l'un à l'autre le pouvoir de rendre la vie à celui qui la perd. Longtemps après, elle lui confesserait avoir laissé Joshua chez sa nourrice pour la nuit, ayant tout prémédité jusqu'au parfum de la glace. Elle croyait s'être enfermée pour vingt ans dans un rôle exclusif et découvrait qu'elle pouvait encore plaire, sans même avoir eu à séduire. Elle ne lui demanda pas s'il avait eu des nouvelles de Walter. Il ne lui demanda pas en retour si elle avait cherché à en obtenir par ses propres moyens. De toute évidence, ils savaient l'un comme l'autre que Walter enseignait au collège André-Malraux de Compiègne, et se contentaient très bien de cette information qui en disait beaucoup, tout en ne signifiant rien. Le passé formait un empilement à l'équilibre précaire. Il eût été bien imprudent d'y toucher sans risquer l'effondrement. L'ancien compagnon était maintenant un cadavre dont il fallait se débarrasser. Sa simple évocation risquait d'ailleurs de rompre le charme et cette fois-ci, Prospero lui-même n'y pourrait rien changer.

Miranda finit par revenir dans la chambre et se lova contre Isaac qui sursauta. Il avait perdu la notion du temps et n'aurait su dire si elle s'était absentée quelques minutes ou bien des heures entières. Il aimait sentir la proximité de son corps, le duvet de ses bras, la pilosité de son pubis qui chatouillait ses reins. Elle prit son sexe dans sa main et le serra avec douceur et sans autre mouvement. Elle le gardait au creux de sa paume, comme on recueille un oisillon tombé du nid. Cette sollicitation ne revêtait pas un caractère sexuel explicite, mais signifiait qu'elle le tenait tout entier en son pouvoir, sa bite incarnant à merveille l'idée qu'il se faisait d'une synecdoque. Il était renversant de constater à quel point ses parties résumaient ici le tout. Ailleurs, à La Mecque ou à Jérusalem, les croyants remettaient leur destin entre les mains d'un Dieu tout-puissant, alors qu'Isaac s'endormait, idolâtre, entre les mains d'une femme.

Le calme régnait à nouveau dans la maison. À l'extérieur, la tempête se déchaînait, la pluie martelant le toit et le vent soulevant les tuiles dans un claquement répétitif. Miranda se délectait de ce sentiment de sécurité que procurent le confort d'un abri et la chaleur d'un corps. L'enfant dormait et Isaac se surprit à imaginer le monde dans lequel il allait grandir et qui ne ressemblerait pas au sien. Depuis quelques semaines, ce cliché parental prenait une tout autre dimension. Son équipe avait observé les émissions d'une étoile Wolf-Rayet située dans la constellation des Chiens de chasse. L'astre, ayant épuisé son hydrogène et son hélium, brûlait à présent du carbone, éjectant dans l'espace des quantités prodigieuses de matière. C'est alors que l'anomalie se produisit. Les astronomes réceptionnèrent un signal dont la nature artificielle ne pouvait être mise en doute. Comme une signature intelligente, la suite mathématique commençait par les chiffres 1, 4, 9 qui sont les carrés de 1, 2 et 3. Une fois passé ce qui semblait être une introduction, le message était constitué de 46 819 paires de chiffres et d'un singleton. L'émission dura 149 secondes et fut répétée trois fois à 29 secondes d'intervalle. Cette succession de nombres premiers ne laissait plus aucun doute. On écarta rapidement l'hypothèse du satellite militaire pour se concentrer sur le centre de la galaxie NGC 4214 située à dix millions d'années-lumière de la Terre. Celle-ci fut aussitôt rebaptisée galaxie Eurêka en attendant que l'Union astronomique internationale veuille bien lui donner un nom officiel. Qui avait émis cette suggestion en premier? On ne s'en souviendrait plus après coup, mais les avis étaient maintenant unanimes pour dire qu'Eurêka était sacrément bien trouvé. Personne ne savait encore ce que cette suite de chiffres pouvait bien signifier, mais Isaac comprenait mieux que quiconque ce qu'elle signifiait de prime abord. La quête de l'homme avait pris fin et cette découverte fortuite était sans doute la plus extraordinaire de tous les temps. Les radiotélescopes du monde entier furent mis à contribution, mais le message resta sans suite. La probabilité pour qu'une communication de neuf minutes ayant voyagé pendant dix millions d'années soit interceptée par une antenne orientée dans la bonne direction et réglée sur la bonne longueur d'onde laissait presque croire à l'existence de Dieu. On avait retardé le moment de la publication au maximum, mais toutes les vérifications d'usage avaient été effectuées. En fin de compte, la nature du signal importait moins que sa simple existence. On aurait tout le temps d'en déchiffrer le sens par la suite. S'agissait-il d'une bouteille à la mer, d'un appel au secours retrouvé par hasard longtemps après la mort de son expéditeur, ou bien d'une communication privée s'étant perdue dans le vide de l'espace? Saurait-on surmonter la déception qu'entraînerait un trop grand prosaïsme? Que penseraient les mystiques et les idéalistes si la première communication en provenance d'un autre monde était un rapport d'expertise-comptable, un acte notarié, ou bien une fiche de paie? Les toutes premières traces d'écriture cunéiforme retrouvées en Mésopotamie n'étaient-elles pas des inventaires de fruits et légumes, des litiges de successions et des baux locatifs ? L'intendance l'emportait toujours sur la poésie et la paperasse administrative dominait les échanges. Quelle opinion des êtres intelligents se feraient-ils de la Terre s'ils interceptaient la météo marine ou les cours de la Bourse ? De toute façon, les distances incommensurables rendaient le dialogue impossible. Il faudrait donc se contenter de bribes pour élaborer une conception générale et Isaac songeait que la certitude ne manquerait pas d'alimenter les fantasmes comme autrefois le doute puis la spéculation raisonnable. Il en était là de ses réflexions, mais souriait pourtant dans le noir, car à la veille d'un bouleversement philosophique si considérable, il était simplement heureux qu'une femme couche dans son lit, comme un chien que l'on caresse ou qui déterre un os.

Pendant toutes ces années de travail et de solitude, alors qu'il avait chéri en secret le souvenir de Miranda jusqu'à l'ériger en condition pourtant informulée de son bonheur, Isaac n'avait prêté qu'une attention distraite à l'ascension d'Éric Benedetti. Tout au plus avait-il appris que le bouc émissaire de son école était finalement devenu un écrivain célèbre. Ce dernier avait étudié la biographie de ses héros, les créances de Balzac et les amours de Stendhal comme d'autres compilent la vie des saints, se constituant ainsi un panthéon personnel. Comme tout le monde, Isaac avait entendu dire que Benedetti était devenu aveugle et savait que les rumeurs les plus folles circulaient à ce sujet. D'aucuns murmuraient que l'auteur à succès s'était volontairement crevé les yeux afin de mieux tourner son regard vers l'intérieur. Ses détracteurs l'accusaient d'ailleurs de complaisance, car il refusait de démentir en public ces ragots ridicules. Certains lui prêtaient un talent supérieur à cause de son handicap, comme on reconnaît aux canaris ayant perdu la vue un chant plus mélodieux. D'autres le comparaient même à Homère, le considérant sans forfanterie comme « l'aède de la cour du lycée ». Il est vrai que ses romances adolescentes tournaient parfois à la tragédie grecque. Benedetti lui-même entretenait sa légende en restant rare dans les médias tout en distillant sur les réseaux sociaux de mystérieuses anecdotes que ses admiratrices enamourées se chargeaient de relayer. On annonçait depuis plusieurs semaines la sortie d'un nouvel opus à grand renfort de procédés publicitaires. Les magazines imprimaient au compte-gouttes les bonnes feuilles d'un livre qui, pour la première fois, se voulait autobiographique. Le public se délectait par avance des détails croustillants d'une vie jusque-là préservée des inquisitions de la presse. On allait enfin tout savoir et les lectrices, excitées par la cécité aussi bien que par la célébrité, rongeaient leur frein en attendant la date de parution. Le courrier du cœur abondait en déclarations enflammées. On projetait sur ces orbites vides des divagations toutes personnelles. Certaines femmes le voyaient comme l'amant idéal, incapable de les juger sur leur aspect physique, d'autres comme une sorte d'oracle à même de démêler la trame du futur et de dénoncer les travers de la société. Isaac, quant à lui, était un sentimental honteux qui dénonçait chez les autres ce qu'il se reprochait à lui-même. Il n'avait donc pu finir le moindre livre de son ancien camarade de classe, ayant même abandonné son premier roman au bout de cent pages, tant les situations décrites lui avaient semblé mélodramatiques et caricaturales. En vérité, il l'avait peu connu et n'avait cédé aux sirènes médiatiques que par curiosité et nostalgie. Il s'étonnait tout de même qu'un parcours aussi mal engagé ait pu aboutir à une réussite pareille. Il ne lui avait pas reconnu beaucoup de talent, bien que sa légitimité en matière littéraire ait été des plus réduites. Après tout, Benedetti avait peut-être le génie que lui prêtait son éditeur et Isaac acceptait tout à fait l'idée que ses propres goûts ne soient pas universels. La célébrité toutefois l'impressionnait et compensait l'absence supposée de don ou de caractère. Il envisageait même que la publication de son article, dont le retentissement ne manquerait pas d'être international, lui offrirait assez de visibilité pour renouer avec cette ancienne connaissance, mais cette fois sur un pied d'égalité.

Isaac était à Paris depuis maintenant deux jours. Il préparait la conférence de presse qui devait secouer la planète tout entière lorsqu'il apprit par la radio que le livre de Benedetti venait de sortir. En temps normal, il n'aurait prêté qu'une oreille distraite à cette nouvelle. Les raisons de sa présence dans la capitale le rendaient encore moins disponible que d'habitude, mais les journalistes évoquaient les sévices que l'auteur avait subis durant sa jeunesse et dissertaient si bien sur la personnalité malfaisante de son bourreau qu'Isaac se rendit aussitôt dans une librairie pour acquérir le livre. Dès les premières pages, il fut saisi par la description du pervers. Celui-ci, devenu scientifique de renom, lui ressemblait en tout point. La similitude, d'abord diffuse, croissait au fil du récit. L'auteur se concentrait sur la figure du mal véritable. Il ne pointait pas du doigt un seul individu comme étant le responsable de tous ses malheurs, reconnaissant l'universalité de la cruauté adolescente et la lâcheté propre au groupe. Il avait pourtant choisi, afin d'incarner ses propos, un personnage secondaire, l'un de ces hobereaux des cours d'école qui avilissent leurs semblables pour mieux échapper au châtiment qu'ils infligent. Il comparait même ce tortionnaire juvénile aux fonctionnaires de Vichy qui précédaient les désirs de la Gestapo afin de flatter les autorités allemandes. Le mal incarné était pour lui cet acteur sans personnalité, victime toute désignée pour les brutes et qui, en devenant lui-même une bête sans ambition, transférait en quelque sorte son destin pourtant tracé sur une tierce personne. Il ne considérait pas Isaac comme l'artisan de sa détresse, mais seulement comme l'auxiliaire du Malin, celui par qui la société tout entière se délite et s'abîme, le symbole de l'abjection véritable. « Qui n'empêche pas le mal le favorise », et la célèbre maxime de Cicéron figurait même en épigraphe du récit. C'est dans un moment de dépression absolue, revivant sans cesse son martyre, que Benedetti s'était finalement crevé les yeux, hurlant le nom du persécuteur qui était pourtant son semblable. Cette ignominie-là était au cœur du livre et les détails modifiés à dessein en rendaient la lecture à la fois transparente pour Isaac et inattaquable d'un point de vue légal. D'ailleurs, qui aurait été assez fou pour se reconnaître en public dans ce protagoniste odieux en demandant des comptes à la justice ? Mieux valait s'écraser, car on allait sans doute le reconnaître. Il suffisait de se pencher un tant soit peu sur son parcours professionnel pour épingler les coïncidences qui n'en étaient pas. Isaac lut le livre d'une traite, passant une partie de la journée dans sa chambre d'hôtel au lieu de se rendre comme prévu à l'observatoire de Paris. Il était dévasté et ne savait ce qui était le pire, de l'image univoque que le livre donnait de lui, ou de la réalité chancelante de ses souvenirs. Il doutait à présent de sa propre mémoire, envisageant la possibilité d'avoir déguisé la réalité à son avantage. Bien sûr, il se rappelait le pauvre Benedetti qu'il avait plaint à de nombreuses reprises, retenant même ses coups, refusant de le blesser lorsqu'il devait agir comme les autres afin de se soustraire aux sarcasmes. Mais il n'avait jamais été le moteur de cette violence. À peine se voyait-il comme son instrument épisodique et involontaire. L'auteur décrivait pourtant avec moult détails des scènes terribles, proches de la torture, sans qu'Isaac pût se souvenir de quoi que ce soit de ce genre. Il n'aurait pu le tolérer à l'époque et le roman à sensation devait l'emporter sur l'autobiographie. Il se sentait pourtant bafoué par cette liberté narrative sans que le droit de se plaindre lui soit accordé le moins du monde. Non seulement Benedetti avait falsifié la vérité en exagérant les brimades, mais il avait aussi enquêté sur la vie ultérieure d'Isaac. Il ne le décrivait pas uniquement comme un lâche, mais comme un traître ayant volé la fiancée de son meilleur ami. Comment pouvait-il seulement être au courant ? Les faits s'étaient déroulés après le lycée et pas du tout de cette manière abjecte. Isaac se voyait soudain privé de son meilleur souvenir qu'on dénaturait sous ses yeux afin de l'avilir. C'était une sensation atroce et Benedetti savait-il à quel point sa vengeance s'avérait efficace ? La parution du brûlot renvoyait Isaac à la honte qui l'avait toujours habité et dont il s'était pourtant cru lavé une fois pour toutes par l'affection de Miranda. Les accusations réveillaient chez lui ce sentiment de culpabilité qu'il avait malgré tout réussi à engourdir, le ramenant une fois encore à son adolescence mal digérée. C'est alors qu'il crut reconnaître l'influence de Walter. Le tandem amoureux que décrivait le livre s'était forgé dans le parjure, puis avait su donner le change pendant quelques années avant de se reformer loin des regards. Le goût de la trahison les liait l'un à l'autre de manière irrémédiable comme une alliance contre nature et, bien que trop dramatique, la description produite par Benedetti rappelait à Isaac le sentiment qu'il avait éprouvé en revoyant Miranda. Les liens Facebook, les comptes Twitter et tous les réseaux sociaux étaient comme des fenêtres ouvertes sur la vie intime des individus. Isaac maudissait à présent sa propre naïveté, se découvrant des ennemis puissants dont il avait oublié jusqu'à l'existence. Tous les messages qu'il avait envoyés à Miranda, toutes les photos qu'il avait postées sur sa page, tous les commentaires étaient devenus des armes qui se retournaient maintenant contre lui, des preuves de sa corruption pour qui voulait l'accuser. Toutefois, il était désormais convaincu que Benedetti n'avait pu agir seul. Certains détails trahissaient une connaissance de la réalité qui ne pouvait être la sienne. Walter devait être à la manœuvre, d'une manière ou d'une autre. Les avait-il entendus sans rien dire, la nuit où Isaac et Miranda avaient couché ensemble pour la toute première fois ? Par la suite, il avait dû les épier tous les deux pendant des années à la recherche d'une faille, jusqu'à ce que Benedetti, dont Isaac lui avait parlé, apparaisse enfin comme l'instrument parfait de sa vengeance. Il imaginait pourtant mal la rencontre entre Kerven, le play-boy déclassé, et Benedetti, l'agneau pascal. Comment une association aussi improbable avait-elle pu voir le jour ? Le ressentiment commun semblait en tout cas manifeste. Avec le temps, Isaac avait oublié et s'était peu à peu construit un personnage qui lui permettait de vivre en société. Il ne s'était plus soucié de cette colère dont il découvrait maintenant l'ampleur avec stupéfaction. Bien sûr la sortie du livre survenait au plus mauvais moment et ne manquerait pas d'alimenter la presse à scandale dès qu'Isaac serait identifié de manière formelle, ce qui finirait par arriver tôt ou tard. Non seulement son crime était ignoble, mais il s'en était pris à la personnalité préférée des Français, Benedetti ayant détrôné depuis peu Jean-Jacques Goldman à cette place si convoitée. La galaxie Eurêka s'en trouverait-elle relayée au second plan et l'authenticité de la découverte mise à mal par la nature de son inventeur ? Isaac ne perdait pas de vue la conférence de presse qui devait avoir lieu le lendemain matin. L'annonce la plus sensationnelle de tous les temps serait-elle entachée par les révélations salaces d'un Tirésias médiatique ? Des journalistes du monde entier avaient été conviés, mis en appétit par une rumeur bien orchestrée. On ne se déplaçait plus sans la promesse d'une annonce à couper le souffle et, comme les grandes marques vendaient une révolution culturelle à chaque nouveau produit, l'Observatoire avait pris la mesure de l'événement et s'était adjoint les services d'une agence de communication. Les annonces régulières battaient maintenant le rappel du monde scientifique, mais aussi, et c'était une nouveauté, de tous les grands médias. Paris espérait, sans se l'avouer, redevenir le centre du monde. Isaac envisageait pourtant avec difficulté de sortir à nouveau dans la rue. Il était maintenant persuadé qu'une marque infamante le désignait à la vindicte populaire et se voyait déjà lapidé par la foule en colère dans le jardin du Luxembourg. Il envoya un message à Miranda pour lui dire qu'il l'aimait, sans même comprendre qu'il écrivait ces mots pour la toute première fois. Prenant son courage à deux mains, il quitta tout de même l'hôtel en rasant les murs et s'engouffra dans le métro par simple réflexe.

Une fois rue Saint-Denis, Isaac n'aurait su dire pourquoi il était venu là, s'étant déplacé comme un automate, mû par la grâce de ressorts invisibles. Quelques vieilles dames soutenaient encore les façades lézardées, colonnes d'un ancien temple consacré aux plaisirs tarifés. Le quartier véhiculait toujours l'image d'une ville interlope et canaille où la misère se parait des atours de la gaieté. Les touristes du monde entier continuaient d'arpenter ces trottoirs comme on visite un décor abandonné depuis longtemps, refusant d'admettre tout changement. Bien qu'ayant grandi à Paris, Isaac n'avait jamais connu ces rues autrement qu'encombrées de souvenirs d'emprunt. Les filles avaient cédé la place aux portefaix de l'industrie textile, main-d'œuvre tout aussi clandestine et corvéable. Le sordide le disputait à présent aux fast-foods et aux grossistes de prêt-à-porter, d'autant plus dérangeant qu'il était à l'agonie. Sans réfléchir, Isaac passa sous un porche, voulant croire que ses vieilles habitudes du boulevard Foch étaient maintenant révolues. Ce n'est qu'en voyant l'enseigne qu'il comprit enfin la mécanique à laquelle il avait obéi. L'adresse, qu'il croyait avoir oubliée, lui avait été recommandée par un collègue de l'institut. Il fut accueilli par un jeune homme à *dreadlocks* et *piercings* qui lui expliqua le fonctionnement du dispositif sur un ton relevant de la confidence et de l'initiation. La formule était habile. Tout ce décorum lui donnait l'impression de bénéficier à titre exceptionnel d'un avantage indu. Un siècle auparavant, il aurait sans doute entrouvert les tentures d'une fumerie d'opium, dissimulée dans quelques bas quartiers de la ville, mais la lumière du jour qui émanait de la verrière, les plantes vertes et le mobilier suédois trahissaient la nature à la fois salubre et généreuse du commerce.

Une fois la porte de la cabine refermée, Isaac se déshabilla et entra dans la baignoire en forme d'œuf. L'eau était bleue, luminescente et chaude. Il pénétra dans ce qui tenait du sarcophage, tira la trappe derrière lui et s'allongea de tout son long, laissant son corps flotter dans le sel d'Epsom. Il aurait pu être en hibernation dans une capsule spatiale à destination d'une planète lointaine. Le sentiment de bien-être et de sécurité fut immédiat. Le monde extérieur avait cessé d'exister. Libéré du bruit et de la pesanteur, il trempait désormais dans ce liquide délicieux et amniotique, détaché de toute contingence. Son esprit se mit à divaguer aussi bien que son corps à la surface de cette eau dans laquelle il ne pouvait s'enfoncer. L'expérience lui procurait ce dont il avait besoin. La technologie s'évertuait à accentuer le réel, alors qu'il ne désirait rien tant qu'une réalité diminuée. Trouver un abri dans lequel se dissimuler était tout ce qu'il voulait, une caverne où la honte céderait la place au bien-être animal. Isolé du reste du monde dans ce réduit tiède, il avait maintenant le sentiment que les messages innombrables qui zébraient l'espace ne le trouvaient plus sur leur route rectiligne. Les téléphones portables avaient cessé de sonner. Les communications interplanétaires traversaient le vide de l'espace sans heurter la sphère dans laquelle il était enfermé. On ne recevait plus rien. On n'émettait aucun signal. Toutes les transmissions étaient coupées. La chronologie perdit de sa substance et les souvenirs commencèrent à se heurter. Sa vie lui apparaissait comme un agrégat de temps perdu. Rien d'utile ou de véritable ne lui était arrivé. Quelques instants éclatants surgissaient malgré tout au gré de collisions dérisoires avant de disparaître aussitôt dans l'obscurité. Il avait le sentiment d'assister à un feu d'artifice, mais de loin, rien de bien impressionnant. Ça n'était pas un jour de fête nationale sur le Champ-de-Mars, mais une commémoration effectuée sur le budget d'une petite commune endettée. Avait-il les yeux ouverts ? L'impression d'apesanteur s'accentua. Il volait à présent dans l'éther et parmi les planètes, baigné de lumière et de ténèbres. Il était loin. Ses membres s'engourdissaient et il se souvint de cette sensation qu'il avait déjà ressentie par deux fois dix-huit ans auparavant, lorsqu'il avait prié sous le soleil noir de Normandie et lorsqu'il avait joui le soir même dans le ventre de Miranda. Sa vie absurde ne valait-elle que pour ces moments-là ? L'amour avait été la grande affaire de sa vie, la seule qui vaille. Il avait dû se colleter avec l'amour, avec son absence. Il avait supporté le désir et sa constance, la perspective toujours renouvelée de l'assouvissement, coexistence abominable, comme une guerre permanente et plus ou moins froide. Rien de ce qui caractérisait son époque ne lui semblait familier et s'il s'était concentré sur son passé, rêvant de Miranda, c'était pour mieux s'absenter du monde dans lequel il vivait. Il s'était adonné au plaisir coupable des slows britanniques sur lesquels il n'avait pourtant jamais dansé. Les guerres, les attentats, les jeux télévisés, les élections successives, la hausse des prix, le commerce en ligne, le clonage des brebis et le réchauffement climatique lui paraissaient étrangers, vagues et lointains, comme une rumeur dont on ne perçoit plus que les bruits étouffés. Il eut un éclair de lucidité, sa conscience refusant encore de s'abîmer dans le néant délicieux qui lui tendait pourtant les bras. Dans la pénombre confortable, l'absence de stimulus plongeait son esprit dans un étrange état de conscience et d'oubli simultané. La date, notion abstraite par excellence, s'imposa pourtant à lui comme un objet venu d'un monde sans signification aucune. Et si le message en provenance de la galaxie Eurêka n'était autre qu'un calendrier très complexe, comme seuls les Mayas avaient su en produire? Pendant une fraction de seconde, et avant de tout perdre à nouveau, il eut une sensation de compréhension totale, comme si les grands mystères de la création se révélaient enfin à lui pour mieux lui être dérobés une fois encore. L'après-midi du 21 août 2017 touchait à sa fin et les astres qui avaient parcouru leur chemin sans se soucier des hommes étaient maintenant revenus à leur point de départ, ou tout du moins à une configuration ancienne, remettant peut-être les compteurs à zéro et les pendules à l'heure. Une nouvelle phase du saros 145 était en train de s'accomplir et l'ombre de la Lune traversait le continent américain de part en part comme une mystérieuse balafre. Walter, Miranda et lui-même gravitaient les uns autour des autres depuis tout ce temps, répétant des figures cycliques. Comme il existe entre les astres des points de Lagrange, c'est-à-dire des lieux où les forces de la gravité s'équilibrent, il devait aussi y avoir entre les êtres des zones de calme, des espaces où stationner sans subir les effets de marée. Avant de s'endormir tout à fait, Isaac eut la certitude de ne pas exister pour de bon, de n'être qu'une expérience issue de la multitude, une possibilité choisie entre des variations innombrables pour vivre et souffrir à titre d'exemple. Il n'était en réalité qu'un avatar de plus, un alter ego, comme le sont parfois les personnages de fiction. Puis il cessa de se débattre.

`Le choc fut d'une violence extrême. Je fus arraché à ma contemplation et tiré en arrière par une main invisible. L'image de cet autre Isaac reflua dans la masse floue du second plan. Il n'y avait plus devant moi qu'un brouillard indistinct de bribes déjà vues` et rembobinées à toute vitesse. Tout défilait à présent à l'envers et en accéléré. Je régressai jusqu'au stade du rongeur, jusqu'à l'amibe avant de revenir à moi. Fasciné par le spectacle, j'avais oublié jusqu'à ma propre existence au sein de la sphère, m'identifiant à cet autre moi-même qui vivait en toute indépendance des événements pourtant étrangers à ma vie véritable. J'avais si bien perdu de vue l'endroit où je me trouvais que la brusque interruption me parut être un déchirement physique. On m'amputait à vif d'une partie de moi-même. Tout avait paru si réel que je m'interrogeai un instant sur la pertinence de la vision. On cherchait sans doute à m'enseigner quelque chose. Étais-je passé à côté de cette vie, devenant quelqu'un plutôt qu'un autre? Les divergences semblaient s'accroître avec le passage du temps, comme si la variation de trajectoire s'amplifiait avec la distance, à l'image d'une fusée qui dévie de sa course de manière imperceptible et finit pourtant par se perdre dans le vide de l'espace, loin de son objectif initial. Des événements revenaient toutefois de manière récurrente, comme des carrefours obligatoires dans l'entrelacs que formaient les galeries du temps. Malheureusement, je n'eus pas le loisir de m'appesantir sur cette idée, car de nouvelles formes émergeaient déjà de la fumée, me privant à nouveau de tout libre arbitre. Une nouvelle fois, j'étais poussé vers l'avant jusqu'à me heurter aux parois concaves de la sphère. Les yeux écarquillés malgré moi, je fus plongé corps et âme dans un décor toujours plus familier, comme jeté dans une fosse aux lions depuis les gradins.

DEUXIÈME HYPOTHÈSE

Le temps bifurque perpétuellement vers d'innombrables futurs. Dans l'un d'eux, je suis votre ennemi.

Jorge Luis Borges, *Le Jardin aux sentiers qui bifurquent*, in *Fictions*, 1944

C'était un éperon rocheux, cerné par la mer, comme l'étrave d'un navire immobile. C'est là qu'ils organisèrent la cérémonie. Ils semblaient être des divinités descendues de l'Olympe sous les traits d'adolescents afin d'incarner la plénitude de leur inconséquence et de leurs désirs. Cependant, ils avaient tout oublié de leur nature divine et si les dieux grecs semblaient, comme les hommes, gouvernés par leurs seules passions et leurs rivalités, ils n'en devenaient que plus dangereux une fois accoutrés comme de simples mortels. Miranda sortit de son sac la boîte de biscuits qu'elle avait élue entre tous les contenants pour servir de capsule temporelle. Il avait fallu manger les petits-beurre pour libérer de l'espace. Elle avait toujours dans ses poches des sucreries, des victuailles qu'elle avait pris l'habitude de chiper à l'inventaire de l'épicerie avec la complaisance de ses parents. Elle avait beau se débattre, tout la ramenait toujours à cette échoppe dont elle cherchait pourtant à s'enfuir. Ils déposèrent leurs trophées dans le contenant métallique. Il fallait se défaire de quelque chose de précieux, autrement l'abandon n'aurait aucune valeur symbolique. Viendrait-on récupérer ce trésor avant d'aller voir l'éclipse de 2017 ? La question n'avait pas été tranchée et n'était même pas l'objet d'une clause subsidiaire du pacte.

On s'arrangerait de gré à gré. Il était pourtant absurde d'enterrer quoi que ce soit sans envisager de le récupérer un jour. S'adressaient-ils un message à eux-mêmes, ou bien la boîte était-elle destinée aux générations futures ? Si Isaac avait bien du mal à se projeter dans cet avenir incertain, il était évident que Walter et Miranda auraient alors des enfants. Les conjoints respectifs, les familles et les congés payés n'avaient pourtant pas été appréhendés. On avait tout sacrifié à l'obsession de l'amitié juvénile qui se veut éternelle et totalitaire. L'inconscience avait une force presque magnétique. Isaac fut désigné pour enterrer la boîte. Il était toujours chargé des basses besognes par les deux autres qui se donnaient en spectacle, se tripotant sans gêne. Tous les trois se recueillirent un instant au-dessus du trou béant. Le petit écolier figurant sur le couvercle semblait les regarder avec une certaine arrogance du fond de sa tombe, ne craignant ni la terre meuble ni le passage du temps. Pendant un instant, la scène fut semblable à *L'Angélus* de Millet. Le soleil déclinait. La lumière rasante conférait un aspect dramatique au tableau. Il ne manquait qu'une brouette et un panier de pommes de terre. Isaac, quant à lui, jouait le troisième homme, le trouble-fête qui s'invite sans demander la permission. À grands coups de pied, il entreprit ensuite de reboucher le trou. Les deux autres ne prirent même pas la peine de jeter une poignée de terre à tour de rôle. Le cérémonial était bidon de toute façon et l'insouciance indétrônable. Walter glissa une main sous le tee-shirt de Miranda pendant qu'Isaac s'échinait sur son tas de sable. Elle poussa un petit cri que Walter étouffa sous ses baisers et Isaac regretta soudain que le canif soit déjà enterré, car à ce moment précis, il eut la tentation de le planter entre les omoplates de son rival pour l'enfoncer aussi loin que possible. De plus en plus souvent, il était sujet à ces accès de rage incontrôlables dont il refusait d'admettre l'origine. S'il avait reconnu la jalousie qui le dévorait, c'en aurait été fini du trio et Isaac craignait secrètement de perdre tout accès à Miranda. Afin de calmer ses nerfs, il se concentra sur sa tâche, sautant maintenant à pieds joints sur le monticule qui dépassait du sol et signalait l'emplacement du trésor plus que n'importe quelle carte. Il jeta quelques touffes d'herbe afin de dissimuler son forfait, mais la tentative s'avéra grotesque. Lorsqu'il se releva, il constata que les deux autres descendaient déjà la pente. Était-il le seul à se soucier du protocole et des égards ? Il devait se taper le sale boulot et assister impuissant au triomphe de l'autre, alors que l'idée même de la capsule n'était pas de lui. Un sentiment d'injustice manifeste le rongeait. Ils s'étaient comportés comme des gosses, sacrifiant au rituel des camps scouts que Walter avait fréquentés. Isaac avait toutefois limité le ridicule et personne n'avait osé fredonner les premières mesures de *Kumbaya*. Dans leur mémoire, l'éclipse et l'enfouissement de la boîte resteraient liés pour toujours, comme un navire à son ancre.

– Attendez-moi, hurla-t-il à l'attention des deux autres qui s'éloignaient déjà.

– Tu es toujours à la traîne, répondit Walter sans même se retourner.

Walter le dépassait d'une tête et ce handicap génétique semblait leur octroyer une position définitive dans l'échelle sociale. Plutôt que d'officialiser son statut de roquet, Isaac se mit à les suivre à bonne distance, prétextant une nonchalance estivale, scrutant l'horizon par intermittence et cueillant de-ci, de-là des marguerites qui poussaient sur le bas-côté de la route. Cette indolence qu'il prétendait souveraine ne lui allait pas, mais mieux valait passer pour un dilettante que pour un laquais. Il savait d'ores et déjà qu'il se ferait engueuler, mais choisit d'assumer. C'est pourtant lui qui avait insisté pour se rendre à Fécamp. Il lui avait fallu convaincre la race supérieure du bien-fondé de sa démarche. Paris était vide au mois d'août, ce qui représentait pour Walter une raison supplémentaire d'y rester. Après tout, les éclipses n'étaient qu'un phénomène physique de plus à ranger au rang des curiosités soulevant l'enthousiasme des seuls retraités, au même titre que les aurores boréales, les éruptions volcaniques et le soleil de minuit. Walter imaginait bien ses propres parents traverser la moitié du monde sur un paquebot de la Compagnie du Ponant pour voir un de ces machins, accompagnés par Ève Ruggieri ou un disciple d'Haroun Tazieff. Il lui semblait encore trop tôt pour écouter Radio Classique et ses publicités vantant les mérites des rentes viagères. Isaac avait dû insister, prêchant sa cause auprès de Miranda pour mieux influencer Walter. Il comptait les jours depuis presque dix ans, ayant noté la date encore lointaine à l'occasion de l'éclipse de 1991. Walter l'avait traité de professeur Tournesol et il avait fallu toute la persuasion de Miranda pour le convaincre de se lever à cinq heures du matin, un jour du mois d'août. « Le petit » n'a pas tort, avait-elle ajouté, comme une mère indulgente qui défend les lubies de son dernier-né auprès d'un père inflexible et taciturne. Au sein de ce triangle qu'Isaac croyait amoureux, il jouait bien souvent le rôle de l'enfant turbulent, les deux autres endossant respectivement la responsabilité du papa et de la maman. Dans les bons jours, ceux où Walter avait décidé de ne pas l'humilier, Isaac interprétait plutôt la figure du petit frère dont il faut se coltiner la garde.

Isaac avait choisi Fécamp après un savant calcul dont les multiples paramètres étaient : la pluviométrie saisonnière, la distance, le coût et enfin, la proximité de la ville par rapport à la ligne de centralité. Partout ailleurs, la trajectoire de l'éclipse ne traversait que champs et bocages, de la Manche jusqu'à Strasbourg. Cette journée aurait donc dû être son triomphe, mais personne ne semblait lui en attribuer le crédit. La paternité du miracle lui échappait, car on ne prête pas aux enfants la capacité d'enfanter. Il était jugé mineur et donc irresponsable. En l'absence de directives claires, il avait pourtant pris la tête de l'expédition, mais savait très bien que cette charge revenait à Walter de manière biologique, sinon de droit divin. Isaac les regardait maintenant s'éloigner, n'attendant qu'une malencontreuse glissade pour pousser Walter au bas de la falaise. Ce serait un regrettable et terrible accident. Il faudrait pleurer. Ce serait déchirant. Les pompiers viendraient ramasser son corps et on aurait du mal à l'identifier tant son visage aurait heurté les silex qui saillent de la paroi rocheuse. Il faudrait alors consoler Miranda qui, à n'en pas douter, saurait bien trouver un peu de réconfort dans les bras de ce cher et tendre Isaac. Après tout, il avait toujours été là pour elle, même quand cette ordure de Walter découchait, qu'il ne donnait plus signe de vie par paresse, ou qu'il mentait de manière éhontée. Il se plaignait souvent d'elle devant son parterre d'admirateurs asservis et à peine pubères, l'accusant même de manquer d'imagination au lit. Il se vantait par conséquent de lui avoir offert un livre à l'usage des couples et détaillant les pratiques les plus diverses qu'elle refusait pourtant de mettre en œuvre. Isaac n'en pouvait plus de couvrir des manquements qu'il condamnait en son for intérieur, sans comprendre que Miranda était justement attirée par cette insupportable arrogance. Walter se moquait bien des autres et de leurs préoccupations d'insectes, ce qui augmentait son pouvoir de séduction. Toutes les filles se défiaient pour lui passer la bride autour du cou. Miranda était donc celle qui avait domestiqué un cheval ombrageux et farouche, et si elle avait grimpé sur son dos devant la foule ébahie, elle donnait l'illusion de contrôler une monture qui la tolérait sans jamais se laisser guider.

Ils prirent le train dans la lumière rasante. Le ciel était chargé de nuages sombres qui annonçaient déjà la fin de l'été. La campagne était moche, les maisons de briques sombres et humides. Des cheminées, des pignons et des lucarnes apparaissaient de temps en temps derrière les arbres. La température avait beaucoup fraîchi. Les trois amis n'avaient rien à se dire et n'éprouvaient pas l'envie de parler. De toute façon, le fracas du train rendait toute conversation impossible. Le mouvement rythmique et houleux incitait plutôt à l'indolence. Les rayons du soleil passant entre les haies révélaient de longues bavures sur la vitre du compartiment, traînées dégueulasses qui se superposaient comme des couches de graisse recuites sur la paroi d'un four. Walter somnolait ou feignait la fatigue. Miranda regardait le paysage sans que celui-ci ait eu quoi que ce soit d'intéressant. Elle s'absorbait pourtant dans cette contemplation, comme si le bocage rapiécé avait l'attrait du Grand Canyon. Isaac, quant à lui, regardait Miranda. Il avait cessé de la voir comme une sainte ou une victime et, passant d'un extrême à l'autre, la couvrait d'insultes et de fange. L'éclipse les avait unis autant qu'elle les séparait désormais. Leurs vies s'en trouvaient bouleversées sans savoir pourquoi et ils regrettaient en silence le confort de la veille qui paraissait déjà loin. Ils prenaient acte d'un malaise qui s'installait pour durer. Le flottement ressenti durant la minute de totalité était une sensation qu'ils n'imaginaient pas revivre et qui rendait tout le reste d'une affligeante banalité. L'existence à laquelle ils s'étaient peu à peu habitués n'avait plus d'attrait. Il avait suffi d'une seule fois et, comme des gens ordinaires perdent l'envie de vivre après avoir goûté une substance dont l'effet est aussi puissant qu'éphémère, ils savaient qu'il leur faudrait désormais supporter la pesanteur de la Terre ou s'étioler à jamais. Les ténèbres diurnes les avaient aveuglés. Le retour de la lumière fadasse les plongeait dans un assombrissement intérieur. Seul Isaac avait tout de suite remplacé une sensation par une autre, car il meublait désormais le vide laissé par le mouvement des astres par un savant mélange de désir et de haine.

Le grand appartement de Walter les accueillit comme une crypte. Une panne de secteur plongeait toute la rue dans l'obscurité. Ils allumèrent des bougies, se servirent de chandeliers en argent massif qui perdirent leur rôle décoratif. Après un détour par la cuisine, Walter ouvrit le chemin, menant la procession le long d'immenses couloirs dont l'extrémité se perdait dans l'obscurité opaque. Il se prit au jeu, sa simple démarche trahissant une ascendance aristocratique. Le comte de Goyon menait ses hôtes à quelque réunion secrète au fond d'un soupirail. Ne manquait que le cliquetis des chaussures à boucle que n'arrivaient pas à reproduire les semelles en caoutchouc de ses Nike. Les flammes vacillantes projetaient leurs ombres difformes sur les murs comme une cohorte de spectres. Tout le quartier était touché par le *black-out* et la seule lumière résiduelle était un halo orangé qui flottait par-dessus les toits distants, preuve que le reste de la ville était toujours là, luttant à sa manière passive contre le chaos et la barbarie. Les rares voitures roulaient au pas, ralentissant aux carrefours en l'absence de feu rouge. Les jeunes gens s'installèrent dans le grand salon dont les fenêtres donnaient sur la rue et, sans même échanger un seul mot, se mirent tout de suite à boire, comme s'il n'y avait eu aucune alternative. Les phares des véhicules révélaient par intermittence les façades opposées. On ne voyait ni planètes ni étoiles, rien qu'un grand écran de fumée sur lequel se reflétait la ville dispendieuse. Walter attaqua une bouteille de Lagavulin hors d'âge et dans laquelle Isaac fit mine de tremper les lèvres sans toutefois avaler le breuvage huileux et tourbé. Refusant de se l'avouer, il avait pourtant une idée derrière la tête et voulait conserver toute sa lucidité. Au contraire, l'ivresse des deux autres l'arrangeait. Comme souvent, celui qui tirait le plus grand avantage de leur relation tripartite, c'est-à-dire Walter, avait beaucoup de mal à envisager que ses acolytes puissent souffrir de la moindre insatisfaction. Miranda sirotait tranquillement son breuvage malté au parfum de clou de girofle et de vieux cuir. Elle n'avait jamais aimé le whisky, mais souhaitait s'anesthésier sans caprice. Cette fille qu'Isaac avait vénérée comme une déesse lui apparaissait à présent comme ayant tout prémédité pour l'anéantir. Elle flirtait avec lui depuis le début, mais se donnait à un autre. « Je songe à un truc tout à coup, déclara Walter. Vous avez remarqué qu'en allemand, la Lune est un mot masculin, *Der Mond*, et le Soleil est un mot féminin, *Die Sonne*. Comment s'entendre avec ces gens-là, alors que tout le folklore tend à prouver le contraire ? » Isaac considéra le problème un moment et admit en silence que les Allemands devaient avoir raison. Walter était bien cet astre mort qui lui cachait maintenant le Soleil. Miranda se leva, titubant déjà sous l'effet de l'alcool et de la fatigue, puis alluma la radio afin de meubler le silence qui avait suivi la tirade de Walter. Isaac reconnut tout de suite l'introduction de *King of Pain* de Police et fut soudain frappé par la pertinence des paroles qu'il comprenait pour la toute première fois. *There's a little black spot on the sun today*. Il aspirait la douleur des deux autres, s'en chargeant comme d'un fardeau inutile qui l'empêchait d'avancer. *That's my soul up there*. L'éclipse et la douleur et le manque se mélangeaient enfin. Walter, cuit par l'alcool, finit par se lever avec difficulté puis rasa les murs jusqu'à sa chambre, emportant avec lui l'un des deux chandeliers. Miranda était allongée sur le canapé dans un demi-sommeil éthylique. Isaac attendit la fin de la chanson pour s'approcher. Il s'agenouilla près d'elle et la contempla de tout son long, des Converse délacées à la pointe de ses cheveux châtains. Elle semblait offerte, désarmée, enfin à sa merci, comme il l'avait toujours rêvée. L'aurait-il désirée avec tant de force si elle n'avait pas été à un autre ? Ce possessif absurde revenait encore et toujours dans son monologue intérieur. Il se pencha vers elle et embrassa ses lèvres qui lui parurent étonnamment fraîches. Elle gémit au seuil de l'inconscience, mais ce qui n'était qu'une réaction de surprise lui parut être un encouragement. Il glissa ensuite une main sous son pull et caressa ses seins. Elle émit un léger râle de protestation, n'aspirant qu'au repos. Avec circonspection, il déboutonna son jean et tenta sans succès de se frayer un chemin entre ses cuisses. Avait-il seulement conscience de commettre une agression ignoble ? Dans son délire, elle lui susurrait des grossièretés à l'oreille, l'agrippant par les épaules. Il ne s'appartenait plus, avait perdu tout contrôle. La rage en lui, dont il avait toujours soupçonné, l'existence était maintenant aux commandes. Il avait oublié la peur, l'injustice, la faiblesse pour devenir cette créature dont la détermination et l'égoïsme semblaient absolus. Il était pourtant conscient de ce qu'il faisait, mais ne pouvait s'en empêcher. Isaac était un monstre et contre toute attente, il était heureux. Il ouvrit sa braguette et se mit à se tripoter. Dérangée dans son sommeil, Miranda entreprit alors de se tourner sur le côté, mais il la retint si fort par la gorge qu'elle ouvrit alors les yeux, soudain dégrisée. Sur le point de jouir, il eut une demi-seconde de terreur pure à l'idée de devoir se justifier, le sexe à la main. Il faut croire que son éducation – sa mère était une féministe militante – n'avait pas entièrement disparu sous les assauts de sa nouvelle personnalité. Il n'eut cependant pas à bredouiller quoi que ce soit, car Miranda, frappée par l'horreur de la situation ou par les vapeurs d'alcool, s'évanouit pour de bon, lui épargnant ainsi le ridicule, mais pas la honte. Il était loin d'en avoir fini avec la culpabilité. Il rhabilla Miranda tant bien que mal, le cœur battant à toute allure, comprenant la nature abjecte de son attitude sans l'admettre complètement.

Il ramassa ses affaires et s'engouffra dans le couloir, roulant d'un bord à l'autre et se heurtant aux murs. « Qu'est-ce que c'est que ce bordel ? » maugréa Walter en passant la tête par la porte entrouverte de sa chambre. Sans même y réfléchir, Isaac lui décocha un direct à la mâchoire. Walter s'écroula de tout son long sur le parquet de chêne avec le bruit d'un sac qu'on laisse tomber sur le sol. À terre, il n'était plus un meneur charismatique, mais un tas de linge sale et puant l'alcool. Isaac le regarda un instant dans la pénombre, puis toutes les lumières revinrent tout à coup, les lampadaires dans la rue, les enseignes au néon des boutiques, les spots halogènes aussi bien que tous les lustres de l'appartement. Les appareils électroniques se remirent soudain en marche, émettant des bruits divers. Aveuglé, Isaac mit une main en visière le temps de s'habituer de nouveau à la clarté électrique, puis, prenant tout son élan, balança un monstrueux coup de pied dans le ventre mou de Walter. « *Tu quoque*… » crut-il entendre dans un râle, alors qu'il avait déjà tourné le dos. « Salopard » marmonna Isaac avant de claquer la porte derrière lui. Se retrouvant dans la rue, il se mit alors à courir comme une bête traquée par une meute de chiens. Il devait sauter les obstacles, les rivières, les marécages et les fossés. Partout l'attendaient les branches cassées et tranchantes, les trous fangeux, les arbustes pleins d'épines et les crocs acérés. Il entendait presque les aboiements dans son dos. Il trébuchait, frappait des sabots contre le pavé dans un claquement mat. En réalité personne n'était à ses trousses, mais la nécessité de la fuite s'imposait pourtant comme une évidence animale. Il était envahi par des sentiments contradictoires. Regrettait-il son geste ou de ne pas l'avoir mené jusqu'au bout ? Tandis qu'il imaginait le visage de Miranda transfiguré par un plaisir fictif, il souffrait aussi d'avoir découvert cette partie obscure de lui-même. Il dut s'arrêter dans sa course folle pour vomir dans une poubelle en longs spasmes douloureux. Cessant de respirer, il n'entendait plus que les battements précipités de son cœur et un insupportable acouphène qui lui vrillait maintenant les tympans. Réfugié sous une porte cochère, il se roula en boule, pensant semer ses poursuivants qu'il espérait voir passer à toute allure, lancés à ses trousses. Il comptait sur les gaz d'échappement pour tromper l'odorat des chiens, saint-hubert, grands bleus de Gascogne et mâtins de Naples aux bajoues tombantes, dont les jappements avides devenaient moins pressants. Une voiture passa sans ralentir. Il resta là quelques instants avant de se ressaisir. Il était deux heures du matin. La rue était déserte. Miranda cuvait sur le canapé et ne se souviendrait sans doute de rien. Walter avait reçu une correction qui lui pendait au nez de toute façon et qu'il devait bien s'attendre à recevoir un jour. Son arrogance naturelle en prendrait sans doute un coup. La seule inconnue avait dû résider pour Walter dans la nature de son futur agresseur. Se trompant de cible, il s'était méfié des balaises et des incultes au sens de l'humour limité. Mais on n'est jamais trahi par ses ennemis et la vengeance était donc venue, comme il se doit, de l'entourage insoupçonné. Toutefois, on ne change pas de rôle du jour au lendemain. La distribution semble effectuée une fois pour toutes, et si Isaac était parvenu dans un débordement incontrôlé à obtenir une forme incomplète de satisfaction fruste, c'était sans avoir maîtrisé la force de conviction qui animait Walter. Isaac comprit par conséquent que sa transformation serait toujours douloureuse et socialement inacceptable, car elle resterait inachevée. À l'opposé de Walter, il se sentait incapable d'assumer son animosité. Il ne serait donc pas calife à la place du calife, ne deviendrait jamais l'amant de Miranda, car la place qui lui avait été assignée par le destin, son éducation et la génétique l'en empêcherait toujours. Ayant brûlé tous les villages rencontrés au cours de sa retraite précipitée hors de l'appartement, il se trouvait à présent coincé dans un cul-de-sac émotionnel. D'un côté, il y avait l'idée de justice, la morale, la loi, la civilisation, la norme et puis la honte, et de l'autre, le souvenir délicieux de Miranda, inconsciente, les traits déformés par des spasmes imaginaires. Ça ne pesait pas lourd, mais il savait qu'il en chérirait chaque instant au cours d'innombrables séances de masturbation à venir. À peine rentré chez lui, il entreprit d'ailleurs de s'y adonner. Le souvenir encore frais et à peine évoqué lui permit de jouir aussitôt, puis il s'endormit, épuisé par le déferlement de la testostérone aussi bien que par la cavalcade.

Le lendemain matin, Isaac se réveilla en sursaut, la cuisse tétanisée par une crampe, la jambe entière tendue comme un arc qu'il dut frapper de toutes ses forces pour récupérer l'usage de ses muscles. Malheureusement, il se souvenait de tout et, si la fatigue, la peur et la colère accumulées lui avaient donné la force d'enfreindre tous les interdits, il n'en menait pas large une fois revenu à la raison. L'éclipse lui paraissait déjà loin. Le phénomène céleste qu'il avait espéré durant toutes ces années d'apprentissage stérile lui avait laissé une forte impression. Toutefois, ce souvenir se trouva supplanté par la soirée transgressive qui avait suivi. Que resterait-il de son voyage à Fécamp à la veille de l'an 2000, sinon le sexe de Miranda qu'il avait presque tenu dans sa main ? Les astres errants n'étaient rien en comparaison. Il avait le sentiment d'avoir vécu son *dies irae,* le jugement final, la destruction du monde ancien. Bien sûr, il était horrifié, n'ayant pu trouver de contentement que dans la démence et la brutalité. Peut-être aurait-il dû se séparer des deux autres, prendre un chemin de traverse et ne pas regarder en arrière ? Il se serait alors comporté avec civilité et hypocrisie, feignant la séparation momentanée, comme on se dit au revoir le matin sur le pas de la porte sans savoir avec certitude si l'on se reverra le soir même.

Il avait pourtant fallu qu'il saccage tout, sans doute pour signifier la fin de sa jeunesse. Il oscillait maintenant entre l'extase de la libération et la crainte des conséquences que ses actes ne manqueraient pas de provoquer.

Au même moment, les parents d'Isaac mangeaient de l'ananas sur le dos d'un éléphant au Sri Lanka. Ils lui avaient envoyé une photo par e-mail sur l'ordinateur familial, ce qui représentait à l'époque un signe extérieur de richesse encore plus extravagant que le voyage lui-même. Il se mit à observer le téléphone, persuadé qu'il était sur le point de sonner. Il ne pouvait en être autrement. Tout un cortège d'emmerdements s'apprêtait à déferler dans l'appartement vide, allant du passage à tabac pur et simple au séjour à Fleury-Mérogis. Au bout d'un moment, il détourna le regard, convaincu qu'il avait un pouvoir sur les objets et ne voulant surtout pas que son mauvais contrôle de la télékinésie soit à l'origine du désastre. À force de le fixer de la sorte, le poste allait bien finir par sonner. Comment pouvait-il ressentir un tel sentiment de puissance alors que sa vie était en lambeaux ? Ses parents, qui avaient chéri leur fils unique et l'avaient encouragé dans la voie des études, seraient mortifiés de lui apporter des oranges en prison, sans mentionner le sort qu'on réservait aux violeurs dans les établissements pénitentiaires. Le nom de la famille serait souillé pour toujours. Isaac était celui par qui l'opprobre s'abat sur les familles honnêtes. On l'avait poussé à réussir, niant sa tendance naturelle à la paresse et au rêve, lui infligeant toujours plus de cours particuliers. Il lui fallait devenir ce grand scientifique dont sa famille avait mûri le dessein alors qu'il n'était encore qu'un embryon. Mais l'impossibilité devant laquelle il se trouvait à présent, car il lui était tout simplement inconcevable de retourner à l'école, lui apparaissait enfin comme une échappatoire au destin tout tracé. Le téléphone était à éviter, comme un mauvais génie dont les interventions se soldent toujours par une catastrophe. Isaac résolut le problème en tirant sur la prise, puis il se rendit dans chaque pièce et ferma tous les volets, non pour atténuer la chaleur de la rue, mais bien pour empêcher des forces malignes de s'immiscer jusqu'à lui.

Des semaines avaient passé. L'automne était maintenant là. Contre toute attente, le téléphone une fois rebranché était resté muet. Personne n'avait pris la peine d'insulter ou de menacer Isaac et c'en était à désespérer de la notion même de justice, qu'elle soit ou non divine. Il n'allait plus en cours et, ne voyant pas comment convaincre ses parents du bien-fondé de cet abandon, avait décidé de ne rien leur dire. Trop occupés à fuir leur foyer par le biais alternatif du travail et de l'alcool, ils ne s'étaient d'ailleurs aperçus de rien. Isaac aurait bien pu se raser le crâne ou se faire tatouer des motifs maoris, cela n'aurait pas modifié leur comportement à son égard. L'âge de leur fils et l'importance de ses études étaient les excuses dont ils avaient toujours eu besoin pour cesser enfin de s'occuper de lui. La sollicitude permanente qui l'avait étouffé étant enfant avait cédé la place à une indifférence proportionnelle. Il déambulait donc tout le jour dans l'attente d'un châtiment qui ne semblait pas vouloir s'abattre, comme une vague cataclysmique, mais toujours suspendue. Sa situation était un défi à la gravité. Peut-être s'interrogeait-on à son sujet dans les hautes sphères ? Tout n'était qu'une question de temps et la sanction serait d'autant plus exemplaire qu'elle aurait été longtemps différée. Isaac vivait par conséquent dans l'angoisse permanente, ne se rendant même pas compte qu'il se punissait très bien tout seul. Croiser Walter par inadvertance lui paraissait être une perspective insurmontable. Aussi, la classe préparatoire était devenue une planète lointaine et inhospitalière sur laquelle il avait la certitude de ne jamais retourner.

Son avenir aurait dû le préoccuper plus que tout le reste, mais l'anxiété liée au téléphone avait si bien enflé que le monde entier lui semblait être une menace. Répondre au danger immédiat par des mesures appropriées était donc devenu une priorité. Parant au plus pressé, il s'était constitué une combinaison à base de papier aluminium qui était censée le protéger des ondes électromagnétiques. Dans la journée, il se coiffait également d'un égouttoir à salade des années cinquante que sa mère avait chiné aux puces de Clignancourt. Le casque grillagé formait, il en était convaincu, une très utile cage de Faraday autour de son cortex, lui permettant ainsi de penser sans subir les attaques permanentes des radiofréquences les plus délétères. Le monde entier était maintenant le théâtre de rayonnements nocifs qui traversaient les murs de béton, la peau, et même les os de sa boîte crânienne. Il sentait en permanence les gigahertz fourmiller entre ses poils, comme on perçoit la chaleur ou le froid. Était-ce une capacité nouvelle qu'il avait développée avec le temps, une mutation génétique qui le rendait en quelque sorte allergique à des facteurs restant imperceptibles au commun des mortels ? Ou bien était-ce son exposition aux raies noires de l'éclipse qui l'avait changé pour toujours ? Il ne s'approchait plus du four à micro-ondes, avait renoncé à son téléphone portable, avait débranché toutes les radios de la maison. Pris d'une crise de panique, il avait même détruit sa montre à quartz à grands coups de marteau, car il s'était convaincu qu'on cherchait à le contrôler à distance par le biais du mécanisme. La NSA, la CIA, le FSB et Seiko étaient tous de mèche. Il ne tolérait plus de regarder la télévision, persuadé que le rayonnement bleu du tube cathodique lui grillait les neurones à petit feu. Bien sûr, il avait consulté à ce sujet différents médecins, du généraliste de quartier à l'éminent spécialiste de la Salpêtrière. On ne parlait pas encore d'électrosensibilité et les ordonnances qui s'accumulaient sur son bureau ne comportaient bien souvent que des corticoïdes et des anxiolytiques. Ses symptômes variés allaient de l'asthénie aux plaques d'eczéma en passant par une irritation constante des yeux qui lui donnait de faux airs de lapin russe. Il souffrait, et à mesure que les multiples dispositifs électromagnétiques gagnaient du terrain, envahissaient sa vie quotidienne, ses déplacements se réduisaient et son comportement erratique devenait de plus en plus difficile à camoufler. Il passa le réveillon de l'an 2000 seul dans sa chambre. Le tout nouveau phare de la tour Eiffel balayait maintenant le ciel gris-jaune de son orbe cyclique. Là encore, il n'y eut pas de cataclysme. Les voitures volantes dont il avait rêvé étant enfant n'étaient qu'un mirage de plus. Il ne quittait plus ses lunettes de soleil, portait des gants en toile métallisée comme Michael Jackson et laissait traîner derrière lui un fil électrique jaune et vert qu'il attachait à sa ceinture afin d'être en permanence relié à la terre. Cette queue rigide et bizarrement simiesque contrastait d'ailleurs avec ses fausses allures de pop star. À la nuit tombée, il errait parfois dans le quartier, marchant autour du pâté de maisons en évitant le cône de lumière des réverbères qui grésillaient dans un nuage de moucherons. Il effrayait les voisins qui promenaient leur chien, passant pour le visiteur d'une galaxie lointaine, très lointaine, ou plus simplement pour le désaxé du coin. Il enviait souvent l'indifférence de ses contemporains, leur capacité à ne plus rien sentir, alors qu'il était au contraire frappé par une forme méconnue d'hyperalgie. Le monde le blessait, tout le temps et en tout lieu.

Des mois s'écoulèrent. La période des examens qu'Isaac n'avait pas l'intention de passer approchait à grands pas et, dans son délire, une lueur de lucidité lui enjoignait encore de trouver une solution, ou tout du moins d'inventer un mensonge acceptable. Il avait passé le plus clair de l'année scolaire à se protéger des relais de téléphonie et des satellites qui zébraient le ciel en permanence. Les concours et les grandes écoles lui paraissaient désormais étrangers alors que ses parents, refusant de voir la vérité en face, se réjouissaient par avance d'un résultat qui ne viendrait jamais. Pendant des semaines, il avait attendu une juste rétribution pour son comportement déviant, comme une preuve tangible de sa propre existence, mais rien n'était arrivé. En secret, il avait même espéré des nouvelles de Walter et de Miranda, mais comprenait à présent qu'il était sorti de leur vie et se demandait dans quelle mesure on ne l'avait pas poussé à la faute afin de se débarrasser de lui. Était-il vraiment à l'origine de ses propres décisions, ou bien Walter avait-il encore une fois tiré les fils de sa marionnette favorite ? De cette manière, il restait immaculé tandis qu'Isaac endossait comme à son habitude le mauvais rôle. Tout compte fait, sa crainte n'avait pas été d'être châtié à sa juste mesure, mais bien plutôt d'être oublié, comme ces enfants qui désobéissent pour attirer l'attention de leurs parents démissionnaires. Il était doublement délaissé, revivant auprès de ses amis la situation qu'il avait connue avec sa famille, ne sachant rien susciter d'autre qu'un désintérêt poli auquel il s'était habitué. Les vieux schémas paraissaient se répéter comme une mélodie sérielle et sans fin. « Ignorez-moi » semblait-il transpirer par tous les pores, alors qu'il ne voulait rien tant qu'être aimé, mais sans goût pour la provocation, sans volonté d'attirer l'attention.

C'est un dimanche soir du mois de mai qu'Isaac fut de nouveau frappé par le destin. La solution qu'il n'avait osé formuler lui fut apportée comme une réponse diabolique. De toutes les possibilités, c'était toujours la plus évidente et la moins acceptable qui semblait s'imposer à lui. Le répondeur téléphonique se déclencha et il entendit le commandant de la gendarmerie lui annoncer la mort de ses parents. Ils étaient rentrés sains et saufs du Sri Lanka, mais s'étaient tués en revenant de La Ferté-Alais où son père cultivait les roses. Il passait tous ses week-ends dans un pavillon de meulière qu'il avait hérité d'un oncle et où Isaac ne mettait plus jamais les pieds, trouvant désespérant le charme suranné de la campagne devenue banlieue. La serre et le jardin d'hiver empestaient ce parfum doucereux de pétales fanés dont il avait horreur. Le chien des voisins lui aboyait dessus sans raison apparente et toute la maison, confite dans son jus de porcelaine et de toile de Jouy, lui évoquait une agonie lente et atroce, la déliquescence inévitable de la vieillesse. Dans la cuisine résonnait le cliquetis régulier de l'horloge comtoise. Autour avaient poussé les maisons préfabriquées et leurs haies de thuyas. La terre arable s'était muée en lotissements sous la pression des agents immobiliers. Sur la place de l'église, une mercerie résistait encore aux parkings et aux hypermarchés, mais tout dans ces rues mornes indiquait une catastrophe inévitable qu'Isaac avait cessé de contempler lorsque ses études étaient devenues plus exigeantes. En fin de compte, l'accident de voiture n'était pas tout à fait une surprise. Il est des endroits qui sentent la mort et dont on finit par ne jamais revenir.

L'intense soulagement qu'Isaac ressentit tout d'abord fut suivi de près par la honte d'avoir éprouvé une émotion inappropriée. Il aurait voulu pleurer, mais à quoi bon se voiler la face, sa famille lui était devenue étrangère depuis des années. La tristesse et la perte n'étaient rien en comparaison du soulagement qu'il éprouvait de ne plus avoir à mentir. L'éducation et la répression des instincts l'emportaient toujours chez lui sur les sentiments véritables, au point qu'il se demandait parfois quoi ressentir en certaines circonstances, observant les autres afin de se caler sur leur attitude. Il avait toutefois raison de se méfier. La seule fois où ses émotions avaient pris le dessus, il s'était retrouvé agenouillé devant Miranda, sur le point de commettre l'irréparable. Isaac était enfin libre au moment précis où la liberté était ce dont il avait le moins besoin. L'héritage et la vente des biens immobiliers devaient suffire à le rendre indépendant pour des années, mais cette émancipation, loin de lui bénéficier, allait permettre la réalisation de ses lubies les plus infantiles. Il ne serait jamais le physicien ou l'astronome qu'on avait vu en lui, mais les idées saugrenues qu'il aurait dû étouffer par conformisme social avaient désormais une chance d'accéder au grand jour, car les contraintes familiales et économiques avaient cessé de jouer leur rôle de garde-fous.

Les biens étaient vendus, les droits de succession réglés et rien ne retenait plus Isaac à Paris, ville maudite qu'il associait maintenant à sa maladie. Tout était prêt pour son départ en cargo et il savait avec certitude qu'il ne reviendrait pas. Il devait rendre les clés de l'appartement le lendemain matin, et c'est en déambulant lors de cette dernière soirée qu'il rencontra Thomas, un ancien camarade de classe à moitié ivre. Celui-ci célébrait son échec au concours et ne s'offusqua même pas de sa tenue pour le moins inhabituelle. Isaac avait d'ailleurs perfectionné sa combinaison en jetant sur ses épaules une couverture de survie dont les reflets dorés lui donnaient des allures de superhéros. Il miroitait sous la clarté orangée, se déplaçant dans un grand froissement qui annonçait son arrivée. Thomas était assis sur un banc de la place Marcel-Aymé, une bouteille de Super Valstar verte à la main. La statue de Garou-Garou, le passe-muraille, semblait l'observer du coin de l'œil. Isaac jaugea le personnage avant de s'approcher. Ça n'était pas un ennemi. Ça n'était pas non plus une proie. Dans son système de valeurs, Thomas n'était donc rien et il s'assit par conséquent à côté de lui sans crainte et dans un grand bruissement.

– C'est moi, Isaac, regarde droit devant toi et fais comme si de rien n'était.

– Dis donc, je t'avais pas reconnu, répondit Thomas après quelques secondes d'hésitation, sans doute à cause du panier à salade.

– T'occupe.

– Les chiffres, mec. Tout ça, c'est à cause des chiffres. Ils te condamnent, ou bien ils te propulsent. Un point de plus ou de moins et c'est ta vie qui bascule. On n'est rien que des chiffres, toi et moi. Bons ou mauvais, va savoir. T'as bien fait de refuser leur tyrannie.

– Je peux te poser une question personnelle ?

– Essaie toujours.

– Ça t'arrive de te toucher en pensant à une fille que tu n'auras jamais et qui ne veut pas de toi ?

– Évidemment ! Pour qui tu me prends ? Ça m'oxygène ! J'en fais même une question de principe. C'est que je suis un mec normal, moi !

– C'est bien ce que je croyais. Et Walter ?

– Quoi ?

– Kerven, comment il s'en est sorti ?

– Il a réussi le concours mon pote, crois-le ou non, mais il l'a eu les doigts dans le nez. Il faut croire qu'il avait tiré le bon numéro, celui-là.

– Ça, tu peux le dire.

Se drapant dans sa dignité autant que dans sa cape, Isaac se leva, tourna les talons et descendit l'avenue Junot, laissant l'ivrogne cuver sa bière. En fin de compte, il était satisfait de cette nouvelle, comme si la réussite de Walter jouait le rôle du châtiment qu'il avait tant attendu. Tout rentrait maintenant dans l'ordre et sa faute s'en trouvait ainsi diminuée. C'est en rebroussant chemin, observant une colonne Morris qu'il avait ignorée à l'aller, qu'il se trouva nez à nez avec la couverture d'un magazine. Sir Alec Guinness venait de mourir et cette nouvelle, bien qu'insignifiante, le plongea pourtant dans une tristesse absolue. Il s'arrêta face au portrait de l'acteur et, sans crier gare, se mit à pleurer à chaudes larmes sans pouvoir se retenir. Était-ce la disparition d'Obi-Wan Kenobi qui l'affectait autant, ou bien la certitude qu'un pan de sa vie avait disparu pour toujours avec lui ? Le personnage inventé par George Lucas l'avait accompagné durant toute sa jeunesse, lui dispensant conseils pratiques et techniques de combat. Un poster grandeur nature de son modèle avait même orné la porte de sa chambre. Il s'aperçut que son enfance avait été optimiste parce que désinvolte. Au bout du compte, la fiction l'avait rendu plus proche d'un acteur qu'il n'avait jamais rencontré que de ses propres parents avec lesquels il avait vécu. Les larmes qu'il n'avait pas versées pour sa famille étaient celles qui s'épanchaient à présent pour un étranger. Il sentait bien qu'il y avait là quelque chose d'anormal, de vicié et même d'obscène, mais cette lucidité n'entamait en rien sa peine et ses sanglots sincères trahissaient une perte immense, comme si l'être le plus cher l'avait quitté pour toujours, le laissant seul et désemparé. Il revoyait les sables de la planète Tatooine, entendait la voix du maître Jedi et refusait de croire que tout cela avait cessé d'exister. « La plupart des vérités auxquelles nous tenons dépendent avant tout de notre propre point de vue » avait déclaré Obi-Wan. Il lui était plus difficile d'accepter la mort d'une célébrité dont l'image est permanente, toujours disponible et par conséquent figée dans un âge de la vie que d'accepter celle de ses proches qu'il avait vus vieillir.

Isaac rentra dans ce qui n'était déjà plus chez lui. L'appartement était vide à l'exception d'un sac de couchage qui traînait sur le sol du salon. Il s'était débarrassé des meubles et ses bagages étaient déjà aux mains de la Compagnie générale maritime. Tout lui paraissait maintenant plus simple. Il était comme une barque à la dérive, sans aucun port d'attache.

À côté des cabanes en rondins qui s'alignaient le long de la route, il y avait un champ à l'herbe rase où les camping-cars se garaient, toujours plus nombreux. Au centre de ce dédale grandissant, trônait une caravane Air stream tout en Inox, autour de laquelle s'étaient agrégés des véhicules disparates. Isaac avait été le tout premier. Il avait loué l'épave à un fermier des environs qui avait tout de suite flairé l'aubaine et avait mis un bout de sa terre à la disposition des « réfugiés ». Ceux-ci arrivaient maintenant des quatre coins de l'Amérique et parfois même du reste du monde. Lorsque Isaac se réveillait, il ne voyait plus désormais le parterre de tournesols qui descendait la colline en pente douce jusqu'aux premiers bosquets de tulipiers tant le nombre des campeurs avait augmenté au cours des dernières années. Au loin, il apercevait encore la gigantesque masse du radiotélescope de Green Bank, treillis métallique et blanc qui se détachait sur la surface boisée des monts Allegheny. L'antenne avait la taille d'un terrain de football. Elle était restée pendant longtemps la structure mobile la plus importante jamais réalisée sur la terre ferme, et ce, jusqu'à la construction du deuxième sarcophage de Tchernobyl. Isaac avait enfin trouvé sa terre promise. La *National radio quiet zone* était un territoire de trente-trois mille kilomètres carrés à cheval sur les deux Virginies où toutes les émissions électromagnétiques étaient bannies pour des raisons scientifiques. Les astronomes avaient le monopole de toutes les fréquences et écoutaient l'espace à la recherche d'un sursaut d'activité venu du fond des âges. Tout ce qui symbolisait la gloire de la civilisation occidentale y était interdit et cette contrainte, qui avait maintenu la région dans un état de sous-développement inique, contribuait maintenant à sa renommée internationale. On n'y croisait pas d'adolescent le regard vissé sur l'écran d'un téléphone portable. Les magasins n'offraient pas le Wi-Fi à leurs clients et d'ailleurs, il n'y avait pas de magasins. Il n'y avait pas non plus d'hôpital, d'épicerie ou de restaurant dans un rayon de vingt-cinq kilomètres. La télévision et Internet n'y étaient accessibles que par le câble. Les fours à micro-ondes, quant à eux, relevaient de la légende rurale. Seuls les véhicules diesel étaient tolérés dans la zone, car même l'étincelle produite par les bougies des moteurs à essence aurait suffi à perturber le silence radio. Sur le terrain de camping improvisé, on trouvait maintenant une centaine de tentes, abris de fortune, cahutes de guingois ou roulottes délabrées. Tout le monde y vivait sans eau courante ni électricité. On trouvait là des témoins de Jéhovah, des créationnistes en tout genre, des astronomes amateurs attirés par la noirceur exceptionnelle du ciel, des conspirationnistes variés, quelques amish en rupture de ban, une poignée de « Hare Krishna », des ufologues convaincus, et enfin, une grande majorité d'électrosensibles qui s'appelaient entre eux les « électros » et définissaient la norme. À raison de cent dollars de loyer par mois et par personne, Jacob Pendleton, qui louait désormais sa terre au lieu de l'exploiter, était sur le point de devenir riche. Ce qui avait commencé par amuser les paysans du coin ne causait plus l'hilarité de personne, à mesure que la région se voyait peuplée d'hurluberlus venus de villes lointaines. Non seulement les habitants du cru se sentaient dépossédés de leur identité, mais ils voyaient d'un très mauvais œil que l'un d'entre eux s'enrichisse, si bien qu'on s'interrogeait en silence sur la stratégie à adopter. Les uns considéraient l'expédition punitive comme la seule option possible. On crevait les pneus des électros qui se rendaient en ville. Il faut dire que le lait de soja et le tofu n'étaient pas encore parvenus dans cet endroit reculé. Les habitants légitimes, culs-terreux depuis des générations, refusaient d'être assimilés aux mœurs pour le moins étranges de ces envahisseurs. D'autres, au contraire, rêvaient en secret de louer leur propre champ, dans une région où la misère était endémique depuis l'époque de la conquête et où la seule richesse était le charbon. Au-delà des limites du comté de Pocahontas, on décapitait d'ailleurs les montagnes à la dynamite pour en extraire avec plus de facilité les filons de lignite. L'arrivée des « réfugiés », victimes du monde moderne chassées de chez elles non par une guerre ou une catastrophe naturelle, mais bien par les progrès de la technologie, avait donc divisé les quelques milliers d'âmes qui vivaient là depuis toujours et ne s'attendaient pas à subir ce que le magazine *Time* avait qualifié de « tourisme rétrograde ». La Virginie-Occidentale était devenue le refuge de ces convertis au luddisme.

Les astronomes, qui étaient longtemps restés en retrait du conflit, avaient fini par se rallier à la frange la plus vindicative de la population, car leur esprit cartésien se heurtait au délire des électros. Une guerre larvée avait donc éclaté entre les tenants de ce nouveau Woodstock sans musique amplifiée et les laissés-pour-compte de l'Amérique, dégénérés plus ou moins incestueux et bouffeurs de poisson-chat. Les paysans avaient beaucoup supporté, la relégation dans cette région appauvrie qui tenait maintenant lieu de réserve indienne inversée, les services d'écoute de la Navy qui avaient espionné les Soviétiques et finalement les astronomes et leurs lubies. Les bouseux avaient cédé face au gouvernement fédéral et à ses agences, mais s'étaient enfin trouvé une minorité plus misérable qu'eux-mêmes à opprimer. Une solidarité de circonstance aurait tout de même pu naître entre ceux qui n'avaient jamais rien eu et ceux qui ne voulaient désormais plus rien, mais les différentes parties s'observaient, hostiles, attendant l'incident inévitable.

On trouvait dans la forêt épaisse des laboratoires improvisés où les *rednecks* en salopette Oshkosh bricolaient de la métamphétamine, dépeçaient des cerfs à queue blanche et fomentaient leurs mauvais coups contre les *hipsters* allergiques à l'électricité. Les premiers n'avaient souvent pas de quoi la payer et s'éclairaient au pétrole dans des fermes qui tenaient plutôt de la casse automobile ou de la décharge. Un climat électrique régnait de manière paradoxale dans la région, à mesure que le campement enflait au gré des révolutions technologiques. Chaque nouvelle génération d'iPhone entraînait une vague migratoire. On quittait les côtes surpeuplées pour les collines désertes de la Virginie-Occidentale. Le phénomène était encore marginal, mais avait tendance à grossir. L'exode urbain était en marche et rien ne semblait vouloir l'arrêter. Petit à petit, Jacob Pendleton s'enrichissait et achetait des armes en tout genre, du fusil d'assaut à la mine antichar. Cible privilégiée de ses voisins jaloux, il se retranchait dans sa grange, une grande bâtisse blanche et ocre dont le toit en croupe dessinait une silhouette reconnaissable sur fond de forêt noire. Son fils et quelques autres roulaient désormais en *pick-up* japonais autour de l'ancien champ de tournesols, assurant une forme de milice destinée à protéger leur investissement. Le montant des loyers allait d'ailleurs augmenter afin de financer la sécurité des locataires. Ce qui avait tenu lieu de dépannage improvisé tournait maintenant au racket pur et simple. Les médias locaux se passionnaient d'ailleurs pour cette situation, mais les électros refusaient de répondre aux interviews à cause des enregistreurs numériques et des caméras vidéo. On s'intéressait à présent au champ de Jacob Pendleton comme on s'était intéressé à Waco, et le FBI aurait bien mis tout ce petit monde sur écoute, s'il y avait eu quoi que ce soit à écouter. Privée de sa source d'information traditionnelle, l'institution policière s'avouait démunie face à cette menace d'un nouveau genre. Bien que proches d'originaux sectaires, de groupes religieux ou politiques, les « réfugiés » ne tournaient pas le dos à la civilisation pour des raisons idéologiques, mais uniquement médicales. Il eût été difficile de les traiter de communistes, car on trouvait parmi eux des libertariens et d'anciens chefs d'entreprise en *burn out*, des cadres de Wall Street ayant ruiné leur compagnie, et même de jeunes codeurs, débauchés à prix d'or par des *start-ups* de Palo Alto et qui avaient quitté du jour au lendemain le quartier de Mission pour ne jamais y revenir. Tous avaient connu les crises de panique à répétition, les médecins sceptiques, les médicaments inefficaces et en fin de compte, le déclassement social comme seule possibilité de survie. Certains d'entre eux arrivaient là encore habités par le déni, mais quittaient tous cette posture pour un apaisement inespéré après quelques jours passés à l'ombre du radiotélescope. Malgré eux, ils formaient une communauté soudée par la souffrance et par un même cheminement à la fois personnel et géographique. Ils avaient dû quitter le monde qui cherchait à les détruire et se sentaient donc légitimes à se regrouper dans ce havre qui semblait leur avoir été prédestiné. Cette terre devait être la leur puisqu'ils en avaient tant besoin et que personne d'autre n'en avait jamais voulu. Ils voyaient l'immense antenne blanche comme une sorte de paratonnerre qui, en attirant toutes les ondes radio, les protégeait par sa présence tutélaire. Ils tâchaient donc de s'épanouir à ses pieds et lui vouaient un genre de culte tacite et primitif, sans mantra ni liturgie complexe. Depuis quelque temps, la plupart des campeurs se levaient à l'aube et regardaient le soleil se lever derrière le grand télescope qui était devenu leur totem. Ils se tenaient là, debout à côté de leur tente ou de leur caravane, le regard tourné vers l'est et lorsque le soleil émergeait de la colline et des bois, les aveuglant de ses rayons orangés, la proximité de l'astre et de l'antenne revêtait alors un caractère ésotérique. La Terre se déplaçait et le Soleil apparaissait toujours à un endroit différent sur la ligne brisée des montagnes, mais avec le temps, certains avaient remarqué que l'alignement était enfin parfait au matin du 21 juin, transformant ainsi Green Bank en nouveau Stonehenge. Il n'y avait jamais eu d'appel ou de véritable explication. Le rassemblement avait enflé pour devenir traditionnel. C'est sans doute ainsi que naissent les mythes. Isaac avait pris cette habitude dès son arrivée et la foule l'avait suivi par mimétisme. Une fois le soleil bien détaché de l'horizon, chacun retournait vaquer à ses occupations quotidiennes comme si de rien n'était. Personne n'en parlait jamais, mais il eût été inconvenant de manquer ce moment de communion silencieuse, et les nouveaux arrivants prenaient vite le pli par souci d'intégration.

De manière étrange, Isaac poursuivait là une carrière qu'il qualifiait lui-même de scientifique. Il avait profité de son temps libre pour explorer des voies délaissées par les universités et se consacrait désormais à la modélisation d'une discipline prédictive. Plus que tout, il voulait savoir comment il en était arrivé là, et cette idée l'obsédant, il avait recensé les différents facteurs qui semblaient avoir déterminé le cours de sa vie. Sa méthode consistait à identifier les variables, à les traduire en chiffres, puis à les intégrer dans une formule mathématique standard. Le processus, bien que centré sur sa personne à des fins expérimentales, tendait en réalité à l'universalité. Très vite, il s'était rendu compte que son schéma permettait de résumer des trajectoires individuelles, mais aussi d'en prédire l'évolution à court terme. Il s'agissait, comme pour les bulletins météo, d'un calcul basé sur l'observation.

La définition et l'analyse des grandes tendances n'offraient jamais une certitude absolue, mais une probabilité plus ou moins grande en fonction de paramètres impondérables. Isaac parvenait souvent à un résultat assez fiable qui n'en finissait pas de surprendre ses visiteurs. Les gens venaient désormais le voir dans sa caravane comme on consulte une voyante. Les parois étaient couvertes de feuilles de brouillon où s'étalaient des colonnes de chiffres, des tableaux statistiques et de savantes computations. De son point de vue, l'astrologie n'était pas une fraude dans sa finalité, mais seulement dans sa méthode, et il lui semblait que son approche algébrique était enfin susceptible d'apporter aux hommes les réponses qu'ils s'étaient évertués en vain à trouver dans les astres. La « destinologie » était née, branche mathématique de la théosophie.

Comme Isaac effectuait tous ses calculs à la main, il s'était mis en quête d'un assistant pour vérifier l'exactitude de ses opérations. C'est ainsi qu'il fit la connaissance de Felicity Vaughn. Elle avait grandi sur les hauteurs d'Oakland en Californie, avait ravi la quatrième place au championnat du monde de didjeridoo en 2006 et portait de longues tresses blondes qui lui donnaient des allures de *gretchen* bavaroise. Ses parents s'étaient installés dans la baie de San Francisco au mitan des années soixante-dix et du *Flower Power*. Durant son enfance, elle avait pris l'habitude de sortir la nuit en cachette et de s'installer dans le jardin de la maison familiale pour contempler les lumières de la ville qui scintillaient dans le lointain, de l'autre côté de la baie. Rêvant de travailler un jour chez un fabricant de semi-conducteurs de la Silicon Valley, elle avait étudié pendant deux ans la physique statistique hors d'équilibre à l'université de Berkeley avant d'être traumatisée à vie par la combustion spontanée de son Blackberry Bold. Les brûlures furent superficielles, mais pas les dégâts psychologiques. La jeune fille, incapable de reprendre le cours d'une vie normale, se mit à développer une véritable phobie pour tous les appareils électriques. Le téléphone avait pris feu entre ses mains alors qu'elle envoyait un texto de rupture à son petit ami de l'époque, et elle ne pouvait s'empêcher de croire que ces deux événements étaient liés par une relation de cause à effet.

Felicity avait échoué à Green Bank un beau matin d'automne, alors que les arbres rougissaient et que les collines alentour se paraient d'une livrée ocre. Les campeurs étaient alors moins nombreux et la caravane Air stream la seule habitation digne de ce nom au milieu du champ de tournesols. Comme une marée d'équinoxe, les ondes électromagnétiques l'avaient rejetée sur ce rivage hospitalier, petit morceau de verre dépoli déposé très loin par les mouvements de vives eaux. Seule parmi les premiers réfugiés à disposer de connaissances mathématiques suffisantes, Isaac l'avait tout de suite associée à ses recherches. Leur relation était très vite devenue plus qu'une simple collaboration. Ils s'étaient confiés l'un à l'autre, trouvant des similitudes dans leur parcours respectif. Elle l'avait épaulé dans son travail, lui avait offert son exubérance et ce qui restait encore de sa jeunesse, comme on apporte une offrande à une divinité animiste. Parmi les électros, personne n'oubliait qu'Isaac avait été le premier, une sorte de précurseur et de guide. Cette prééminence naturelle ne lui était jamais contestée. Si la sensibilité aux ondes était un signe distinctif, comme certains le croyaient, la position de premier de cordée qu'occupait Isaac le désignait comme un membre éminent de la communauté, presque un genre de prophète. Il n'y avait pourtant ni hiérarchie ni institution représentative, encore moins d'élections, mais certaines personnalités émergeaient comme ayant une forme de primauté sur le groupe. Peut-être avait-il guidé un peuple en formation vers sa terre d'élection ? À ce titre et en attendant de voir comment les choses allaient tourner, Isaac avait droit à un respect particulier et ses décisions étaient toujours suivies d'effet sans que personne n'ose vraiment les contester. Felicity avait emménagé dans la caravane de ce nouveau Moïse. Ses affaires se réduisaient à peu de chose, même si le didjeridoo prenait une place folle. Pour la première fois de sa vie, Isaac connut grâce à elle la véritable satiété sexuelle. Ils calculaient, faisaient l'amour et calculaient encore. Cette association du sexe et des mathématiques était pour lui ce qui se rapprochait le plus du bonheur. L'angoisse provoquée par le manque permanent s'était évanouie. Pendant quelques années, il connut même une forme de paix intérieure. Son esprit et son corps étaient enfin soustraits à l'angoisse. Lire le désir dans le regard de l'autre lui procurait un plaisir indicible, proportionnel au vide qu'il ressentirait par la suite lorsque la routine et le temps auraient détourné Felicity de sa couche. Pour l'instant, il créait, mettant à profit cette période dont il ignorait le caractère éphémère. Il faut croire qu'il était encore jeune, puisqu'il ignorait la brièveté de la jeunesse et de l'amour. La force bienveillante que Felicity exerçait sur lui était si puissante qu'il en oublia Miranda, la frustration qu'il avait ressentie à son égard et la violence qu'il avait exercée contre elle.

Au fil du temps, les pages de calcul s'étaient accumulées dans l'habitacle pourtant restreint, envahissant tout, recouvrant murs et fenêtres, créant ainsi une couche isolante qui séparait Isaac et Felicity du monde extérieur. Mais si ce type de retranchement est propice aux jeunes amants, il devient délétère aux couples plus matures. Leur relation fusionnelle s'était affadie au point que le sexe était devenu plus rare. Ce qui avait été le ferment de leur vie quotidienne revêtait à présent un caractère exceptionnel qui suffisait très bien à Felicity et désespérait Isaac. L'inquiétude liée au manque était revenue, plus forte encore qu'autrefois, car Isaac avait entre-temps découvert ce qu'est l'assouvissement. C'est donc en connaissance de cause qu'il souffrait à présent, comprenant que son ignorance passée l'avait en quelque sorte protégé de la douleur véritable. Il utilisait désormais sa propre méthode probabiliste pour savoir quand il aurait de nouveau l'occasion de faire l'amour et lorsque ses calculs s'avéraient corrects, il fallait aussi, et de manière préalable, que Felicity fume un joint qu'elle achetait déjà roulé au fils Pendleton. Celui-ci, non content d'assurer la sécurité musclée du campement, en était devenu le *dealer* officiel. Dans ces trop rares moments d'intimité qu'Isaac tâchait de ne pas ruiner par empressement, il la retrouvait enfin telle qu'il l'avait connue autrefois, de nouveau détendue par la seule influence du cannabis. Elle redevenait elle-même, ou bien une version antérieure de ce qu'elle avait été, fouillant dans une infinité de personnalités comme on cherche une ancienne robe dans une penderie pleine, jusqu'à trouver une ancienne tenue correspondant aux circonstances. La marijuana avait cet effet sur elle. Il ne s'agissait pas de shunter les inhibitions, mais de retrouver sous de vieux oripeaux une nature préexistante. Chaque nouvelle fois était de nouveau la première fois. L'assurance liée à une pratique régulière s'estompait avec le temps. Ça n'avait rien à voir avec l'expérience du vélo qui, dit-on, ne s'oublie jamais. Son corps désapprenait. La peur de la maladresse revenait alors. Isaac se sentait désormais seul et se surprenait à regarder les jeunes femmes, découvrant que ce passe-temps pourtant fondamental durant la première partie de sa vie ne l'avait plus occupé pendant presque dix ans. Comme un bruit de fond qui cesse tout d'un coup et révèle ainsi son existence passée, ce désir permanent pour la gent féminine n'avait manifesté sa réalité que le jour où il s'était estompé. Pendant longtemps, Felicity avait occupé tout l'espace disponible, mais la pulsion revenait à présent, n'ayant jamais disparu tout à fait. En vieillissant, et à mesure qu'il en était privé, Isaac devenait beaucoup plus sensible à la beauté. Il refusait pourtant d'être ce gourou avide de chair fraîche que certains voyaient en lui. Il n'avait jamais profité du statut que lui conférait son antériorité, mais les jaloux le considéraient à tort comme un patriarche priapique. Ils rêvaient de l'abattre pour prendre enfin sa place. On lui prêtait des aventures, lui reprochant une attitude qu'il n'avait pas et qu'on projetait pourtant sur lui à grand renfort de fantasmes. On le condamnait pour mieux refouler ses propres désirs. Les hommes le blâmaient pour ce qu'ils n'osaient se reprocher à eux-mêmes, et Isaac comprenait ce sentiment mieux que personne pour l'avoir longtemps ressenti vis-à-vis de Walter. Sans travail véritable et dans un environnement où il n'y avait rien à acheter, le sexe était devenu une activité prédominante chez les électros. L'oisiveté relative ainsi que l'absence de télévision avaient joué un grand rôle. Les médisances et les ragots allaient bon train et les consultations de destinologie auxquelles se livrait Isaac prenaient souvent un tour inattendu. Les femmes lui posaient des questions sentimentales qu'il traitait souvent par le mépris, comme un savant découvrant sa plus géniale invention rabaissée au rang des arts ménagers. Il tenait sa découverte en haute estime et ne voulait pas la voir utilisée à des fins dérisoires. Ce qu'il s'autorisait pourtant en secret, il en privait les autres, convaincu que son manque n'était pas comparable à celui de ses semblables. De toute façon, il était bien incapable de répondre aux interrogations de ses fidèles. Les chiffres étaient absolus et se prononçaient donc sans son concours. Isaac comprenait à présent pourquoi la société avait engendré le travail et la religion comme des garde-fous nécessaires. La « colonie Pendleton », comme certains villageois l'avaient baptisée, était retournée à l'état de nature, détricotant jour après jour les nécessités sociales. L'absence de technologie avait eu des conséquences inattendues sur les mœurs. « La civilisation, c'est la morale plus l'électricité » songeait-il parfois en paraphrasant Lénine. Tout le monde couchait désormais avec tout le monde, ce qui n'améliorait pas la réputation du campement dans les environs. Les paysans avaient beau faire des enfants tarés à leurs propres filles et danser avec des serpents dans des églises pentecôtistes, ils n'en voyaient pas moins le champ de tournesols comme une abomination biblique, une dépendance américaine de Sodome. Ayant rompu leurs attaches au monde commun, les couples ne duraient plus. La satisfaction des sens semblait être l'unique préoccupation des campeurs et Isaac retrouvait là quelque chose de sa vie d'étudiant, lorsqu'il était seul et sans affection dans un monde éphémère où la liberté sexuelle est pourtant encouragée. L'effet de symétrie le saisissait. Enfin parvenu de l'autre côté de la vie, il se trouvait confronté au même problème. Après une trop brève transition, il était passé de la misère sexuelle de l'adolescent à celle tout à fait semblable de l'homme mûr. Il aurait pu rattraper le temps perdu, mais ne papillonnait pas pour autant, soucieux de ne pas offrir à ses détracteurs la satisfaction d'avoir eu raison à son sujet.

Afin d'échapper à la réalité pathétique de sa situation, Isaac recevait des ouvrages qu'il commandait par correspondance. Il s'intéressait à des sujets divers, comme l'histoire et les pseudosciences, afin de développer sa théorie, tout comme Einstein, croyait-il, était passé de la relativité restreinte à la relativité générale. Il voulait changer de braquet et déboucher sur une compréhension significative du temps, détachée à la fois du point de vue relativiste et de la physique quantique. Il se passionnait pour d'obscures élucubrations à la recherche d'une troisième voie. Il ne distinguait plus tout à fait la raison de la fantaisie, comme certains savants du XIXe siècle à l'imagination trop fertile. Toutes ces recherches pouvaient passer pour une énorme quantité d'énergie mal investie, son temps et ses ressources étant dépensés en vain, ou bien pour une liberté totale d'explorer le champ des possibles. Il voulait aller là où la science traditionnelle n'osait se risquer par peur du ridicule ou de la perte de financement. Isaac était persuadé que le conformisme universitaire était le plus grand ennemi de la recherche fondamentale. On se privait sans doute de découvertes fabuleuses afin de ne pas déplaire à une poignée de mandarins, aux sponsors, ou à l'industrie. Contre toute attente, il progressait. À petits pas, il inventait une science sans électricité ni magnétisme, tournant le dos à l'énergie, à la technique et même à l'Occident afin de mêler calculs et psychologie.

Quelques mois après son arrivée, Isaac avait acheté une Dodge Monaco de 1978 qui dormait dans une grange des environs. Une poule avait établi son nid sur le siège passager. Le vendeur, suspicieux, mais avide, lui en demanda beaucoup trop, lui expliquant qu'il avait acquis l'engin presque neuf dans une vente par adjudication. Le Skaï noir des sièges était lacéré par endroits, le chrome des pare-chocs couvert de rouille, mais le moteur increvable tournait toujours, non sans émettre une épaisse fumée noire. C'était un véhicule surdimensionné, à la cylindrée absurde et qui consommait des hectolitres de gasoil. Sa capacité à polluer dans un bruit infernal en occupant tout l'espace incarnait à merveille l'idée qu'il avait du rêve américain. Lorsque c'était vraiment nécessaire, Isaac se rendait donc en ville afin de réaliser quelques emplettes, évitant les bourgades des environs où les autochtones auraient refusé de le servir, comme autrefois on refoulait les Noirs ou les Indiens. Il roulait parfois jusqu'à Durbin, à l'extérieur du comté, pour acheter ses fournitures, ramettes de papier, crayons HB par boîte de dix et une tonne de conserves. Sur le chemin du retour, il s'arrêtait toujours au bureau de poste afin de récupérer son courrier et ses livres. Il était au centre d'un réseau de partenaires qui effectuait des recherches pour son compte, écumant les universités et la bibliothèque du Congrès. À l'heure d'Internet et de Twitter, il entretenait avec volupté une correspondance manuscrite, mais recevait surtout des demandes d'interviews de médias locaux ou des lettres d'admirateurs illuminés. Ceux qui se sentaient appelés se déplaçaient sans demander l'autorisation de qui que ce soit. Les autres se contentaient d'écrire. Certains lui réclamaient une bénédiction, une prière, quelque chose. On voulait son autographe, sa photo, un don de sperme. Les sollicitations variaient d'un jour à l'autre. On avait eu vent de sa découverte. De tous les États de l'Union affluaient à présent des demandes de prédictions, des « destinoscopes ». Il lui fallait écrire un mot, donner un signe, communier avec la grande masse des nécessiteux, car lui seul avait su guider les électros vers leur terre promise, comme Brigham Young avait conduit l'exode des premiers mormons, chassés de chez eux par l'intolérance. D'autres craignaient au contraire qu'Isaac soit capable de deviner à l'avance leurs faits et gestes. La capacité prédictive de la formule était-elle une nouvelle forme d'intrusion dans la vie privée ? L'information se répandait, et si les monarques du temps jadis s'étaient entourés d'astrologues et de voyants, Isaac avait la certitude que son invention finirait elle aussi par susciter l'intérêt des puissants. Pour l'instant, la confusion était entretenue par les marginaux de toutes sortes, mais une fois celle-ci dissipée, l'armée ne tarderait pas à se renseigner plus avant à son sujet. Ce n'était qu'une question de temps. Quoi qu'il en soit, on lui prêtait des vertus fabuleuses, alors qu'il passait son temps libre à se masturber en songeant aux seins de Felicity, aux jeunes femmes du campement et même à Miranda. Toutes ses tentatives pour s'élever au-dessus de l'obsession de la chair avaient été vaines. Il occupait son esprit tant bien que mal, noircissait sans joie des feuilles de calcul, s'adonnait à l'abstraction totale, mais les préoccupations triviales finissaient toujours par l'emporter, si bien qu'il s'interrogeait sur leur indignité supposée. C'est bien souvent lorsqu'il était le plus concentré qu'une vision fugace venait désarçonner son raisonnement. La recherche de certitudes abstraites peut vite mener à l'accablement. Newton souffrait, paraît-il, de crises de nerfs à répétition. Isaac quittait le plancher des vaches et ses misérables nécessités, décollait vers l'azur uniforme, ses pensées lancées à toute allure dans le vide des espaces interstellaires, mais des images de cuisses galbées ou de lèvres humides s'imposaient à lui pour le ramener aussitôt sur terre. Son éducation judéo-chrétienne opposait la raison à la sensualité. On l'avait incité à sublimer ses pulsions par l'art ou la science, ce qui ne lui avait apporté aucune satisfaction, mais tout son travail ne tendait-il pas, en réalité, vers cette moiteur qui l'avait toujours obnubilé ? Les algorithmes, les lettres grecques n'avaient d'autre utilité que de comprendre ce qui, de toute évidence, transcendait la simple biologie, car le sexe était pour lui une forme d'élévation et non un abaissement. Sa conviction profonde allait à l'encontre de la morale. Il lui fallait céder tout à fait pour parvenir à une forme de vérité, et non résister comme la société l'y encourageait. Il voulait donc savoir pourquoi la vie le privait de manière arbitraire et à quelle époque revenir pour inverser le cours des choses. Il n'y avait rien d'autre, ni présent ni futur, pas d'espoir, mais la seule vérité du sexe, son absence entêtante. Ce n'était pas le désir. Ce n'était même pas le plaisir qui le préoccupait, mais le mystère insondable dont la compréhension lui échappait comme on souffre de vertige, de la privation d'air, ou de l'absence de Dieu. Souvent, il bandait en écrivant ses équations et cette impossibilité, ce mur auquel il se heurtait dans ses calculs, était de même nature que la possession physique qui semble toujours atteignable, mais se dérobe pourtant et reste à jamais incomplète.

Assis dans sa Dodge noire garée sur le parking de la poste, Isaac dépiautait son courrier. Faute de place encore disponible dans la caravane, la voiture était devenue son bureau. Il chiffonnait les plis après les avoir lus, les roulait en boules et les posait dans une déchirure de la mousse, exactement là où la poule avait pris l'habitude de pondre ses œufs. Les papiers s'amoncelaient, formant ainsi une pyramide instable. L'exercice consistait à présent à déposer un nouveau papelard en équilibre sans provoquer l'effondrement de toute la structure, jeu d'enfant où l'on empile des cubes jusqu'à leur chute inexorable. Les enveloppes encore intactes sur ses genoux n'étaient plus très nombreuses. Un énorme camion chargé de grumes passa devant lui sur la route 92, et les vibrations du macadam manquèrent de tout détruire. Le jeu n'avait plus d'importance de toute façon. Il se désintéressa un instant de la physique des tas de sable. Éric Benedetti lui avait écrit une longue lettre et ce nom, revenu du fond des âges, demandait à présent toute son attention. Il crut d'abord à un canular, puis se ressaisit. Qui aurait pu lui jouer un tour pareil ? Il se souvenait d'un garçon très timide qu'il avait autrefois protégé tant bien que mal des brimades de ses condisciples. La pauvre créature semblait dépourvue de tout amour-propre et se serait sans doute laissée mourir de faiblesse si une bonne âme ne s'était interposée. Non seulement la victime expiatoire de ses années de lycée avait survécu, ce qui n'en finissait pas de le surprendre, mais elle était devenue un éminent journaliste dont les livres d'investigation et les essais avaient assuré la renommée. Comment le souffre-douleur pathétique était-il devenu cet auteur à succès ? La bibliographie jointe attestait pourtant sa réussite. Il avait semblé si peu armé pour la vie, comme ces chiots surnuméraires qu'un caractère malingre condamne presque tout de suite. Ceux-là n'ont même pas la force de trouver le sein nourricier et sont éjectés de la portée par leurs semblables, voués à une mort certaine. Tout commençait là, par cet accès primordial aux mamelles. La tendresse, l'affection, le sexe, la capacité à surmonter les épreuves, à se tailler ensuite la part du lion, à obtenir des autres le plaisir tant convoité en découlaient. En cela, Isaac se sentait solidaire, ce qui expliquait peut-être le mélange de sympathie et d'aversion qu'il avait éprouvé à l'égard de Benedetti lorsqu'il était lycéen. Leur similitude relevait de la tare. S'il lui avait tendu la main par pitié, il s'était ensuite détaché de ce pestiféré comme pour mieux lui signifier leurs différences fondamentales. Le malheur à ce stade est une maladie contagieuse. Il suffisait en effet de rater la première marche par le fruit du hasard et la sélection naturelle se chargeait du reste. Les progrès de la médecine et la compassion contemporaine avaient toutefois faussé la donne. Si Éric Benedetti avait survécu à ses premiers jours, qu'on imaginait difficiles – il devait s'agir d'un grand prématuré, chétif ou cyanosé, le cordon ombilical noué autour de son cou comme la corde d'un pendu l'avait sans doute privé d'oxygène durant de précieuses secondes –, c'était pour mieux subir par la suite les avanies réservées aux avortons ayant tout de même franchi ce premier obstacle. La société s'avérait cruelle en exposant à la vindicte populaire ceux qu'elle avait sauvés d'un anéantissement brutal. Isaac se souvenait cependant de Benedetti comme de la seule personne raisonnable au milieu d'une foule d'imbéciles. L'unique individu sensé était celui que la violence collective avait désigné comme bouc émissaire. Peut-être était-ce parce qu'il était différent et que tous le sentaient ? Mais dans ce combat épique, la civilisation semblait quand même l'avoir emporté puisque entre tous elle avait choisi le plus inattendu des débiles pour triompher de l'adversité. L'ascension n'en paraissait que plus spectaculaire. Aux yeux d'Isaac, ce n'était pas qu'un exploit sportif et social. Ce qu'avait accompli Benedetti était aussi romantique. Il songea un instant que cette trajectoire pourrait être un excellent sujet d'expérience pour sa science en devenir et décida par conséquent qu'il allait lui répondre.

Benedetti était devenu cet apôtre de la non-fiction, un écrivain qui se déguisait en journaliste pour mieux instiller dans l'esprit de ses lecteurs un pessimisme radical et teinté d'humanisme. Il avait couvert tous les conflits, s'était grimé en demandeur d'asile, avait traversé des frontières en toute illégalité, partageant ainsi le destin des migrants dans le seul but de rapporter un semblant de vérité. Il avait fréquenté les quartiers de haute sécurité s'attachant aux auteurs de faits divers macabres. Son engagement tenait de la croisade contre toutes les formes d'injustice et seul Isaac voyait comment sa jeunesse pouvait être à l'origine de cette vocation. Comme il l'expliquait dans sa lettre, un grand magazine connu pour ses reportages au long cours lui réclamait une enquête sur les risques technologiques, mais à son habitude, il envisageait d'observer ses semblables plutôt que de visiter une centrale nucléaire. Ayant eu vent de la colonie Pendleton grâce à un ami de passage, il avait retrouvé la trace d'Isaac par accident et se proposait donc de venir quelques jours sur place afin d'écrire un papier qui pourrait même devenir un livre. En réalité, il était depuis toujours fasciné par l'effet nocebo. Si les patients sont facilement convaincus des bienfaits d'un remède pourtant inefficace, il arrive que certains autres se persuadent de la dangerosité d'un phénomène en réalité inoffensif. Le pouvoir de la suggestion n'en finissait pas de l'intriguer. On parlait de riverains frappés par un mal étrange alors que les lignes à haute tension pourtant incriminées n'étaient pas encore en service. L'objet de son étude ne serait donc pas la technologie à proprement parler, car cela ne l'intéressait pas le moins du monde, mais la communauté qui s'était constituée en réaction au progrès. Que l'instigateur de ce mouvement ait été un ancien camarade de classe avait fini de le convaincre. Il percevait là un signe et, bien que cette coïncidence lui rappelât des souvenirs douloureux, il ne voyait plus désormais comment se passer de cette nouvelle expérience. Le sujet, qui lui avait paru un moment ennuyeux, était vite devenu une obsession et il ignorait à présent ce qui l'attirait le plus, des néoluddites ou de la confrontation avec le passé. Il était comme ses anciens bègues qui, après avoir beaucoup travaillé sur eux-mêmes, retrouvent une vie normale et deviennent de brillants orateurs par désir de revanche, mais craignent en permanence une rechute inattendue qui les anéantirait. Il appréhendait par conséquent son voyage en Virginie autant qu'il le désirait. Sans le savoir, ils s'envisageaient l'un l'autre comme un terrain de recherche potentiel.

Au sein du campement, la mesure du temps avait de nouveau pris cette dimension rurale qui transforme les unités inférieures aux jours en entités abstraites et sans signification aucune. Loin de l'agitation électrique des villes, du *trading* à haute fréquence, des téraoctets et des nanosecondes, le mouvement des astres était redevenu un critère tangible de compréhension du monde si bien qu'on se donnait rendez-vous de manière délicieuse « dans l'après-midi », ce qui signifiait en réalité : « après que le Soleil a passé son zénith, mais avant la tombée de la nuit ». Les jours eux-mêmes se ressemblaient tant que les saisons avaient pris leur place en tant que repères temporels tangibles. Les premières neiges succédaient à la cueillette des champignons, la floraison des *blue-eyed maries* précédait la débâcle. On se calait sur les récoltes et on se couchait avec les poules. Suite à la réponse d'Isaac, Benedetti avait annoncé sa venue sans plus de précisions et craignait, par conséquent, que son arrivée ne soit pas attendue. Il ignorait pourtant la flexibilité avec laquelle les campeurs envisageaient leur calendrier social.

C'est donc à la fin du printemps, cinq semaines après leurs premiers échanges, qu'Éric Benedetti gara sa voiture de location à proximité du campement. Il avait pris soin, comme stipulé dans la lettre d'Isaac, de laisser tous ses appareils électriques au motel situé près de l'église méthodiste à Minnehaha Springs. Au cours de sa vie, il avait côtoyé des ministres, interrogé des dictateurs africains, avait passé plusieurs jours en prison, mais n'avait jamais été aussi angoissé qu'à l'idée de revoir son ancien camarade de classe. Les personnes qu'il avait rencontrées depuis lors ignoraient tout de cette période de sa vie, mais ceux qui l'avaient connu autrefois et qu'il avait perdus de vue ne pouvaient l'imaginer autrement que nu et désarmé. C'est la raison pour laquelle Benedetti avait rompu tout lien le rattachant à cette époque. Comme il n'avait pas eu d'ami véritable durant sa jeunesse, le travail de sape avait été moins douloureux, mais sa famille et jusqu'à ses voisins d'alors étaient montés malgré eux dans une charrette sacrificielle.

Le crépuscule traînait en longueur à la veille du solstice, mais le soleil se couchant derrière les montagnes, ses derniers rayons illuminèrent la corolle blanche du radiotélescope avant de céder la place à une clarté indirecte. Les champs étaient couverts de fleurs multicolores et l'antenne, pourtant démesurée, semblait être l'une d'entre elles. L'air embaumait la résine de pin. Benedetti comprit qu'en traversant l'Atlantique, il avait enfin pris la décision de réduire cette distance qui le séparait de son passé et peut-être même de l'assumer. Son rendez-vous avec Isaac Bahir était en réalité une rencontre avec une version honnie de lui-même. Bien qu'Isaac n'eût été qu'un auxiliaire très accessoire de son malheur, il portait tout de même les stigmates qui caractérisent le mal, car il l'avait côtoyé et s'en était prémuni en s'y associant. Après quelques secondes d'hésitation, il se persuada qu'il était venu jusque-là, non par curiosité, mais bien pour se venger. Il se tourna vers le campement et sursauta. Malgré les années et bien que le visage d'Isaac eût disparu de ses souvenirs au profit d'une image floue, il le reconnut tout de suite. Il était là, appuyé contre une caravane, comme s'il attendait sa venue depuis maintenant cinq semaines sans bouger, ni boire, ni dormir, à la manière d'un fakir. Il semblait enraciné, immobile, à cet emplacement depuis une éternité, au point que la caravane frémit lorsqu'il s'en détacha. Le véhicule allait-il s'effondrer en l'absence de soutien, privé pour la première fois de l'arc-boutant qui lui conférait un semblant d'équilibre ?

– Tu m'attendais ? bredouilla Benedetti. Je ne savais pas moi-même quand j'arriverais.

– Les chiffres m'avaient prévenu que je rencontrerais mon passé aujourd'hui, vers 20 heures.

– Les chiffres ? Ah, oui, on m'a aussi parlé de ça.

– Ils ne mentent jamais, ce qui leur confère un net avantage sur les humains qui les ont inventés. Viens chez moi, nous serons plus à l'aise pour parler. Je t'ai installé une tente près de ma caravane. Tu pourras y passer quelques jours comme prévu, où même t'y installer pour de bon. Qui sait ?

– On m'attend à Paris et puis je n'ai pas dormi dans une tente depuis l'époque des scouts.

– Tu as été chez les scouts ?

– Une fois seulement. Ça s'est mal passé.

Très haut, un aigle tournoyait dans le bleu déjà sombre et décrivait des cercles dont le campement semblait être l'épicentre. La structure tubulaire du télescope se teintait de rose lorsque Éric et Isaac pénétrèrent dans le mobile home. Felicity les accueillit d'un simple geste. Le sol était encombré de piles de livres de taille variable entre lesquelles il leur fallut slalomer. Sur l'une d'elles située près de la porte, Éric eut le temps d'apercevoir un revolver et l'ébauche de revanche qui avait germé dans son esprit lui revint en mémoire avec une force décuplée. Remarquant sa surprise, Isaac lui déclara qu'il devait assurer sa propre protection contre la vindicte des fermiers organisés en milices. La famille Pendleton alimentait la paranoïa des campeurs et fournissait les munitions au cas où. « Rassure-toi, ajouta Isaac, les chiffres ne m'ont rien annoncé de fâcheux pour le moment. » Les deux hommes s'assirent de part et d'autre de la table en Formica beige et Isaac servit deux verres de *moonshine*. Le liquide était incolore et contenu dans un bocal destiné aux conserves dont il fallut dévisser le couvercle. « C'est un truc d'ici, à base de maïs » déclara Isaac. L'unique pièce tout en longueur était déjà plongée dans la pénombre en raison des feuilles de calcul qui s'accumulaient en strates successives sur les murs et obstruaient les fenêtres. La porte était restée ouverte afin de profiter des dernières heures du jour et, contre la moustiquaire qui en barrait l'accès, on entendait par intermittence de gros insectes vrombir et se heurter au maillage de nylon dans un bruit mat. Isaac alluma le chandelier qui se trouvait sur la table et qu'il avait trouvé dans un vide-grenier sur la route de Durbin. L'objet lui avait rappelé ceux qu'il avait vus chez Walter des années auparavant. Les chiffres et les annotations se mirent immédiatement à danser comme des formules cabalistiques. Le « bureau ovale » de la technophobie ressemblait plutôt à l'antre d'un alchimiste moyenâgeux, pensa Benedetti. Il sortit de sa poche un calepin et un stylo qu'il posa devant lui sur la table, puis manqua de s'étouffer après avoir avalé la première gorgée d'alcool qui devait titrer 60°. Ayant beaucoup toussé et ne voulant sous aucun prétexte évoquer le « bon vieux temps » en guise d'introduction, il ouvrit son carnet, fit un grand geste de la main qui englobait à la fois les suites numériques, la caravane elle-même et la région tout entière.

– Comment en es-tu arrivé là ? demanda-t-il, parle-moi de ces chiffres.

– En réalité, tous ces chiffres sont censés répondre à cette question préliminaire : Comment en suis-je arrivé là ? Comment y es-tu parvenu toi aussi ? Pourquoi sommes-nous tous les deux dans cette pièce en ce moment précis, plutôt qu'ailleurs, ou même sur Mars ?

– Je suppose que chaque individu dispose d'un potentiel.

– Le potentiel ne compte pas. C'est ce que l'on fait avec qui importe. Il ne suffit pas de promettre, et que tu sois supérieurement intelligent n'a aucune espèce d'importance si tu as une vie de minable.

– Alors, ce sont plutôt les décisions que nous avons prises.

– On fait des choix et toutes les portes se referment, sauf celle qu'on a empruntée. Peu importe que ce soit la bonne.

À l'autre extrémité de la caravane, Felicity rangeait le coin cuisine. Elle avait mis une fleur jaune dans ses cheveux et Isaac la regardait tout en s'interrogeant. Si Benedetti l'avait remarquée, trop occupé à prendre des notes, il aurait compris à quel point le discours de son hôte prenait une coloration particulière. Ses questions plus ou moins rhétoriques valaient aussi bien pour son couple que pour sa trajectoire personnelle. Il avait connu l'innocence des premiers instants, la fusion physique et spirituelle, et regardait maintenant son seul amour véritable se déliter comme un spectateur abasourdi. Il avait enfin un aperçu de ce qu'avaient dû vivre Walter et Miranda, ou de ce qu'il aurait sans doute vécu avec Miranda si la vie lui en avait donné l'occasion, cette atténuation progressive des émotions qui ne laisse derrière elle qu'une plaine arasée. Il se sentait misérable, mais pas uniquement à cause de Felicity. La voir s'éloigner un peu plus chaque jour lui permettait de vivre par procuration une histoire qui n'avait pas eu lieu et dont il s'apprêtait pourtant à supporter l'issue fatale. Avec Felicity, c'était aussi Miranda qui allait le quitter. La présence de Benedetti renforçait cette impression en ravivant un passé douloureux. En fin de compte, le destin, les calculs ne l'intéressaient que dans la mesure où ceux-ci pouvaient le rendre heureux. Il parlait sans discontinuer, oubliant le sens même de ses paroles tandis que la soirée avançait. La nuit finit par tomber. Au bout d'un moment, Felicity se leva du fauteuil qu'elle occupait, posa son livre dont le protège-couverture avait été tissé de perles colorées par les descendants acculturés des Indiens Lakotas, puis tira le paravent articulé qui permettait d'isoler le coin couchette. « *Good night, guys* », déclara-t-elle sans même jeter un regard à Isaac. Benedetti releva le nez de ses notes et murmura une formule de politesse.

– Tout ça n'est rien, déclara Isaac, que de petites additions. Le vrai mystère est ailleurs. À quoi bon prévoir quoi que ce soit si l'on ne peut revenir en arrière, ou changer le cours des événements ? L'analogie avec la météo s'est imposée d'elle-même. Je peux déterminer avec une probabilité plus ou moins grande ce qui se passera demain dans ta vie, mais je ne peux rien y faire.

Soudain, son regard cessa d'être vague. Pour la première fois depuis le début de son monologue, Isaac s'adressa vraiment à son interlocuteur pour lui demander :

– Si tu pouvais voyager dans le temps et que tu avais l'occasion de changer quelque chose de décisif, qu'est-ce que tu ferais ? Tu choisirais d'assassiner Adolf Hitler afin d'épargner la vie de cinquante millions de personnes, ou bien tu t'arrangerais pour coucher avec la fille dont tu étais amoureux à l'époque du lycée et qui n'a jamais posé les yeux sur toi ?

Benedetti sourit, surpris d'avoir atteint si rapidement le point Godwin de leur conversation.

– J'avoue ne pas y avoir pensé, répondit-il tout en ayant du mal à dissimuler son mensonge.

En réalité, il avait toujours imaginé ce qu'aurait été sa vie s'il avait eu la possibilité de tout refaire. La conversation prenait une tournure trop personnelle qui le mettait mal à l'aise.

– Je pense que je coucherais avec la fille, finit-il par ajouter. Oui, c'est sûrement ce que je ferais.

– Je crois que la réponse à cette question est vraiment déterminée par l'âge. À vingt ans, on veut sauver le monde. On croit savoir ce qui est bon pour les hommes. On se sent même prêt à faire leur bonheur malgré eux. À quarante, on rêve seulement d'un peu de joie, et même si c'est le fruit d'un marchandage sordide, tant pis. Une heure de satisfaction purement égoïste serait déjà quelque chose de tangible, de vrai et de plus honnête, en réalité, que la réécriture de l'histoire, ou que toutes les utopies réunies.

– Je veux bien croire qu'il faille commencer par se délivrer soi-même avant toute chose, mais on ne peut changer le passé, que ce soit pour sauver l'humanité d'une mort certaine ou se sauver soi-même du manque et de l'humiliation. Alors, à quoi bon spéculer sur ce que l'on ferait dans un cas pareil ?

– Si, on peut, j'en suis convaincu. L'électrosensibilité n'est pas une tare, mais un symptôme qui va grandissant. C'est un signe indiquant que l'humanité a fait fausse route. Devoir me priver, comme tant d'autres ici, du confort de l'électricité m'a poussé à faire des recherches ; or l'Antiquité, par exemple, a connu son lot d'énergies alternatives.

– Je n'ai jamais entendu parler de ça.

– Les gens voient la science comme une route à sens unique, sans bifurcation possible ni croisement. Ils imposent ce cheminement laborieux comme un diktat et réinventent le passé en permanence, effaçant la moindre hésitation. Le commun des mortels veut avoir le sentiment d'un progrès inéluctable qui relie en droite ligne la pile de Volta à la fission de l'atome ; or le progrès technique n'a rien d'inexorable. L'histoire est truffée de régressions et l'évolution linéaire est le fruit d'une réécriture *a posteriori*. La science est un palimpseste. On a fait disparaître les vestiges du passé en les recouvrant par de nouveaux signes, exactement comme ces feuilles raturées que tu vois sur les murs. Il faut remonter jusqu'à Archimède pour s'en rendre compte.

Benedetti était fasciné par le tour que prenait leur conversation. Il sentait enfin poindre la folie sous le discours théorique. C'était ce qu'il était venu chercher, et bien que ce glissement presque imperceptible eût été difficile à déceler pour un néophyte, il le reconnut sans peine et décida de se laisser entraîner au fond de l'abysse afin d'en explorer toutes les failles. On était passé petit à petit des maux du monde moderne aux prédictions mathématiques sans créer de stupeur ou de réactions particulières. Isaac s'apprêtait désormais à changer de vitesse et à convaincre son contradicteur du bien-fondé des thèses les plus extravagantes. Que son discours ait conservé toutes les apparences de la raison n'en était que plus remarquable, et bien que Benedetti ait décidé de ne croire à aucune de ces élucubrations engendrées par l'alcool, l'isolement et une intelligence dévoyée, il ne demandait pourtant qu'à se laisser bercer d'illusions, comme un spectateur avide, par désœuvrement, mais aussi par intérêt, car il avait toujours vu son travail d'écrivain comme une activité de vampire.

– Archimède, celui des corps plongés dans un liquide et des miroirs paraboliques ?

– Celui-là même, Archimède de Syracuse, l'un des plus grands génies de tous les temps dont on se souvient seulement aujourd'hui pour des histoires de bain. Les connaissances scientifiques et les compétences techniques acquises par quelques savants de l'Antiquité surpassaient de loin celles de la Renaissance. Héron d'Alexandrie avait inventé les premières machines à vapeur. Il faudra attendre le XVIIIe siècle pour parvenir de nouveau à une telle connaissance de la nature. Si j'en crois Carl Sagan, la chute de Rome et le Moyen Âge qui s'ensuivit ont constitué une parenthèse de mille ans. Tu parles d'une linéarité du progrès ! Si les découvertes d'Archimède avaient été transmises après sa mort au lieu de sombrer dans le néant, Guillaume le Conquérant aurait sûrement marché sur la Lune au lieu d'envahir l'Angleterre. Il n'y avait ni école, ni publication périodique, ni bibliothèque publique. Les chercheurs de cette époque étaient comme des îles coupées les unes des autres par l'océan et qui comptent sur les tempêtes occasionnelles pour recevoir des nouvelles du monde extérieur. Savais-tu, par exemple, que les pieuvres ont une intelligence similaire à celle de l'être humain ? Elles réfléchissent, résolvent des problèmes complexes, en gardent la mémoire, se servent d'objets comme outils pour parvenir à leurs fins. Malheureusement, leur problème réside dans la transmission du savoir qu'elles ont acquis au cours de leur existence. Lorsque la femelle pond ses œufs, elle reste à proximité pour veiller sur eux sans s'alimenter, puis se laisse mourir d'inanition juste avant l'éclosion. Les petits se débrouillent donc seuls et repartent de zéro, mais si ces animaux survivaient à la naissance de la génération suivante et perpétuaient ainsi leur savoir, ils seraient les maîtres du monde au détriment de l'homme. Les difficultés de l'Antiquité grecque étaient de même nature. La plupart des découvertes effectuées à cette époque sont tombées dans l'oubli avec ou sans leur auteur. Rares sont les traités qui sont parvenus jusqu'à nous.

Benedetti imaginait à présent la guerre impitoyable qu'auraient pu se livrer les hommes et les poulpes si la nature avait été moins cruelle. Il eut pourtant suffi que les céphalopodes aient aussi la possibilité d'élever leurs petits pour que la face du monde en soit changée pour toujours. L'humanité n'aurait sans doute pas survécu à cette compétition entre prédateurs.

– On croyait les Grecs uniquement férus de philosophie, reprit Isaac, mais leurs connaissances en mécanique et leur habileté dépassaient tout ce que l'on peut imaginer aujourd'hui. Les archéologues en ont d'ailleurs trouvé la preuve voilà quelques années. En 1901, au large de l'île d'Anticythère, des pêcheurs d'éponges qui s'étaient abrités de la tempête découvrirent l'épave d'une galère romaine dont ils remontèrent un maigre butin et quelques vestiges. Parmi les concrétions coralliennes, l'un d'entre eux crut discerner un mécanisme de bronze qu'il confia au musée d'Athènes. Il faudra attendre le dernier quart du XXe siècle pour que des chercheurs s'intéressent de nouveau à ce fragment qui pourrissait dans les réserves. La radiographie de l'objet révélera l'extraordinaire complexité de la machine. On y voit des rouages, des tambours, des aiguilles mobiles et quatre cadrans gravés de trois mille quatre cents inscriptions. La machine devait permettre de figurer le mouvement des astres et d'en prédire la position exacte avec un degré de précision inégalé. Les rouages, pourtant usinés à la main, sont tous égaux au micron prêt. Tiens-toi bien, les engrenages sont épicycloïdaux, c'est-à-dire que la distance entre leur centre varie avec le mouvement afin de tenir compte des irrégularités de l'orbite lunaire. De cette manière le mécanisme reproduit des variations infimes, corrigeant de lui-même un retard qui serait autrement d'un jour tous les soixante-seize ans. Les cames centrales sont actionnées à la manière d'une transmission automobile. Un cadran à 223 positions indique la succession des différents saros. Un autre correspond au cycle lunaire babylonien. Entendons-nous bien, il s'agit d'un calculateur mécanique capable, entre autres choses, de prédire les éclipses avec un risque d'erreur d'une seconde, et ce, des centaines d'années à l'avance. Blaise Pascal lui-même ne sera pas capable d'en faire autant au XVIIe siècle. Les amphores retrouvées dans l'épave attestent une vente de vin et d'huile conclue à Syracuse. On attribue donc l'invention au seul savant de la région capable d'un tel prodige.

En parallèle, un préfet de la bibliothèque du Vatican, baptisé Angelo Mai, découvre en 1818 que le manuscrit *Vaticanus Latinus* attribué à un certain Augustin d'Hippone est en réalité un palimpseste. Le parchemin a été lavé et gratté au VIIIe siècle, mais sous les enluminures, le bibliothécaire voit réapparaître le texte original de *La République* de Cicéron, dont on ne connaissait jusqu'alors que des fragments épars. Bien entendu, certains passages restent inintelligibles. De nombreuses pages ont disparu. Mais Cicéron y parle tout de même d'un mécanisme similaire qu'il attribue aussi à Archimède et dont il aurait admiré le fonctionnement chez son ami Gallus.

À ces mots, Isaac se pencha par-dessus la table afin d'attraper un livre qui trônait sur le dessus d'une pile. Il ouvrit le volume à l'endroit du marque-page et se mit à lire :

« *Nous étions chez mon ami le prêteur, dans sa maison de campagne située à quinze lieues de Rome en direction du levant.*

Gallus fit apporter cette fameuse sphère, encagée dans un cylindre, seul vestige dont son aïeul voulut orner sa maison après la prise de Syracuse, ville si pleine de trésors et de merveilles. J'avais souvent entendu parler de cette sphère qui passait pour le chef-d'œuvre d'Archimède. Lorsque Gallus eut commencé à nous expliquer, avec une science infinie, tout le système de ce bel ouvrage, je ne pus m'empêcher de juger qu'il y avait eu dans ce Sicilien un génie d'une portée à laquelle la nature humaine ne me paraissait pas capable d'atteindre.

Gallus nous disait que les recherches sur cette sphère remontaient assez haut, et que Thalès de Milet en avait exécuté la toute première ébauche. Il ajoutait que la merveille de cette invention ne résidait pas uniquement dans l'art avec lequel les savants successifs avaient su combiner tous les mouvements dissemblables des différents astres. Il s'agissait aussi de capter la force d'attraction de ceux-ci lorsqu'ils s'alignent pour ne plus former qu'une seule masse. Malheureusement, le mécanisme était incomplet, privant la sphère de son attrait particulier et limitant son action à la simple représentation des phénomènes naturels. Lorsque Gallus mettait la sphère en mouvement, on voyait donc à chaque tour la Lune succéder au Soleil dans l'horizon terrestre, comme elle lui succède tous les jours. On voyait également et à intervalle régulier, le Soleil disparaître en plein jour, et peu à peu la Terre venir se plonger dans l'ombre de la Lune. »

Isaac interrompit sa lecture, marquant ainsi une pause qu'il voulait dramatique, puis reprit, non sans avoir vérifié du coin de l'œil l'intérêt de son auditeur.

« *On nous rapporte également que Périclès qui, par son crédit, son éloquence et son habile politique était devenu le chef d'Athènes, voyant ses concitoyens consternés d'une éclipse de Soleil qui les avait plongés dans des ténèbres subites, leur expliqua ce qu'il avait appris lui-même de son maître Anaxagore, qu'un pareil phénomène est dans l'ordre de la nature et se reproduit à des époques déterminées, lorsque le disque de la Lune s'interpose tout entier entre le Soleil et nous. Périclès décrivit aux Athéniens tous ces mouvements astronomiques ; il leur en fit comprendre la raison, et dissipa leur terreur ; l'explication des éclipses de Soleil par l'interposition de la Lune était alors assez nouvelle et peu répandue. Thalès de Milet est, dit-on, le premier qui la proposa. Plus tard, notre poète Ennius écrivit qu'en l'an 350 de la fondation de Rome, aux nones de juin, le Soleil fut dérobé aux hommes par la Lune et les ténèbres. Aujourd'hui, l'habileté des astronomes et la justesse de leurs calculs vont si loin, qu'à partir de ce jour, indiqué par Ennius et consigné dans les* Grandes Annales, *ils ont supputé toutes les éclipses de Soleil antérieures jusqu'à celle des nones de juillet dans le règne de Romulus et qui répandit sur la terre cette nuit soudaine, pendant laquelle le fondateur de Rome, enlevé au monde, bénéficia des services de la sphère de Thalès, et put ainsi aux yeux du vulgaire passer pour avoir été ravi au ciel par sa vertu surhumaine. »*

– Dix pages du manuscrit original manquent entre ces deux passages, poursuivit Isaac, Dieu seul sait ce que nous pourrions apprendre si nous les retrouvions un jour au fond d'une bibliothèque. Les historiens n'ont jamais prêté beaucoup d'attention à cette description. On a cru aux divagations du chroniqueur, aux exagérations du conteur. Tout d'abord, personne n'a vraiment considéré qu'une machine pareille fût possible à cette époque, faute de témoignages concordants, et puis que pouvait bien vouloir dire Cicéron par « capter la force d'attraction » ? Il ne pouvait s'agir que d'une illusion basée sur une interprétation erronée des forces de la nature. Après tout, Aristote et Ptolémée eux-mêmes plaçaient la Terre au centre de l'univers, alors à quoi bon se pencher plus avant sur les extravagantes révélations d'un néophyte, plus à même d'exposer les travers politiques de son époque que les mystères de l'astronomie. Évidemment, la découverte du mécanisme d'Anticythère nous pousse à reconsidérer ce qui passait jusque-là pour du roman. L'engin décrit par Cicéron n'est pourtant pas celui retrouvé dans l'épave, ni même une copie de celui-ci. Le vestige n'est pas un globe, tel que le décrit le jurisconsulte, mais un appareil qui devait tenir dans une boîte de la taille d'un livre. Il faut donc imaginer diverses inventions, concurrentes ou bien formant au contraire les parties éparses d'un même mécanisme. À quoi pouvait-il bien servir et les rouages retrouvés près d'Anticythère avaient-ils leur place originelle dans la sphère de Gallus ?

Benedetti dut admettre qu'il s'agissait là d'une forme de délire très élaborée, argumentée, et qui aurait même pu semer le doute s'il avait été tenu par quelqu'un d'autre et surtout ailleurs que dans une caravane dépourvue d'électricité. La crise de la quarantaine semblait prendre chez Isaac une tournure inattendue. Le gourou de la prédiction mathématique, retranché du monde comme un ermite des premiers temps de la chrétienté, voulait-il fuir la réalité au point d'inventer une histoire à dormir debout ? Où voulait-il en venir au juste ? Il est vrai que sa démonstration ne manquait pas d'intérêt et Benedetti assistait, impuissant, à un dédoublement de sa propre personnalité. Une partie de lui-même prenait des notes avec un regard critique, tandis que l'autre écoutait comme un enfant ravi de se laisser embobiner. Enfin, Isaac referma l'épais volume et le posa sur la table avec délicatesse.

– On dit aussi, poursuivit Isaac, qu'à la fin du Xᵉ siècle, époque de la conquête des Fatimides et de la fondation du Caire, l'astronome Abū al-Husan ibn Yūnus utilisait un grand astrolabe en cuivre de deux mètres quarante de diamètre et qui pesait une tonne. On avait alors coutume de dire qu'un cavalier et sa monture pouvaient passer au travers. On raconte qu'ayant annoncé sa mort dix-huit ans à l'avance, Ibn Yūnus mit au clair ses affaires personnelles. À l'approche du jour dit, il s'enferma dans sa maison, effaça l'encre de ses manuscrits et récita le Coran jusqu'à son dernier soupir qui survint à l'heure exacte qu'il avait prévue.

Les insectes tambourinaient à présent contre les vitres opaques et Éric imaginait l'ombre des chiffres portée par la flamme vacillante des bougies sur les toiles de tente alentour. La caravane devait briller dans l'obscurité comme une lanterne japonaise, projetant des signes mouvants et indéchiffrables. L'odeur de la nuit filtrait par la moustiquaire. Il ne manquait plus à Isaac qu'un vieux châle rapiécé et un chapeau pointu pour tenir lieu de cartomancien.

– Ça n'est pas tout, reprit Isaac après avoir ménagé un silence évocateur. À la fin du XIXe siècle, le gouvernement d'Albert de Broglie, soucieux d'imposer le rayonnement culturel de son pays après la défaite de Sedan, fonde l'École française de Rome. En 1891, un jeune archéologue du nom de Jean-François Lemonnier est envoyé au palais Farnèse, officiellement pour y préparer un chantier de fouilles devant avoir lieu en Afrique du Nord. En grand secret, comme en témoigne son journal dont j'ai pu consulter un fac-similé, il prend toutefois part à une entreprise privée. C'est à Montecelio, dans la campagne du Lazio, à trente kilomètres à l'est de Rome, qu'un résident français a découvert d'étranges vestiges dans la cave de sa villégiature. Par chauvinisme et par intérêt personnel, il préfère confier en toute discrétion ces fouilles à des compatriotes, plutôt qu'aux Italiens qui ne manqueraient pas de l'exproprier. Les vestiges antiques sont alors des outils de propagande au service des nations. Lemonnier ne tarde pas à mettre au jour les restes d'une *villa urbana* ayant vraisemblablement appartenu à un riche patricien du premier siècle avant notre ère. Il découvre des fresques, de la vaisselle, des mosaïques et des fontaines.

Au fond d'une petite pièce, dans un coffre d'albâtre, il trouve une sphère armillaire en bronze de quatre-vingts centimètres de diamètre, insérée dans un cylindre évidé. L'objet semble destiné à reproduire le mouvement des astres et son centre est occupé par un mécanisme inédit et incompréhensible. La trouvaille est phénoménale. Jamais on n'a vu d'antiquité pareille. Le choc est si grand chez Lemonnier et son entourage qu'un détail passera presque inaperçu à l'époque. Le socle de la sphère est marqué d'une empreinte rectangulaire au fond de laquelle apparaissent des rouages très oxydés, comme si une partie du dispositif permettant sans doute de commander l'ensemble était manquante. En élève studieux, Lemonnier prend toutefois la peine de réaliser des croquis et de noter qu'un cadran semble bloqué sur l'indication ΡΜΣ, ce qui, en notation alphabétique, équivaut au nombre 145. L'aiguille est à moitié brisée et les rouages sont figés. Impossible à présent d'actionner les engrenages, non pas uniquement à cause du temps, mais parce que le mécanisme semble avoir été forcé, le figeant ainsi dans une position définitive. On envisage de rapatrier l'engin au nez et à la barbe des Italiens. Il faut inventer à la hâte une provenance plausible pour pouvoir exposer le chef-d'œuvre en France, des fouilles imaginaires, tout un réseau d'intermédiaires fictifs. L'ambassade est mise à contribution. Le palais du Quirinal réclame déjà *La Joconde* au musée du Louvre. Il n'est donc pas envisageable de créer un incident diplomatique de plus entre les deux États voisins. La cupidité doit s'allier à la ruse. À partir de ce moment-là, rien ne va plus. Le 6 juin 1891, Lemonnier, laissé seul dans la cale d'un navire en partance pour le port de Marseille, disparaît comme par enchantement. Au petit matin, on retrouve la caisse intacte, mais l'archéologue qui passait la nuit à surveiller la sphère s'est volatilisé. Au pied de la malle on retrouve un encrier, un porte-plume et le carnet tenu pendant les fouilles. Les traces de l'objet se font beaucoup plus rares par la suite. Sa réputation d'engin maudit le précède. En fin de compte, l'exposition tant attendue n'a pas lieu et le Louvre ne s'enorgueillira jamais d'une telle trouvaille. Des experts se succèdent à son chevet en toute discrétion. De manière inattendue, certains d'entre eux évoquent la possibilité qu'il s'agisse d'une arme. Ne sachant comment l'utiliser et ne pouvant révéler sa provenance, l'administration décide de confier son butin aux militaires. La même année, on envoie donc le capitaine Dreyfus sur l'île du Diable et la sphère de Montecelio au fort des Dunes, près de Dunkerque. On y trouve alors le fruit de pillages divers et variés, biens mal acquis dont l'étrangeté est si manifeste en dépit des siècles écoulés qu'elle en rend le stockage ou l'élimination problématique. Le caractère trop singulier de ces objets les a exclus des réserves des musées ou des archives nationales. Le 29 juin 1927, une nouvelle disparition inexpliquée survient, mais dans les effectifs du fort cette fois. Il s'agit du caporal Émile Rivoire qui était de garde cette nuit-là devant la porte du souterrain. En 1940, le contenu du fort est déplacé et dispersé aux quatre coins de la future zone libre. Aux dernières nouvelles, toutes ces collections inavouables ont été réunifiées en 1996 et placées dans un silo désaffecté de l'ancienne Force de frappe, près de Rustrel sous la montagne du Vaucluse. On trouverait là, pêle-mêle, le bouclier d'Achille, forgé d'après Homère par Héphaïstos lui-même, le bâton magique de Sun Wukong, volé près de Pékin lors du sac du Palais d'été, le manuscrit original du *Necronomicon*, dont la lecture rend fou, et le fameux rayon de la mort de Nikola Tesla. Je tiens ces informations d'un colonel de l'armée de l'air en retraite qui s'intéresse à mes travaux. Rien de tel que le complexe militaro-industriel pour enfouir les traces d'un passé devenu encombrant. L'ironie du sort veut que cet entrepôt soit aussi le sanctuaire des électrosensibles, là où règne le silence absolu, l'absence totale de rayonnement. On l'appelle la « zone non saturée » ajouta Isaac, se parlant de nouveau à lui-même. Elle est située sous des millions de tonnes de roches, comme le puits des Âmes est logé sous la pierre d'assise à Jérusalem. N'est-ce pas d'ailleurs sur cette même pierre qu'Abraham manqua de sacrifier son fils Isaac ? Il n'est pas impossible que notre campement ne soit en réalité qu'une antichambre, se mit-il à divaguer. Où irons-nous ensuite ? Nous faudra-t-il aussi errer quarante ans dans le désert ? Le monde chamanique comporte trois niveaux. Les esprits vivent dans le sous-sol, les hommes sur la terre et les dieux dans le ciel. Nous faudra-t-il cohabiter avec les esprits pour éviter les turpitudes des hommes ? Enfin, les deux disparitions sont survenues alors que des éclipses totales de Soleil avaient lieu, reprit-il à l'intention de Benedetti. J'ai vérifié les dates !

– Je ne suis plus sûr de te suivre, ajouta Éric après un bref silence.

– De toute évidence, déclara Isaac en se ressaisissant, Archimède de Syracuse a perfectionné une invention de Thalès de Milet. Cette idée lui vint-elle lors des grandes marées produites par la gravité de la Lune, phénomène qu'il n'a pu observer en Méditerranée mais qui fut rapporté par Pythéas de Massalia, ou bien de la force particulière que subit un corps plongé dans un liquide ? Je l'ignore. Quoi qu'il en soit, je pense qu'il s'agit d'une machine capable d'exploiter les forces gravitationnelles engendrées par la conjonction des astres durant une éclipse totale. L'alignement des masses contrecarre un peu la gravité terrestre et cette antigravité, comme l'antimatière le sera sans doute un jour, peut être utilisée comme source d'énergie.

– Mais, pour quoi faire ?

– Pour voyager dans le temps, pardi, d'éclipse en éclipse, à l'intérieur d'un même saros. On peut ainsi se déplacer en effectuant des bons de dix-huit ans et dix jours, tous identiques dans leur durée. C'est aussi de cette manière que Romulus se serait soustrait à la foule des Romains aux nones de juillet. Tu sais ce qu'a dit Archimède avant de mourir ?

– Non.

– Après la prise de Syracuse par les troupes du général Marcellus, le fameux aïeul de Gallus dont parle Cicéron, Archimède aurait déclaré au soldat venu l'arrêter : « Ne dérange pas mes cercles. » Cette phrase est pourtant apocryphe. Tout le monde croit citer *La Vie des hommes célèbres* de Plutarque, mais j'ai eu beau vérifier, je ne l'ai pas trouvée et Plutarque n'a jamais rien écrit de semblable. Pourquoi une telle phrase nous serait-elle parvenue sans aucun fondement historique ? On parle d'un dessin qu'Archimède aurait tracé dans la poussière du sol et qui aurait eu à ses yeux plus de valeur que sa propre vie. Allons, je ne crois pas à tout ça. Je pense, au contraire, qu'on a tenté de lui arracher son invention et qu'il est mort au cours de cette lutte. Le terme *kúklos* en grec ancien décrit tout aussi bien le disque solaire, un cycle temporel, qu'un cercle vicieux. Les « cercles » qu'il ne fallait pas déranger sont, de toute évidence, les rouages de la sphère. J'imagine que le boîtier de commande a été arraché de son socle à ce moment précis, le mécanisme étant composé de deux parties distinctes afin d'éviter toute erreur de manipulation et un déclenchement inopiné. C'est ce second morceau que des pêcheurs ont retrouvé près d'Anticythère, le soldat ayant soustrait cette pièce au butin de son commanditaire ; or le mécanisme du globe paraît bloqué depuis cette époque sur le saros 145. C'est tout du moins ce qu'indique le croquis effectué par Lemonnier dans la villa de Gallus. Tu ne comprends toujours pas ? La possibilité de choisir un cycle de répétitions périodiques parmi tous les saros a été rompue. Les deux disparitions correspondent à des éclipses survenues successivement au pôle Nord et en Sibérie. Les dates sont séparées par trente-six ans et vingt jours. Chaque fois que survient une éclipse totale appartenant au saros 145, le mécanisme se met désormais en marche. Si quelqu'un se trouve à proximité de la sphère, il est entraîné malgré lui vers un autre nœud de la même boucle temporelle et projeté dix-huit ans en arrière ou dix-huit ans dans le futur.

Le jour pointait. L'obscurité se défaisait comme un écheveau qui s'effiloche. À l'extérieur, l'horizon avait des cernes. Les oiseaux se mirent à chanter avec timidité. Le bocal de *moonshine* était vide à présent et Benedetti en avait assez entendu. Il referma son carnet, posa son stylo. Il avait mal au poignet à force d'avoir écrit dans une position inconfortable. Isaac bâilla, épuisé d'avoir tant parlé. Éric n'en savait pas beaucoup plus sur la sociologie des électrosensibles, leurs mœurs qu'il imaginait étranges, leur vie sexuelle, leurs aspirations religieuses, mais tout cela n'avait plus aucune importance à ses yeux, car il avait trouvé une bien meilleure histoire à raconter. Que ces divagations aient eu un fondement quelconque était sans intérêt. Il savait reconnaître un conteur quand il en rencontrait un. Felicity dormait toujours derrière sa cloison amovible. Isaac se leva en s'étirant et, sans plus dire un mot, ouvrit la porte et sortit. D'un commun accord, la session semblait terminée et les participants reprenaient donc le cours normal de leur existence. Benedetti s'arrêta au seuil de la caravane. À côté de lui, le revolver gisait toujours au sommet de sa pile de livres. Il le considéra un instant, puis s'imagina le saisir et tirer sur son hôte pour que son passé honteux soit enfin effacé avec la disparition de son dernier témoin. Toutefois, il se rappela que les chiffres n'avaient rien prévu de fâcheux. Il semblait donc vain de lutter contre les mathématiques et leurs mystères. Une nappe de brouillard flottait au ras des champs, s'enroulait de manière lascive autour des tulipiers de Virginie. Comme des paraboles tournées vers le même satellite, les tournesols s'étaient alignés vers un seul azimut, indiquant avec précision l'endroit où le soleil allait se lever. Petit à petit, les campeurs sortirent de leur tente. On les voyait enfiler des pulls dans la brume. Benedetti ne comprit pas tout de suite qu'il s'agissait d'un rituel, mais tout le monde restait là, presque immobile, singeant les fleurs héliotropes. Soudain, un éclat de lumière illumina la vallée à travers l'échancrure des collines et une clameur inattendue s'éleva de la foule. Le brouillard se dissipa, cédant à la chaleur, et Benedetti vit qu'ils étaient des centaines, les bras maintenant levés vers l'astre du jour qui se ruait à l'assaut du zénith. Les ombres étroites que leurs mains projetaient sur les gouttes de buée en suspension s'amoindrirent jusqu'à disparaître, comme sous le coup d'une brusque accélération. Dans l'axe du disque solaire, le grand télescope avait perdu sa blancheur et paraissait même noir à contre-jour. À cet instant précis, Benedetti eut cette impression très nette de communier non avec cette foule hétéroclite, mais avec tous les prêtres incas, les caciques aztèques, les chamans du fond des âges et les Inuits chasseurs de baleines.

Au bout d'un moment, Isaac retourna dans la caravane et ferma la porte derrière lui. Il se coucha à côté de Felicity qui lui tourna le dos dans son sommeil. La proximité était un leurre. La douceur, la chaleur lui étaient d'autant moins accessibles qu'il en était proche physiquement. Le but à portée de main ne cessait de se dérober comme dans un *travelling* contrarié. Soudain, il songea à Miranda. Le seul moment où le contact avait été possible était celui où elle avait été inconsciente. Il se colla donc au dos de Felicity, son sexe dur dressé entre eux comme un obstacle à franchir pour enfin se rejoindre. Elle émit un râle de protestation qui le découragea aussitôt. Comme autrefois, il aurait voulu s'embarquer pour Cythère, mais son obsession grandissante pour l'île d'en face le condamnait sans doute au désamour. De toute façon, ses calculs les plus récents n'avaient rien annoncé de bon. Pour la première fois, il espérait s'être trompé, que la formule elle-même soit le fruit d'une erreur de conception, mais les chiffres avaient parlé encore et toujours. Il aurait voulu que sa découverte serve de grands desseins, mais comme tout le monde, il était en réalité obnubilé par des détails insignifiants, reflets de son propre égocentrisme. Il niait vouloir s'occuper d'affaires de bonnes femmes et passait tout de même le plus clair de son temps à traiter d'affaires de bonshommes dont la nature était identique. En voulant tout expliquer de manière cohérente par un système unique, on crée des superstitions modernes. Faire l'amour avec Felicity était ce qu'il avait connu de meilleur dans cette existence. Le savoir et en être maintenant privé lui semblait donc être un châtiment bien cruel.

Benedetti resta sur place deux jours supplémentaires, interrogeant les radiophobes, prenant des notes pour donner le change, mais le cœur n'y était plus, comme si le but de son voyage avait été atteint dès son arrivée. Tout le reste prenait des allures de simagrées. L'histoire racontée par Isaac, les prédictions mathématiques, le voyage dans le temps, les éclipses totales de Soleil l'obsédaient à présent. Il refusait pourtant de se laisser convaincre, alors que la narration, comme un poison lent et opiniâtre, se diffusait en lui jusqu'à le posséder. Peut-être était-il sensible à ces contes pour enfants, car son passé était une source de tourments ineffables ? Il aurait tout donné pour revenir dix-huit ans en arrière et changer ce qui devait l'être. Il ne bouleverserait pas le cours de la grande histoire, comme il l'avait compris en répondant à Isaac, mais veillerait alors à son propre bonheur de manière égoïste. Entre tous, il était sans doute celui pour qui la possibilité du saut temporel offrait le plus de promesses et Isaac le savait lorsqu'il avait entrepris de le convaincre. Benedetti donnait à ceux qui ne le connaissaient pas l'impression d'avoir réussi, mais rêvait en secret de la vie qu'il aurait dû avoir, comme si le destin avait toujours été son débiteur. Toutefois, l'épiphanie de la première veillée ne se reproduisit jamais. Isaac avait dit tout ce qu'il avait à dire et, sans qu'aucun mot ne soit plus prononcé à ce sujet, Éric comprit qu'il faudrait bien s'en contenter.

Le surlendemain, lorsque Isaac revint de sa traditionnelle virée à la poste de Green Bank, Benedetti était sur le point de partir. Isaac remarqua tout de suite que Felicity était assise sur le siège passager de la Chevrolet Impala. Les places arrière étaient encombrées de valises et de sacs en tout genre, le didjeridoo symbolique dépassant même par la fenêtre ouverte.

– Je retourne à Washington, déclara Benedetti en guise d'excuses, elle m'a demandé de l'emmener et je n'avais aucune raison de le lui refuser.

– Je vois, répondit Isaac.

– Elle voulait même partir avant ton retour, mais j'ai insisté pour t'attendre. Je ne voulais pas que tu croies, enfin, tu comprends.

– Je comprends.

Isaac s'approcha de la voiture et posa simplement le plat de la main contre la vitre. Felicity continua de regarder droit devant elle sans bouger. Isaac se demanda si cette rupture était aussi pour elle un retour à la civilisation. Il prit conscience qu'elle n'avait jamais été un vrai membre de la communauté, mais s'était persuadée d'une infirmité imaginaire afin de se punir. Peut-être s'était-elle pardonnée, et Isaac ne put s'empêcher de ressentir de la joie à cette idée.

– Je te remercie pour ton accueil, déclara Éric, embarrassé.

– Veille à ce qu'il ne lui arrive rien.

Benedetti mit le contact et roula quelques dizaines de mètres avant de s'arrêter au stop. Le temps sembla suspendu l'espace d'un instant. Elle part pour toujours, se dit Isaac. Ce moment tant redouté était enfin arrivé, quand la voiture s'éloigne et qu'il est devenu inutile de crier ou de tenter de la retenir, lorsqu'il est trop tard et que l'impossibilité de revenir en arrière saisit la conscience comme un électrochoc. Tant de gens avaient éprouvé ce sentiment de vertige avant lui. Isaac le savait mais n'en était pas soulagé pour autant. Il ne put s'empêcher de croire que la portière allait maintenant s'ouvrir, que Felicity allait changer d'avis à la dernière seconde. Peut-être n'avait-elle cherché qu'à l'effrayer et s'était foutu la trouille à son tour ? S'il s'était agi de prouver quelque chose, elle avait réussi, bien que la nature de son argument demeurât ambiguë et floue. La voiture franchit pourtant le carrefour au pas puis s'éloigna jusqu'à disparaître en direction du télescope géant dont la masse livide symbolisait à présent ce qui ne peut être atteint ni changé.

Isaac n'eut plus jamais de nouvelles de Felicity. Un an plus tard, il reçut une enveloppe sans expéditeur et ne contenant qu'une coupure de journal. Il s'agissait d'un article élogieux du *Monde des livres* concernant la première tentative romanesque d'Éric Benedetti. Isaac retrouva sous la plume du journaliste toute la conversation qu'il avait eue avec son ancien camarade de classe. Le livre s'intitulait *Les Corps flottants*, comme le traité d'Archimède. Il était décrit comme un ouvrage dans lequel le temps ne passe pas, mais se répète, cyclique plutôt que linéaire. La structure même du roman singeait les règles de la démonstration mathématique rédigée au IIIe siècle avant Jésus-Christ, prolégomènes, quatre hypothèses et péroraison finale. De toute évidence, l'agneau sacrificiel était devenu prédateur et lui avait tout piqué jusqu'au moindre détail. Celui qui avait pour habitude de se faire voler ses devoirs était maintenant devenu un professionnel de l'extorsion. Isaac ne savait d'ailleurs pas ce qui était le plus blessant, de s'être fait rouler après toutes ces années par un bizut assoiffé de revanche, ou bien de voir sa théorie traînée dans la boue de la fiction et ramenée ainsi au rang inoffensif de divertissement. Il se demanda un instant si l'auteur ne coulait pas des jours paisibles avec Felicity, quelque part dans le Sud de la France, ces deux-là s'étant acoquinés pour causer son malheur, un peu comme Miranda et Walter en leur temps. Ou bien s'agissait-il, au contraire, d'une forme obscure de remerciement ? Après tout, Éric l'avait écouté avec assez d'attention pour raconter cette histoire à son tour. Qu'il se la soit appropriée sans vergogne n'en diminuait pas son rôle de passeur pour autant. Isaac ignorait donc si cette publication était un geste de défiance, ou bien une sorte d'hommage maladroit. Toutefois, une chose lui paraissait maintenant sûre. Il savait que les livres ne sont lus qu'à moitié et qu'il est donc possible d'y dissimuler toutes sortes de secrets sans risque d'attirer l'attention. Ce qui aurait pu susciter la curiosité des lecteurs dans un article de magazine ou mettre le feu aux poudres sur Facebook se trouvait enterré pour toujours dans un livre. Si l'intention de Benedetti avait été de révéler l'existence de la sphère d'Archimède, il était parvenu au résultat opposé en l'exposant à la vue de tous, un peu comme cette lettre mise en évidence dans une nouvelle d'Edgar Poe, qui pourtant semble avoir disparu au milieu de ses semblables. Isaac était donc certain que le mystère serait mieux gardé dans un rayonnage de bibliothèque que partout ailleurs.

Le lendemain soir, Isaac ressortit la cape de Mylar qu'il avait pourtant remisée au fond d'une malle le jour de son arrivée à Green Bank, un peu comme un superhéros à la retraite doit reprendre du service pour une raison nébuleuse et néanmoins pressante. Le Colt 44 spécial gisait toujours sur sa pile de livres. Il eût été si facile de s'en servir à présent, comme d'un stylo pour écrire, ou d'une lampe pour s'éclairer. Isaac ramassa donc le revolver, quelques provisions qu'il chargea dans la Dodge, fit le plein à la station-service et mit le cap au sud-ouest, empruntant les routes les moins fréquentées. Au bout d'une heure et le jour déclinant, il avala une amphétamine qu'il avait achetée au fils Pendleton. Le long ruban d'asphalte gris était ponctué de barrières blanches, de boîtes aux lettres en Inox et de poteaux téléphoniques qui surgissaient dans le faisceau de ses phares avant de replonger dans la nuit. Après avoir franchi la frontière invisible de la *National radio quiet zone*, il se coiffa d'une casquette qu'il avait doublée de papier aluminium, se couvrit les épaules avec la cape et reprit sa route. Il roula ainsi toute la nuit, mangeant des sandwichs et buvant du café sans s'arrêter. La tentation d'écouter l'autoradio était grande afin de ne pas s'endormir au volant, mais il avait retiré l'antenne depuis des années. Il savait par avance que la migraine et les démangeaisons causées par la FM seraient bien pires qu'un bref assoupissement, fût-il fatal. La route longeait à présent une épaisse forêt. Isaac fredonnait des airs de *country* pour passer le temps et, dans la brume qui sourdait du bitume surchauffé aux petites heures du jour, il vit un cerf douze cors sur le bas-côté de la route, comme une apparition fantomatique. Il eut tout juste le réflexe de freiner, puis roula au ralenti, anticipant ainsi les réactions de l'animal qui le dévisageait. Le cerf majestueux ne broncha pas, soufflant un air chaud par ses naseaux humides. Ils se regardèrent droit dans les yeux et une forme de compréhension mutuelle sembla les lier l'espace d'un instant. Le ronronnement de l'énorme moteur n'effraya pas la bête sauvage dont les côtes visibles sous sa toison fauve enflaient à chaque nouvelle inspiration. Son corps lui-même fumait dans la fraîcheur de l'aube. Lorsque Isaac l'eut dépassé tout à fait, il jeta un coup d'œil dans son rétroviseur, mais ne vit plus rien d'autre que le brouillard épais. L'animal avait disparu comme par enchantement. Manifestation chamanique ou hallucination due à la fatigue et aux drogues ?

Isaac dépassa Knoxville dans le Tennessee vers six heures du matin, roula encore une vingtaine de kilomètres vers le sud, puis s'arrêta sur un chemin de terre battue où il prit quelques heures de repos. Il se réveilla sur le coup de midi et découvrit qu'il s'était garé en surplomb d'un champ de maïs qui s'étendait à perte de vue. De gigantesques *sprinklers* arrosaient les épis déjà hauts dans un bruit répétitif et hypnotique. La lumière aveuglante de la mi-journée avait commencé à décliner à mesure que la Lune grignotait le bord indistinct du Soleil, mais en l'absence de lunettes spéciales, il ne pouvait lever les yeux pour contempler le spectacle au risque de se brûler la rétine. Il avait tout de suite compris que le saros 145 était celui auquel appartenait cette éclipse ainsi que celle qu'il avait vue à Fécamp dix-huit années plus tôt. Il voyait bien ce que cette coïncidence pouvait signifier. Il s'agissait d'une occasion unique. Pour la première fois depuis l'enfouissement, il se mit à songer à la capsule temporelle qui, comme la machine de Syracuse, appartenait désormais au monde souterrain, au royaume des esprits. Se souvenait-il seulement de ce qu'elle contenait ? L'importance que cet objet avait eue à ses yeux de jeune homme contrastait pour le moins avec l'indifférence qu'il avait suscitée durant les années suivantes, comme si l'oubli ultérieur avait été proportionnel à l'engouement initial. Contrairement à ce que son usage laissait pourtant supposer, la capsule elle-même avait pris un coup de vieux. Des services en ligne proposaient désormais le même type de prestations. À mesure que le monde migrait vers sa réplique virtuelle, les souvenirs eux-mêmes se dématérialisaient. On lui avait parlé du site *www.futureme.org* grâce auquel il est possible de rédiger un message et d'en choisir la date d'expédition. On pouvait ainsi s'écrire à soi-même des années à l'avance, ou même rédiger une lettre à destination de ses petits-enfants pour peu qu'ils ne changent pas d'adresse électronique dans l'intervalle. La poste, avec sa seule approche géographique, était devenue ringarde. La nouvelle frontière était maintenant l'avenir et Isaac se demanda ce qu'aurait été sa vie si les trois amis avaient recouru à un tel ersatz, au lieu d'enterrer une boîte en fer blanc au sommet de la falaise. Un vent frais balaya le champ immense. L'ombre de la Lune se frayait un chemin entre les tiges, les écartant devant elle d'une main sûre et implacable. Rien qu'une seconde avant la nuit, Isaac se demanda si Benedetti avait eu le courage de se rendre à Rustrel. Avait-il saisi cette possibilité de revenir en arrière et de changer leur vie comme Isaac le lui avait suggéré à demi-mot, ou bien s'était-il contenté de rêver en écrivant un livre ? Si l'article l'avait ébranlé, ce n'était pas tant par jalousie ou par dépit, mais parce que l'écriture d'un livre lui apparaissait comme une alternative à la vie. Or, il avait compté sur une saine réaction du protagoniste le plus motivé pour tenter le tout pour le tout. Après avoir longtemps vécu à l'abri de la Zone, Isaac ne pouvait plus entreprendre pareil voyage, sans quoi il n'aurait pas hésité une seule seconde à tout réécrire. Toutefois, s'il ne pouvait modifier lui-même la marche implacable de l'histoire, quelqu'un d'autre pouvait bien agir à sa place. Au dernier moment, il craignit pourtant de n'avoir pas misé sur le bon cheval. Enfin, il attendit que tout change, que la réalité s'altère, que ses erreurs soient corrigées, sachant qu'il ne se souviendrait pas de ce qu'avait été sa vie si son cours en était dévié en amont. Il prendrait alors cette nouvelle réalité pour la seule existante et le bonheur qu'il attendait comme une récompense pour service rendu ne lui enseignerait rien.

J'eus à nouveau cette sensation étrange d'être retourné comme un gant, lorsque le latex adhère si bien à la main que son retrait soudain arrache les poils et irrite la peau. Soudain coupé de ma vision, je perdis pendant quelques instants toute notion de l'existence matérielle, ne sachant plus où j'étais ni qui j'étais, avant que la douceur de la sphère ne m'enveloppe une nouvelle fois. Je retrouvai la vue alors qu'il n'y avait plus rien à voir qu'un grand ballet de couleurs et de formes indistinctes. Ce qu'avait été ma vie authentique ne me paraissait plus si tangible à présent. L'expérience était des plus troublantes. Savais-je qu'à travers Benedetti je m'étais adressé à moi-même, me révélant ainsi le secret de ma propre condition par-delà le temps et l'espace? Pourtant, cette autre version d'Isaac Bahir ne pouvait se douter qu'elle était observée, écoutée par le modèle dont elle était issue. À moins que je ne fusse, en réalité, la copie alternative et l'autre le prototype véritable, comme ces fantômes persuadés que les vivants sont morts afin de nier la permanence de leur état. Mon histoire tout entière me semblait maintenant relative. Avais-je aussi disparu du monde des hommes, non pas de manière volontaire comme Romulus, mais bien par accident à l'image de Jean-François Lemonnier et d'Émile Rivoire? Je me trouvais malgré moi dans le périmètre de la machine en marche. Le mécanisme bloqué me montrait encore et encore une période comprise entre les deux éclipses, m'en présentant ainsi toutes les possibilités, les infinies variations. Pourtant, et à l'opposé de ce qu'avait cru cette déclinaison de moi-même, je ne pouvais intervenir, condamné à jouer le rôle de spectateur impuissant face à des événements qui me dépassaient. Ceux qui m'avaient précédé dans cette épreuve étaient-ils eux aussi prisonniers de leur vision, maudits au point de comprendre la portée de leurs erreurs passées sans possibilité aucune de les racheter d'une quelconque manière? En tout cas, ce gourou des mathématiques que j'étais devenu se trompait sur un point. Benedetti n'aurait rien pu faire qu'assister immobile à cette leçon d'histoire sans morale et j'en étais là de mes réflexions, un peu dégoûté par cette insuffisance, lorsque mon cœur se souleva une fois encore, car j'étais à nouveau projeté vers l'avant, forcé d'écarquiller les yeux contre mon gré.

TROISIÈME HYPOTHÈSE

Quelquefois, il retrouve un jour de bonheur, mais différent, un visage de bonheur mais différent. Des ruines. Une fille qui pourrait être celle qu'il cherche. Il la croise sur la jetée.

Chris Marker, *La Jetée*, 1962

Les vagues devenues plus fortes se fracassaient au pied de la falaise. L'espace d'un instant, Isaac eut un léger vertige alors qu'il se penchait par-dessus bord. Quelques gravillons calcaires roulèrent sous ses chaussures et tombèrent en contrebas dans un vacarme diffracté par l'écho. Miranda le saisit par le dos de sa veste et le tira en arrière d'un coup sec.

– T'arrête tout de suite de faire le con, lui cria-t-elle.

– Tu te prends pour ma mère ? lui demanda-t-il, vexé.

Il fit demi-tour à contrecœur. Le vide avait quelque chose d'absolu et de merveilleux qui l'attirait de manière irrésistible, comme d'autres sont exaltés par le feu. Il se tenait à la pointe d'un éperon rocheux cerné par la mer, comme l'étrave d'un navire immobile. Il remonta de quelques mètres jusqu'au sémaphore où l'attendaient déjà les deux autres et sortit la boîte de son sac. Walter éclata de rire.

– C'est tout ce que tu as trouvé ? demanda-t-il en voyant la mallette de premiers secours marquée d'une croix verte.

– Le plastique est imputrescible, répondit-il. Si on veut la déterrer en l'état dans dix-huit ans, c'est ce qui me paraît le plus adéquat.

– Toi et ton sens pratique.

Ils se saisirent de morceaux de silex trouvés à même le sol

et entreprirent de creuser une cavité assez profonde. Bientôt, leurs ongles furent noirs de terre. L'excavation devint l'enjeu d'une compétition puérile entre les deux garçons si bien que la profondeur du trou fut vite suffisante. De toute façon, la terre à cet endroit ne représentait qu'une couche assez superficielle sur la roche. Les hautes herbes et leurs racines fixaient sur la pierre des particules apportées par le vent. Isaac plaça la boîte au fond du puits ainsi obtenu. Walter fredonna l'air de la sonnerie aux morts. La cérémonie fut vite expédiée. Ils n'avaient pas assez vécu pour avoir le sentiment d'une perte irrémédiable. L'idée de la boîte deviendrait plus importante que la boîte elle-même au cours des années suivantes. Elle ne renfermait pour l'instant que des objets, mais finirait par contenir les espoirs déçus et les regrets que le temps se chargerait d'y accumuler. À ce moment précis, la boîte se mit à diverger. Sa réalité matérielle, objective, se sépara de la perception qu'ils en avaient. Deux boîtes se mirent à coexister, superposées de manière si parfaite au début que personne ne se rendit compte de rien, mais chacune de ces entités se détachait déjà l'une de l'autre pour suivre des chemins différents. La boîte et le rêve de la boîte se séparaient comme le font les cellules d'un embryon qui se développe. Les rafales de vent pliaient les joncs qui entouraient le sémaphore, annonçant déjà le soir. Ils restèrent silencieux quelques secondes, non par recueillement, mais parce que les désirs différents qui les motivaient venaient d'être mis entre parenthèses par une force inconnue et qui les dépassait. Pour la première et dernière fois, ils ne ressentaient plus ni envie, ni souffrance, ni plaisir. Ce moment de tranquillité parfaite leur apparut comme un avant-goût de leur propre mort, mais cette impression n'avait rien de tragique. Cela ne dura qu'un instant. Sans se regarder, ils eurent la certitude d'avoir partagé cette absence complète d'émotion qui, dans le tourment de leur adolescence finissante, avait tout l'air d'un sanctuaire. Longtemps après, lorsque les aléas de la vie leur arracheraient des larmes amères ou des cris de fureur, ils penseraient encore à ce moment suspendu et en tireraient à nouveau le calme nécessaire.

Tout me ramenait toujours là, non pas au moment de l'éclipse, mais sur le piton rocheux qui prolonge le sémaphore de Fécamp. Cet enfouissement volontaire semblait être à l'origine de tout, comme un point de Lagrange, un centre de gravité émotionnel situé à égale distance de toutes les forces d'attraction de ma vie. J'avais exploré ce jour-là une zone d'équilibre entre les individus, les sentiments qu'ils génèrent et les différents développements de l'existence. Si la scène me procurait un sentiment compréhensible de déjà-vu, j'avais aussi l'impression d'avoir eu cette pensée auparavant, moi ou un autre, car j'étais à présent une somme de destins et de réflexions disparates.

La parenthèse fut vite refermée, laissant derrière elle un léger malaise que Miranda prit l'initiative de dissiper en descendant vers le port. Les aspirations contrariées refluèrent aussitôt et submergèrent Isaac comme une marée montante et trop longtemps contenue. Il avait toujours rêvé d'être une star du rock. En réalité, sa prétendue timidité était une excuse pour ne pas avoir réussi à attirer l'attention. Walter l'avait éclipsé dès le début aux yeux de Miranda. Il avait déçu à un moment crucial et ne s'était jamais relevé de cette chute. Dans ces moments d'absence où les autres le trouvaient inhibé, en retrait de la vie sociale, il s'immergeait dans le souvenir de cette soirée où Walter avait joué à la guitare le seul air de sa connaissance, suscitant ainsi la complaisance de ses admiratrices. Il avait réussi à singer le musicien qu'il n'était pas. Isaac, mal à l'aise, avait applaudi pour ne pas être en reste, mortifié d'avoir abandonné l'instrument à l'âge de quatorze ans après seulement dix leçons. Chanter pour émouvoir les foules et se mettre en valeur à leurs yeux lui semblait aussi impossible qu'enviable. Dénigrer le prétendu talent de son mentor n'aurait servi à rien. Isaac était aussi peu doué pour la musique que pour plaire aux filles, ce qui semblait aller de pair. « *Nothing's gonna change my world* » fredonnait pourtant Walter en singeant John Lennon, comme un mantra destiné à la seule intention d'Isaac. Dans sa rêverie, ce dernier changeait pourtant la donne, volant la vedette à son compétiteur, déchaînant l'émotion par un talent imaginaire et sans pareil. Il triomphait de la réalité, écrasait Walter de sa supériorité évidente.

Ses névroses le ramenaient toujours à ce moment précis, comme je revenais malgré moi sur la falaise.

Il avait maintenant tout à fait conscience d'avoir raté le coche, mais ne voyait pas comment infléchir le cours des événements, car il lui aurait fallu être un autre, ce qui semblait impossible. Il contempla une dernière fois le fond du trou, comme un parent accablé ne peut tout à fait détourner son regard de la tombe d'un enfant mort, puis il se rendit compte que les deux autres ne l'avaient pas attendu. Il reboucha la cavité en vitesse, sauta sur le monticule de terre au risque de provoquer la chute d'un éboulis, puis entreprit de rattraper ses compagnons. Il se dépêcha du mieux qu'il put, mais la fierté lui commandait de ne pas courir, ce qui lui conférait une démarche étrange, comme ces marcheurs olympiques qui se dandinent. « Attendez-moi ! » eut-il envie de crier, mais l'orgueil, encore une fois, lui dicta de se taire. La colère l'étouffait presque. Cette journée lui avait échappé, comme tout le reste. Rien ne s'était déroulé comme prévu et il savait que cette déception était le fruit d'une tendance irrépressible à l'anticipation.

En bas de la pente et déjà sur le ruban noir de la route, sans se soucier du monde extérieur incarné par Isaac, Walter avait glissé sa main dans la poche arrière de Miranda. Ils marchaient de concert sans prendre la peine de se retourner.

Arrivés à la gare, les trois jeunes gens s'assirent sur leurs sacs en attendant le train, Isaac tournant le dos aux deux autres.

– Tu fais la gueule ? lui demanda Miranda, condescendante.

– Non, répondit-il sans toutefois rien dissimuler de sa mauvaise humeur.

Elle le laissa tranquille, n'ayant d'ailleurs prêté aucune attention à sa réponse. Quelque chose chez lui la déroutait. Habituée depuis toujours à plaire aux garçons, elle ne comprenait pas cette distance évidente qu'Isaac avait mise entre eux. Elle se demandait parfois ce qu'elle avait bien pu dire pour mériter cet embarras qu'il semblait éprouver dès qu'elle ouvrait la bouche. Issue d'un milieu dont elle se targuait en public, mais qui lui causait en réalité une honte indicible, Miranda craignait que le rejet exprimé par Isaac soit une réaction naturelle à cette tare sociale. Si elle utilisait souvent l'épicerie familiale comme un étendard, elle ne supportait pas que quiconque l'évoque en sa présence. Ses interlocuteurs auraient été surpris d'apprendre qu'elle avait coupé les ponts avec toute sa famille, alors même qu'elle parlait de ses parents avec orgueil. Walter se méfiait toutefois de la bonté de Miranda, cette maladie qui pousse les pauvres à le rester. Si elle avait compris les sentiments d'Isaac à son égard et la souffrance atroce qu'il éprouvait à cause de Walter, elle aurait couché avec le pauvre bougre sans hésiter une seconde, se donnant à lui par solidarité.

L'autorail finit par arriver. La lumière déclinante illuminait ses vitres crasseuses. Les longues traînées de poussière et de pluie mêlée, maintes fois roussies par le soleil intermittent, zébraient les deux wagons bleus et gris, comme un camouflage adapté au climat de Normandie.

Une fois sur le quai de la gare Saint-Lazare, il se produisit quelque chose d'inhabituel. Durant tout le trajet, Isaac avait senti naître en lui un sentiment nouveau, la certitude que tout allait changer. L'impression diffuse avait cédé la place à une conviction inébranlable. Les deux autres lui proposèrent d'aller boire un verre chez Walter, refusant de rompre tout à fait le charme de cette journée particulière. Aveugles et sourds aux sentiments d'autrui, ils ne pouvaient imaginer qu'il en fût autrement pour Isaac. Sans brutalité aucune, il déclina l'invitation, prétextant une migraine causée par le bruit du train. Ils auraient été bien incapables d'imaginer à cet instant précis qu'ils ne le reverraient jamais, mais l'auraient-ils su que leurs émotions à son égard n'eussent pas été fort différentes.

Ce soir-là, Miranda tenta de parler d'Isaac à Walter. La fatigue et la tension engendrées par l'éclipse l'empêchaient de se taire, comme si elle était ivre. La fenêtre ouverte laissait entrer les bruits étouffés de la ville en cette nuit du mois d'août. La lumière diffuse des réverbères gonflait les rideaux d'un halo orangé. Elle se sentait totalement désinhibée par une forme étrange d'épuisement nerveux. Allongée sur le dos dans la pénombre de la chambre, elle s'interrompit soudain et se tourna vers Walter qui reposait à ses côtés. Elle comprit alors qu'il dormait depuis longtemps et n'avait rien entendu de son monologue. Bien sûr elle se sentait humiliée de ne pas avoir été écoutée, mais en éprouvait aussi un certain soulagement. Maintenant, et pour se venger, elle aurait voulu que cette soudaine curiosité pour Isaac fût fondée sur une base plus solide. Walter, qui ronflait à présent, méritait une bonne leçon. Alors qu'elle se tournait vers la fenêtre de la chambre, elle prit soudain conscience que la longue suite de performances sexuelles qui leur tenait lieu de relation venait de prendre fin. Tout à coup, elle se sentit vieillir. Elle s'imagina décatie, desséchée, aigrie par les coups de griffes de la vie, dépourvue de ce *sex appeal* qui lui avait ouvert toutes les portes. Walter était parti depuis longtemps pour une autre encore jeune et jolie. Il ne restait plus rien à Miranda que le souvenir de l'épicerie, de ses parents morts, de ses amies mortes et de ses professeurs disparus. Elle se vit retourner à Limeil-Brévannes, et les rues, les façades, les arbres et les commerces avaient changé. Son école primaire avait été rasée et remplacée par un centre commercial. Les arrêts de bus avaient été déplacés. Plus rien ne lui semblait familier. Sa vie tout entière était maintenant réduite aux souvenirs de choses qui n'étaient plus. Pourtant, tout lui avait paru immuable. Comme sa jeunesse avait été arrogante ! Miranda avait évolué, à moitié inconsciente, mais comprenait à présent que rien ne serait plus pareil. Ce qui lui avait semblé permanent, solide, n'était en réalité qu'une illusion. Elle ressentait à l'échelle individuelle ce que les nations comprennent au temps des catastrophes. Une larme perla au coin de ses paupières et Miranda tenta de chasser ses noires pensées. Elle en voulait à présent à Walter de s'être endormi au lieu de lui faire l'amour et de la distraire ainsi de l'idée de la mort. Elle ne trouvait pas le sommeil et ne comprenait pas comment il aurait pu en être autrement pour qui que ce soit. Toute la ville aurait dû veiller avec elle. Elle ressentait l'angoisse de l'enfant qui émerge à peine d'un cauchemar et comprend que tout le monde dort dans la maisonnée et dans le monde, que les adultes s'abîment dans cette horreur qu'est le sommeil et qu'ils ont fui leurs responsabilités. Elle toussa, secoua Walter avec douceur, mais ses tentatives puériles restèrent vaines. Elle finit par se lever, attrapa son sac à main qui traînait près du lit et se rendit dans le salon sans allumer aucune lumière. Là, elle fouilla dans ses affaires et sortit un calepin de sa besace. Elle tenait depuis peu un journal, attitude qu'elle avait longtemps réprouvée chez les autres comme étant si typique de l'adolescence, mais qu'elle avait enfin adoptée en l'affublant d'une justification philosophique. Il lui avait fallu attendre que les gens de son âge se lassent de cette pratique pour pouvoir s'y adonner. Elle tira les rideaux et ouvrit la fenêtre afin de bénéficier d'un souffle d'air, se fichant complètement d'être nue dans l'appartement à trois heures du matin, puis alluma la radio. Elle reconnut tout de suite le refrain. *Accross the Universe* des Beatles. Elle regarda un moment au-dehors, accoudée à la balustrade. *Jai guru deva om* scandait John Lennon de sa voix traînante. Elle mit ensuite la musique en sourdine. La lumière de la rue suffisait à sa tâche. Elle s'assit à la grande table d'acajou, ouvrit le carnet et se mit à écrire :

Nuit du 11 au 12 août 1999,

Le phénomène de l'éclipse engendre une communauté ponctuelle qui se noue et se défait au gré du rythme astronomique. Des gens qui s'ignorent et vivent séparés les uns des autres par la distance et les préoccupations individuelles se retrouvent avec régularité et se donnent ainsi rendez-vous. La conversation interrompue par les mois d'attente reprend là où elle s'était arrêtée. Le dialogue s'émiette, joue avec les pointillés. Peu importe. On pourrait imaginer une histoire d'amour qui n'existerait qu'à l'intérieur du cône d'ombre afin d'être plus intense. Dans ce film de Vincente Minnelli que ma mère regarde chaque Noël, Cyd Charisse et Gene Kelly s'aiment dans un village qui ne leur est accessible qu'un jour par siècle. Le reste du temps, les villageois sont figés, comme morts. Lorsque l'ombre est passée et que la lumière du soleil revient, les amoureux pourraient se séparer comme le village de Brigadoon retourne à l'oubli. Précieuses minutes d'éternité qu'il est vain de vouloir décrire, tant le langage semble dérisoire et inapte. On s'emploiera tout de même à échouer, par goût et par défi. Je crois que je veux m'y consacrer.

Le lendemain matin, Miranda ne répondit pas aux caresses de Walter, se vengeant ainsi d'un crime qu'il n'avait pas conscience d'avoir commis. Elle entendait le punir pour sa désertion, comme on réclame réparation à quelqu'un pour la manière dont il s'est comporté dans un rêve. Aux yeux de Miranda, Walter était responsable de ses agissements, mais aussi des intentions qu'elle lui prêtait, ce qui semblait beaucoup pour un seul homme.

Durant les jours qui suivirent, Miranda se fit plus distante. La vie lui paraissait morne à présent. L'éclipse lui avait ravi quelque chose, sa capacité à se résigner face à la médiocrité de la vie. Elle avait cru lutter une première fois contre cette fatalité en entamant de brillantes études et en tournant le dos à son milieu d'origine. L'éclipse lui avait pourtant montré qu'il existe une forme de dépassement dont la découverte inattendue vide l'existence de son sens et affadit même les émotions les plus fortes. La découverte de cette réalité supérieure et difficile d'accès minimisait par comparaison la qualité de ses propres sentiments. Elle se trouvait maintenant banale, écrasée par cette révélation tout autant que par la perspective de sa fin prochaine.

Miranda mit un terme à sa relation avec Walter. N'ayant rien vu venir, ce dernier fit mine de ne pas comprendre. Elle était convaincue que cette rupture n'en était pas une, mais au contraire une façon inhabituelle de préserver leur passion en la tuant de manière prématurée. Comme on naturalise un coléoptère pour en conserver toutes les couleurs et le sauver ainsi de la pourriture, elle croyait dur comme fer que leur amour survivrait ainsi au temps. Elle voulait être Cyd Charisse et comprenait maintenant l'attitude de sa mère. Ne restait plus à Walter qu'à devenir Gene Kelly.

– Tu te souviens du pacte, de la boîte sur la falaise ? lui demanda-t-elle.

– Je ne vois pas ce que ça vient faire là-dedans, répondit-il, furieux.

– Si, je suis sûre que tu comprends, même si tu prétends le contraire.

À sa façon obscure, elle luttait contre l'obsolescence programmée des émotions, les grands sentiments portant en eux les germes de leur destruction future, comme les aspirateurs se détraquent et cessent de fonctionner par la volonté perverse de leur seul fabricant. Miranda croyait avec sincérité qu'elle trouverait Walter inchangé dix-huit ans et dix jours plus tard, à Nashville ou à Portland, afin de poursuivre ce dialogue interrompu, comme les héros de *Brigadoon* ne vivent qu'un jour par siècle. Ils éviteraient ainsi les compromissions de la vie de couple, l'asthénie progressive de leur désir, en reprenant leur dernière conversation à l'endroit exact où ils l'avaient laissée. Leur vie amoureuse se résumerait ainsi à une poignée de minutes d'une intensité sans égale, mises bout à bout au fil des ans. Ainsi, leur sentiment ne vieillirait pas, ne changerait pas. Ses couleurs étincelantes ne passeraient pas, abritées de la lumière du jour par l'obscurité bienfaisante de l'éclipse.

– Regarde aussi ces couples d'albatros, déclara Miranda qui accumulait les métaphores. Ils vivent de manière séparée, mais se retrouvent avec régularité tout au long de leur vie.

– Mais enfin, quel mérite y a-t-il à être monogame quand on ne se voit qu'une semaine par an ?

Bien sûr, Miranda savait que c'était un peu dingue, mais voyait pourtant une logique implacable dans sa démarche. Walter ne put s'empêcher de l'humilier. Il lui jeta ses origines modestes à la figure, lui rappelant qu'il l'avait pour ainsi dire sortie du ruisseau. Bravant tous les interdits, il évoqua même l'épicerie, les kilos de sucre, les Carambar à l'unité et les boîtes de cassoulet William Saurin, foulant ainsi l'étendard aux pieds. Il exprima son mépris de classe sans y croire. Elle n'y crut pas non plus. En réalité, il admirait en secret sa folie, son courage et sa présence d'esprit, ne pouvant toutefois la congratuler d'avoir su prendre l'initiative avant qu'il ne se lasse. Elle savait ménager ses effets et laissait toujours une impression d'inachevé, à la fois frustrante et pleine de promesses. Walter était vexé d'avoir baissé sa garde. C'était curieux, mais elle s'éloignait de lui, disait-elle, pour l'aimer mieux encore, alors qu'il avait toujours su qu'elle le quitterait un jour pour en aimer un autre. C'était la rupture la plus étrange qu'il ait jamais vécue. Walter n'avait rien compris à son charabia mystique autour de l'éclipse. Un autre que lui aurait pris ces élucubrations pour un prétexte alambiqué, mais il savait qu'elle était candide, ce qui la rendait tout à fait désarmante.

Les mois passèrent. L'image de Walter avait rejoint la boîte dans laquelle Miranda conservait ses souvenirs à l'abri de la putréfaction et du changement. Cette figure empaillée attendait à présent d'être animée par la nostalgie qui se manifesterait sans faute. La réconciliation entre son goût pour la taxidermie sentimentale et le monde dont elle s'était absentée devenait pourtant de moins en moins probable à mesure que le temps s'écoulait. Chaque jour la rapprochait en théorie de ses retrouvailles avec Walter, alors qu'il l'éloignait en réalité un peu plus de l'existence véritable. Elle ne s'était pas enfermée comme tant d'autres dans les séries télé ou les romans de vampires, car leur pouvoir de séduction la laissait dubitative, mais bien dans un musée personnel qui la berçait d'illusions. S'étant séparée de Walter du jour au lendemain, elle n'eut jamais l'occasion d'apprendre qu'Isaac lui avait aussi tourné le dos sans rien dire. En repoussant la limite de ce qu'elle croyait être ses sentiments, elle se persuadait que la vie avait beaucoup à lui offrir et que le temps, dont elle avait encore du mal à concevoir la dureté, se dilaterait toujours plus avant, entraînant le recul de la vieillesse et de la mort. La jeunesse était tout son monde.

À la fin de ses études, Miranda fit un stage dans une maison d'édition universitaire qui publiait des thèses de doctorat et des livres savants. Isaac et Walter étaient maintenant sortis de sa vie, bien qu'elle pensât souvent à la falaise de Fécamp et au trouble qu'elle avait ressenti durant l'éclipse totale de Soleil. Souvent, elle se remémorait cette sensation de flottement qu'elle cherchait même à reproduire en se rendant deux fois par semaine à la piscine où elle pratiquait l'apnée. Les cheveux étalés à la surface de l'eau comme un paquet d'algues laminaires, elle se laissait dériver, sans plus d'attaches, sans pesanteur. Elle vidait alors ses poumons et descendait d'un cran, évoluant ainsi entre deux eaux. Enfin, elle s'abîmait pour de bon, visant le fond bleu et uniforme de la fosse de plongée. Elle ne savait pas ce que ses deux compagnons étaient devenus, mais ne s'en souciait guère puisque leur vie à tous était désormais entre parenthèses dans l'attente du 21 août 2017. Le temps n'avait pas de prise sur eux et défilait même à l'envers, comme le compte à rebours précédant le lancement d'une mission spatiale. Bien sûr, elle avait eu quelques aventures sans lendemain, dictées par ses sens ou par une certaine lassitude, mais tout cela n'avait aucune espèce d'importance. La perfection de la totalité était son seul objectif. Tout le reste était contingent.

La tâche de Miranda consistait à numériser des fiches bibliographiques en sciences humaines et sociales. Elle passait son temps aux archives d'où elle extrayait de vastes quantités de bristols jaunis. Elle saisissait ensuite les références du catalogue papier dans un vaste effort d'archivage électronique. On visait à terme la disparition du stock traditionnel et son remplacement par de l'impression à la demande. L'entreprise était colossale et prendrait sans doute des années. Plusieurs fois par jour, Miranda devait donc se rendre à la cave d'où elle remontait les bras encombrés de boîtes poussiéreuses, puis passait de longues heures à son poste, les yeux rivés sur l'écran. Ce supplice était souvent confié aux divers stagiaires dont le cheptel était toujours renouvelé afin d'économiser de l'argent. Elle savait qu'elle devait en passer par là avant de décrocher un poste plus intéressant. Se déplaçant beaucoup dans les locaux, elle était amenée à rencontrer de nombreux intervenants, auteurs et membres du corps enseignant qui participaient au comité de lecture ou à l'encadrement technique des vastes collections. Ceux-ci étaient de passage, mais exerçaient un magistère important sur les décisions de publication et l'orientation générale de la maison.

Miranda avait déjà croisé ce type cinq ou six fois, la cinquantaine sportive, le teint hâlé, les cheveux poivre et sel. Il portait en permanence un jean et un pull noir à col roulé qui lui donnaient des faux airs de Steve Jobs. On l'avait décrit à Miranda comme un spécialiste international de la violence symbolique et du déterminisme social, un ponte de l'université française et des colloques. Avait-il perçu chez la jeune femme l'origine que Miranda cherchait à dissimuler ? Il se comportait en sa présence avec un paternalisme certain, sans doute habitué à user de son charme un peu suranné sur des étudiantes de premier cycle. Si leurs premières rencontres lui avaient paru triviales, elle était habituée à ce que certains hommes la méprisent de la sorte, comme si sa beauté était une tare dont elle aurait dû avoir honte, quelque chose d'indécent qu'il lui faudrait dissimuler au reste du monde pour ne l'exposer qu'à leur intention exclusive. Elle s'était accoutumée à ce manège, adoptant une indifférence polie ou bien une franche réserve. À présent on ne la traitait plus de salope dans la rue, car elle en imposait même aux plus teigneux des garçons. Elle suscitait pourtant un genre de réaction primaire que les mâles plus âgés savent étouffer en public. Elle plaisait aux hommes et comprenait bien que ce pouvoir de séduction qui lui était inné, qu'elle n'avait pas voulu ni cultivé, était souvent pris pour un vice, une flétrissure, comme si cet éclat était le fruit d'une terrible injustice qu'on lui reprochait et qu'il faudrait payer un jour d'une manière ou d'une autre. Comme chez Dorian Gray, on supposait que sa jeunesse lisse et gracieuse dissimulait un goût supposé pour la fange. Ce don que lui avait prodigué la nature était un fardeau qui lui imposait une certaine prudence, la contraignait plus qu'une autre dans ses attitudes et ses choix, mais qui lui ferait aussi défaut lorsqu'il révélerait plus tard son caractère éphémère. Bref, elle ne savait pas comment habiter ce corps désirable et s'apprêtait à souffrir plus encore de sa dégradation.

Lorsque le don Juan sur le retour l'avait invitée à dîner avec d'autres de ses collègues pour célébrer la parution de son dernier essai, Miranda avait tout d'abord songé à décliner. Avec habileté, il avait toutefois su jouer de son statut social, lui promettant des débouchés relationnels, l'ébauche d'une carrière. Elle était ambitieuse, mais les moyens lui manquaient. Et ces accointances qui lui faisaient défaut étaient aussi pour son interlocuteur une manière implicite de l'assujettir. Sûr de son pouvoir, il lui avait suffi de quelques mots pour la convaincre.

Arrivée sur place avec un retard calculé, Miranda s'en voulut d'être pourtant la première. La table était bien mise pour six, les rideaux grands ouverts. L'immeuble et l'appartement étaient pour elle des symboles d'une réussite si éclatante qu'elle osait à peine parler. Il la reçut sans effusion, l'air absorbé par tout autre chose, et cette soudaine froideur la rassura sur ses intentions. Il lui tendit une coupe de champagne avant de quitter la pièce quelques instants. Elle se demandait comment évoquer son avenir sans pour autant donner l'impression de demander quoi que ce soit. Intimidée, elle se leva du sofa et porta le verre à ses lèvres tout en regardant l'immense bibliothèque, les tableaux, les gravures. Il devait s'agir d'artistes réputés, mais leurs noms lui étaient inconnus. Elle se promit pourtant de n'en rien laisser paraître au retour de son hôte. Les livres s'accumulaient sur les rayonnages et, pour la toute première fois, ceux qu'elle avait toujours considérés comme ses amis les plus fidèles lui parurent intimidants. La lumière était dorée. La vaisselle miroitait. La tête lui tournait tout à coup. La volonté lui manquait. Elle tenta de s'appuyer contre un mur et dut lâcher son verre. Les éclats de cristal s'éparpillèrent sur le parquet au ralenti. Le son du choc lui parvint avec retard, comme transporté par le vent. Puis tout devint ouaté, assourdi.

Je ne sais pas si Miranda perdit connaissance. Ses yeux restèrent ouverts tout du long, mais vides. J'assistais pour ma part à la scène. L'homme revint dans la pièce et contempla son œuvre. Comme il s'approchait d'elle, je tentai de sortir de mon rôle d'observateur et tendis la main vers Miranda en guise de protection, mais en vain. L'image se rida, comme la surface d'une eau calme est dérangée par la chute d'une feuille avant de reprendre son aspect initial, et je compris que la scène s'était déjà produite et ne pouvait donc être modifiée en aucune façon. Je voyais tout, mais ne pouvait rien, comme un dieu impuissant. Des larmes de faiblesse et de colère coulèrent alors sur mes joues. Mais pleurais-je en réalité sur le triste sort de Miranda ou sur le mien? Je savais bien, au fond, que tout est égal par ailleurs et que j'aurais pu être à l'origine de cette agression. Je l'avais été en fin de compte, dans une autre vie, dans un rêve éveillé. Ce qui m'inspirait de l'horreur n'était rien de plus que ma propre attitude incarnée par un autre. Si je la réprouvais avec dégoût, c'est bien parce que j'avais ressenti la même pulsion et non parce qu'elle m'était étrangère, et si je n'étais pas allé jusqu'au bout de cette démarche ignoble, c'était bien par lâcheté et non par respect d'autrui. J'avais ça en moi. Je le savais à présent.

Le temps irrégulier avait cessé de s'écouler cédant la place à une forme d'éternité stable et glaciale. Plus rien ne bougeait. Lorsque Miranda reprit connaissance, elle marchait dans la rue, hagarde, nauséeuse, la tête lourde, la bouche débordant de salive. Elle était incapable d'expliquer pourquoi elle se trouvait là. Les souvenirs de la veille étaient vagues, amputés. Une fois rentrée chez elle, Miranda prit une douche qui ne suffit pas à l'apaiser. Elle demeurait fébrile. Si on l'avait molestée, ce qu'elle subodorait sans certitude aucune, son agresseur supposé avait choisi de la laisser dans un état de stase. Elle devrait par conséquent vivre sans se rappeler ce qui lui était arrivé, entre deux, comme le chat du physicien Schrödinger n'est ni vivant ni mort, mais tout cela à la fois tant qu'on n'essaie pas de l'observer. Un jour, quelqu'un ouvrirait la boîte dans laquelle elle se trouvait enfermée et fixerait alors son sort. Indéterminisme de la mesure. Jusqu'alors elle n'avait rien vécu qu'un somnifère et une douche brûlante n'aient su effacer. Rien n'avait jamais réussi à l'atteindre. L'impression de force qui résultait de son parcours était pourtant trompeuse.

Miranda ne finit jamais son stage. Ses études, ses diplômes, son avenir n'avaient plus grand sens à ses yeux, et tout ce pour quoi elle s'était battue afin de s'en sortir et de fausser les statistiques lui paraissait maintenant dérisoire. Pire encore, elle croyait que ce désir de réussite qui l'avait animée n'était qu'une manifestation de l'*hubris* qui ronge le cœur des hommes. Elle méritait à ce titre un châtiment biblique, que ce soit le déluge ou la destruction par le feu. Elle avait été rappelée à l'ordre. Que son agresseur ait été un sociologue de renom, spécialiste des classes sociales et de leur perpétuation, ne pouvait être un hasard. Donner du sens à son malheur, l'expliquer par des voies mystérieuses était tout ce qui lui restait. Devoir supporter à la télévision le visage de cet homme était le châtiment qu'elle endurait pour avoir voulu se hisser vers des sommets qui lui resteraient interdits. Il n'y avait là rien de neuf. La seule nouveauté résidait dans le discours de l'oppresseur qui, loin d'assumer son attitude comme autrefois, exprimait à présent et dans les médias une solidarité mensongère envers ses victimes.

Pendant une longue période, Miranda vécut au jour le jour, sans projets, sans lendemains. Elle cessa de voir ses amies, se désintéressa de tout jusqu'à ne plus rien sentir. Sa capacité à réagir ou à s'émouvoir lui avait été arrachée. Elle visait maintenant une forme brutale et complète d'anesthésie, passant de longues heures, assise au bord de son lit, attendant l'inconscience. C'est dans cet état qu'elle perdit soudain en acuité visuelle. Elle refusa tout d'abord de le reconnaître, mais dut se rendre chez l'ophtalmologiste lorsque sa vision centrale se mit à se dégrader. Il lui arrivait parfois de devoir tourner la tête sur le côté pour percevoir certains détails, ce qui la mettait mal à l'aise en public. On lui diagnostiqua la maladie de Stargardt, une altération progressive de la macula. Bien que d'origine génétique, cette affection de la vue ne s'était pas manifestée jusque-là. Tout au plus, avait-elle eu des difficultés à distinguer le rouge du vert, ce qui avait été considéré durant toute son enfance comme un banal cas de daltonisme. Au moins conserverait-elle la vision périphérique, lui avait alors déclaré le médecin. Accablée par ce relativisme, elle ne put s'empêcher de considérer le nouveau stade de cette maladie ancienne comme le pur produit de son viol, sa résultante immédiate.

Au bout de dix-huit mois, ayant enchaîné les petits boulots divers et variés, Miranda décida de suivre des cours du soir à l'école des psychologues praticiens. Elle s'intéressait à l'aide aux victimes, croyant panser ses propres plaies en soignant celles des autres. Elle se réfugia d'une certaine façon dans la douleur d'autrui afin de fuir la sienne, alors que les classiques sont pourtant très clairs à ce sujet. Il n'y a rien à attendre d'une quelconque puissance supérieure si l'on n'agit pas pour soi en premier lieu. Au bout d'un moment, elle se rendit d'ailleurs compte que ses condisciples étaient tous dans la même situation. Ils fuyaient quelque chose, s'imaginant trouver des solutions à leurs problèmes en prenant la place du soignant plutôt que celle de la victime. Poser des questions aux autres était ce qu'ils avaient trouvé de mieux afin de ne pas avoir à parler de leur situation personnelle, et ce qui passait par conséquent pour de l'empathie n'était en réalité qu'une forme de dissimulation. Au lieu d'appeler au secours, ils envisageaient de secourir, s'avérant pourtant impropres à toute assistance.

C'est en observant cette proportion toujours grandissante de victimes parmi les thérapeutes que Miranda prit la décision de sortir du déni. Elle apprit que le roi Xerxès Ier de Perse avait fouetté la mer pour la punir d'avoir détruit un pont reliant les rives opposées du détroit des Dardanelles. Toute à sa douleur, elle aussi s'était trompée de coupable et n'avait rien trouvé d'autre qu'elle-même à fustiger en silence, comme l'ancien monarque avait châtié les vagues pour se passer les nerfs.

À cette époque, Miranda se mit à pratiquer le *west coast swing* au gymnase Jean-Sarrailh. La danse lui permit de renouer un dialogue avec son corps comme avec celui de ses partenaires. Le dégoût des premières fois fit place à une relation de confiance. Il lui fallait s'en remettre aux instructions physiques de son cavalier. Le guidage passait par la tension des bras, le verrouillage de l'épaule, le contact des hanches et portait le nom de « connexion ». Le rôle de Miranda consistait alors à gérer la distance entre son corps et celui du danseur qui la guidait. Le tempo lent de *Moonlight Serenade* appelait des gestes harmonieux. Il lui fallut apprendre la sensualité, comme on débute une langue étrangère. Elle prétendait, jouait un personnage auquel elle ne croyait pourtant pas. Ses partenaires eurent toutefois l'intelligence de ne rien lui reprocher. Aussi étrange que cela puisse paraître, mimer avec maladresse des mouvements dont la signification équivoque lui était pénible finit par se muer en une forme de sincérité. Au fil des répétitions éreintantes, elle se souvenait comment, tout en mimant l'orgasme avec certains amants, elle avait fini par ressentir le plaisir qu'elle n'espérait plus. Le simulacre du plaisir pouvait mener au plaisir véritable, et la reproduction mécanique de mouvements considérés comme sensuels conduisit Miranda à la sensualité elle-même. Elle dansait deux fois par semaine, jusqu'à l'épuisement. Les progrès furent douloureux, ponctués de rechutes. Elle militait aussi dans diverses associations, distribuait des repas aux sans-abri, écoutait les victimes de violence conjugale tout en sachant qu'elle empruntait la même voie absurde que ses collègues thérapeutes. « Il faut vous pardonner d'être une dominée » déclarait-elle aux femmes battues tout en songeant à elle-même. Aux gens qu'elle rencontrait dans ce nouveau milieu, elle se présentait comme Sabine. Miranda avait vécu. En sacrifiant cet alter ego, elle avait le sentiment d'avoir abandonné son ancien moi et se félicitait par conséquent d'avoir entretenu pendant un temps la confusion sur son identité. Ce double était une victime collatérale, une partie intime qu'on laisse derrière soi en guise de leurre, comme les lézards sacrifient parfois leur queue afin de tromper leur poursuivant.

À force d'engagement et de travail, Miranda finit par se voir offrir un poste chez Médecins sans frontières. On lui proposait d'assister le personnel soignant dans l'accueil d'urgence des populations déplacées. Son travail consisterait à recueillir, grâce à l'aide de traducteurs, le témoignage des migrants qui se jetaient sur les routes pour fuir la guerre, puis à les orienter vers les divers services proposés par la Croix-Rouge, MSF ou le Haut Commissariat des Nations Unies pour les réfugiés. Des années avaient passé depuis les classes préparatoires et sa relation avec Walter Kerven. La veille de son départ pour les îles du Dodécanèse, elle tomba par accident sur le journal qu'elle avait tenu à l'époque et se relut comme on découvre l'existence d'une lointaine cousine. Qui était celle qui s'était émerveillée au sujet de l'éclipse, offusquée du sommeil de Walter et peut-être même vouée à l'écriture ? Elle n'en savait plus rien, car cette dernière avait été effacée. Cette ancienne version d'elle-même n'en paraissait pas moins fascinante, grâce à son insouciance et à ses certitudes. Sabine aurait voulu mieux la connaître et devenir son amie. Elle aurait alors aspiré sa jeunesse et ses rêves. Elle avait vieilli et avait consacré une part importante de son temps et de son énergie à ne pas s'effondrer. Elle avait vu autour d'elle ses semblables former des couples, avoir des enfants et devenir cadres. Sa vie d'adulte se résumait, quant à elle, à une lutte constante pour la simple verticalité. Se tenir debout était tout ce qu'elle avait accompli, et personne d'autre ne savait à quel point cet effort lui avait coûté. Rien ne la retenait plus à Paris désormais. Elle était libre de toute attache, d'une liberté que certaines lui enviaient sans savoir de quoi elles parlaient. Le flou au centre de sa vision n'était pas si désagréable après tout. Il lui suffisait de regarder la réalité en face pour la voir disparaître, ce qui lui convenait après tout. Elle abusait d'ailleurs de ce subterfuge et ses interlocuteurs étaient souvent frappés par la manière dont elle les fixait, alors qu'elle les effaçait au contraire de son champ de vision, comme un peintre recouvre une ébauche décevante, *pentimento* à la fois intime et social. La dégénérescence maculaire est souvent un symptôme de la vieillesse. Sabine avait depuis toujours une maladie de vieux qui reflétait l'âge qu'elle se donnait, celui de quelqu'un qui a beaucoup vécu et ressent à présent une grande fatigue. Pourtant, après des débuts chaotiques, un long prologue raté, elle voulait croire que sa vie commençait. À trente-sept ans, elle prenait un nouveau départ, ce qui n'est pas donné à tout le monde. Durant toutes ces années, elle avait souvent songé à remonter le temps. Si seulement elle avait pu revenir en arrière. Il avait pourtant fallu se résoudre à aller de l'avant. Sabine avait choisi de ne pas porter plainte. Qui l'aurait crue de toute façon ? Elle savait que son silence était une prime à la bassesse, mais rien au monde n'aurait pu la pousser à se rendre devant les tribunaux pour se présenter comme une victime.

L'île de Léros est un petit paradis verdoyant, bordé de criques, perdu aux confins de la mer Égée. Un peu plus au nord, l'île de Patmos servit de refuge à Jean le Visionnaire qui y rédigea *L'Apocalypse*. Des collines qui surplombent le port de Lakki, on aperçoit les côtes turques. La station balnéaire de Bodrum n'est qu'à vingt-cinq kilomètres. C'est l'ancienne Halicarnasse où gisent les ruines éparses du tombeau du roi

Mausole, l'une des sept merveilles du monde antique. Le bras de mer turquoise qui sépare la Turquie de la Grèce sert alors de frontière orientale à l'Union européenne. La ville assoupie est un parfait exemple du rationalisme italien, ses plans ayant été dessinés durant l'occupation fasciste. On y trouve un ancien cinéma tout en courbes, une halle et une église. On chercherait en vain les maisons blanches aux volets bleus que les agences de voyages vendent aux populations d'Europe du Nord en manque de vitamine D. Non loin du port, l'hôpital psychiatrique de Pikpa accueillait les dissidents politiques au temps de la dictature et servait ni plus ni moins de camp de concentration. C'est là que s'entassent aujourd'hui les migrants syriens, irakiens ou afghans. De la révolte juive ayant poussé le prophète Jean à la fuite, jusqu'aux réfugiés du Moyen-Orient, en passant par les partisans de gauche, on voit bien que le décor paradisiaque et le climat salutaire ont, en réalité, toujours été propices à la réclusion et à l'exil.

Sabine vivait là, dans une grande pièce hémisphérique impossible à meubler qui donnait sur le front de mer. La peinture beige et rouge du balcon s'écaillait par plaques entières. Face au port, elle donnait sur le *Dignity I*, un ancien cargo philippin ayant beaucoup vécu et qui avait été racheté par MSF à vil prix. En se penchant un peu, elle pouvait voir la tour carrée du marché et son horloge de style Bauhaus dont les aiguilles ne tournaient plus depuis longtemps. Chaque face de la tour indiquait une heure différente sans qu'on sache vraiment quand le temps s'était arrêté sur l'île de Léros. Durant la journée, elle recueillait des témoignages de femmes battues, d'hommes torturés et d'enfants perdus qui arrivaient sur des rafiots de fortune depuis les côtes turques. Il en débarquait jusqu'à huit cents par jour, effarés, débraillés, les yeux caves. On entassait les hommes dans des campements qui se voulaient provisoires, blocs préfabriqués et tentes distribuées par le UNHCR. Seules les femmes et les enfants avaient droit au « confort » de l'hôpital. La nuit, Sabine participait parfois aux opérations de sauvetage en mer. Le *Dignity I* pouvait contenir jusqu'à trois cents personnes. On distribuait alors à chaque naufragé une paire de chaussettes, une serviette et une couverture avant de tous les ramener sur la terre ferme. On espérait la signature d'un accord international. Il s'agirait alors pour la Turquie de garder les déshérités sur son sol avant qu'ils ne s'embarquent, en échange d'une importante somme d'argent et de promesses évasives d'adhésion à l'Union européenne. Les populations fuyaient vers l'ouest, suivant les anciennes routes migratoires qui avaient permis le peuplement de l'Europe à une époque reculée. Les habitants de Léros étaient dépassés par la situation, essayant tant bien que mal de venir en aide aux plus démunis tout en craignant d'être submergés par le nombre toujours grandissant de miséreux qui abordaient leur île et ne pouvaient en repartir faute de moyens. La situation devenait un peu plus explosive chaque jour.

Lorsqu'elle avait un moment de libre, Sabine allait boire un verre d'ouzo dans un café du port à l'enseigne de *Perì politeías*. Elle regardait alors le soleil miroiter sur la mer en grignotant du poulpe et se demandait pourquoi ce café, qu'elle avait choisi pour son nom étrange – on pourrait le traduire par « À propos de l'État » en référence probable à *La République* de Platon –, ne s'appelait pas Thalassa ou Poséidon comme tous les autres. Elle n'aimait pas vraiment cette boisson anisée en provenance de Lesbos, mais en buvait quand même, ayant vite adopté les coutumes locales, comme on s'achète un chapeau de paille l'été sur un marché quelconque pour se fondre dans le décor et se persuader qu'on est en vacances. Elle songeait de plus en plus souvent à ses anciens compagnons de route, aux camarades de sa jeunesse enfuie trop tôt. Le choc qu'avait été son premier contact avec les réfugiés l'avait poussée à se tourner vers le passé. L'alcool et la fraîcheur du soir lui offraient un accès privilégié aux souvenirs et un moyen d'échapper à la réalité. Elle regardait parfois sur son téléphone le profil Facebook de ses anciens amis, n'osant pas les contacter après toutes ces années, surveillant pourtant leur statut marital : « célibataire », « en couple » ou bien « c'est compliqué », imaginant ce qu'aurait pu être sa vie si les circonstances avaient été différentes. Elle observait leur désir d'être aimé de manière comptable, les logiciels quantifiant maintenant les messages d'affection comme des unités de valeur. Leur écrire eût été une interruption volontaire du songe qu'elle s'offrait en guise de loisir. Elle se contentait donc de rêver, sachant très bien que le temps perdu ne peut être rattrapé. Elle l'imaginait tout de même, regrettant aussi bien la vie qu'elle avait eue avec Walter que celle qu'elle aurait pu avoir avec Isaac. Ce qu'elle s'était contentée d'imaginer l'espace d'une nuit d'insomnie au risque de déplaire à son amant devenait à présent un leitmotiv. Aujourd'hui comme alors, elle reconnaissait son inaptitude à se suffire de l'existence et s'imaginait par conséquent plus heureuse ailleurs, dans les bras d'un autre. Elle savait pourtant que le désir est sans fin, tyrannique, toujours changeant, et que son apparente satisfaction ne débouche que sur un nouvel objet. « On a tous besoin d'aide » répétait-elle souvent, comme un mantra censé lui apporter le sommeil.

La baie de Lakki, encaissée à l'intérieur de l'île, est presque fermée par deux promontoires rocheux qui délimitent une passe menant vers le port en eau profonde. Par une coïncidence extraordinaire, le soleil, en cette saison, se couchait exactement entre les rochers, sur l'étroit bras de mer scintillant. C'est à cette heure dorée comme une icône orthodoxe qu'on vint la chercher au café après sa journée de travail. Son esprit était déjà embrumé par les vapeurs d'anisette. Les effets de l'alcool semblaient compenser son déficit visuel.

Il n'y avait plus alors de périphérie nette et de centre flou, mais une sensation de vague uniforme. Néanmoins, elle savait qu'il lui faudrait dégriser d'un coup, car faute de personnel disponible, on avait encore besoin d'elle. Un ferry turc était en train de sombrer de l'autre côté de l'île et il fallait lever l'ancre sans plus attendre pour se porter à son secours.

Isaac était perplexe. Chaque fois qu'il quittait la petite ville de Mozumi pour l'ancienne mine de zinc de Kamioka, il ressentait cette sensation étrange de déjà-vu qui n'avait rien à voir avec ses allers-retours successifs, mais avec quelque chose de plus profond qu'il ne savait identifier. Ce phénomène s'accroissait tout au long du chemin et culminait à son arrivée au laboratoire. Les collines escarpées rougeoyaient en automne de cette teinte si caractéristique que prennent les érables lorsque la température nocturne chute, privant ainsi leurs feuilles de sève. Isaac était au Japon depuis maintenant six mois et les couleurs changeantes de cette région boisée n'en finissaient pas de le ravir chaque fois qu'il retournait dans le souterrain. Il avait parfois l'impression d'être un autre, ou de mener une vie parallèle qu'il n'apercevait qu'au cours de rêves éveillés. Il se sentait parfois submergé par cette impression, les images d'une autre vie s'imposant à lui comme étant une variation de son propre destin. La route était la même. La destination était identique, mais les forêts touffues et nappées de brume cédaient parfois le pas à la garrigue. La chaleur du Sud de la France l'écrasait alors et la stridulation des cigales emplissait l'habitacle de la voiture. Le Takayama prenait l'allure des monts du Vaucluse et il arrivait même à Isaac d'apercevoir au loin le signal de Saint-Pierre, entre deux lacets de la route. Cela ne durait jamais plus d'un instant, mais il avait la sensation de regarder par une fenêtre ouverte un monde dont la réalité n'était pas contestable. Il avait tout d'abord craint ces moments d'égarement qu'il avait mis sur le compte de la fatigue, puis d'une maladie neurologique supposée. Sans vraiment parler de ses hallucinations, il avait sollicité l'aide d'un médecin qui lui avait prescrit toute une batterie de tests. Petit à petit, et sans comprendre pourquoi, il était passé de la panique à un sentiment de plénitude. Cette particularité dont il ne pouvait parler à personne était un secret qu'il devait maintenant protéger et choyer. Non seulement ce qu'il avait redouté ne l'effrayait plus, mais il en venait même à espérer ces trop brefs moments de clairvoyance, comme si sa vraie vie n'avait été qu'une illusion et ses visions, au contraire, la seule réalité qui soit.

L'expérience consistait à traquer le passage de particules dans cinquante mille tonnes d'eau purifiée. La piscine souterraine était donc tapissée de détecteurs censés capter la très faible luminosité d'une collision entre un corps d'origine cosmique et un atome terrestre. De cette manière, on espérait percer les secrets de la matière et « peser » l'univers de manière plus précise. Il fallait de temps en temps changer l'une de ces grosses ampoules en naviguant à la surface du bassin dans un canot pneumatique. Les techniciens en tenue stérile, portant des masques et des gants blancs, pagayaient alors sur le lac obscur. Tout autour d'eux, les parois étaient constellées de globes capables d'enregistrer la clarté provoquée par l'impact de deux corps minuscules. On voulait tout connaître de la matière noire, de l'énergie sombre, trouver la fameuse masse manquante et enfin, réconcilier la physique quantique et la relativité générale. Y avait-il quelque part un monde constitué d'antimatière ? Auquel cas, il existait peut-être un anti-Isaac en train d'y deviser de la même manière, ou plutôt de façon antithétique. C'était justement ce genre de considérations qui le distrayait de son travail sous la montagne. Peut-être que ses visions fugitives correspondaient à une brèche entre ces deux univers conjoints ? Il ne pouvait en être sûr, mais il lui plaisait tout de même d'y croire, car cette idée lui procurait un sentiment d'équilibre. Chaque particule avait son antiparticule, les électrons leurs positrons de charge électrique opposée. Les îles grecques avaient également leurs pendants géographiques. Isaac avait entendu parler de Paxos et d'Antipaxos, de Cythère et d'Anticythère. Le monde tout entier devait donc avoir un double symétrique. Il en était convaincu et sentait bien que son travail contribuerait sans doute à confirmer un jour cette intuition.

Le navire, dont la coque blanche et bleue miroitait dans les derniers rayons du soleil, quitta le quai à grand renfort de bruit et de fumée, empestant le diesel et la peinture. L'air était doux, parfumé par les fleurs de molène et la résine des cyprès. Le clapotis de la baie invitait à la douceur. Les poissons fuyaient par bancs entiers devant l'étrave maculée de rouille, délaissant le bruit et les mouvements de la surface pour le calme des profondeurs. Il était difficile d'imaginer qu'à seulement quelques encablures, des centaines de personnes étaient en danger de mort. Sabine aurait voulu, rien qu'une fois, se laisser aller à l'engourdissement, alors qu'autour d'elle tout le monde s'affairait sur le pont, préparant les chaloupes, sortant les gilets de sauvetage de leurs coffres. C'était une tentation que son corps et son esprit lui réclamaient, soudain privés de cette torpeur dans laquelle l'alcool et la détente les avaient pourtant plongés. Sa journée avait été éprouvante. Elle se prit à rêver d'un emploi de bureau, d'une émission de variétés à la télévision, d'un canapé défoncé par le temps et les nuits d'insomnie. Au contraire de ses concitoyens, elle avait l'occasion d'être utile, de sauver des vies au lieu d'alimenter une machine économique dont la complexité et l'absurdité dépassaient l'entendement. C'était la vie qu'elle s'était choisie et dont elle était fière. Elle en avait d'ailleurs une conscience aiguë, mais regrettait parfois de ne pas avoir un seul moment de répit. L'abrutissement des masses laborieuses lui était interdit et si cette privation était souvent pour elle une source de soulagement, elle craignait de ne pas toujours être à la hauteur de sa tâche. La mort et la souffrance ne prenaient pas de congé, ne cessaient jamais. Les trop rares moments de repos que la violence accordait à ses adversaires étaient toujours inespérés, comme des accalmies trompeuses et toujours annonciatrices de nouveaux désastres. Sabine tremblait maintenant, saisie par l'angoisse et le vent du large, au moment où le navire franchissait la passe et gagnait la haute mer par le sud. « Ressaisis-toi, on a besoin de tout le monde » lui assena sa collègue Clara, une secouriste italienne venue de Turin. Elle eut un haut-le-cœur, dû à l'alcool et aux mouvements de la houle qui forcissait avec le soir. Après une longue dégringolade, le soleil bascula pour de bon derrière l'horizon.

Walter Kerven était assis au milieu de la chambre sans écho. Sur tous les murs, au plafond et même sous le plancher grillagé, des polyèdres de laine de verre pointaient vers lui comme une armée de missiles. On se sentait vite en danger dans cet espace d'apparence hostile. Afin de limiter les vibrations au maximum, la pièce était suspendue par des amortisseurs de néoprène à l'intérieur d'une cavité beaucoup plus vaste. Dix mètres au-dessus, des touristes du monde entier admiraient pourtant les œuvres de Niki de Saint Phalle et de Jean Tinguely, car les salles de l'Institut d'études acoustiques sont toutes enterrées sous la fontaine Stravinsky, en plein cœur des Halles. Walter aimait songer au paradoxe de sa situation, isolé à l'extrême des ondes sonores et néanmoins au centre de Paris et de sa foule grouillante. Il vérifia les appareils de mesure une dernière fois avant de tester les instruments. En l'absence de réflexion, tous les sons étaient absorbés. « Un, deux, un, deux » répéta-t-il dans le micro. La voix de Walter semblait surgir du néant et y retournait à l'instant même. La disparition volontaire de tout écho rendait la perception de l'environnement impossible. Il suffisait de fermer les yeux. Soudain, il n'était plus dans la pièce, mais dans l'espace interstellaire. Comme les trous noirs aspirent tout, même la lumière, la chambre était un dispositif conçu pour étouffer le moindre son. Jamais un être humain n'avait eu à subir un tel silence. Dans le reste du monde, le bruit de fond est partout, comme une preuve supplémentaire de la vie. Le sentiment de vide submergeait si bien Walter que les bruits de son propre corps lui devenaient perceptibles. Il entendait alors son sang courir dans ses veines comme un fleuve intime. Il aimait d'ailleurs ce moment où la nature comble le vide, supplée le déficit créé par l'homme. Ce n'était pas un retour au confort protecteur de la matrice, mais au contraire, une sortie vers l'extérieur, vers l'inconnu et le néant, qui demandait un certain courage, ou tout du moins une grande maîtrise de soi. Les néophytes ne tenaient pas plus d'une minute dans cet environnement extrême et même les techniciens les plus aguerris tentaient de se concentrer sur leurs tâches afin de ne pas se laisser envahir par ce sentiment d'agonie. Il était possible de se priver de lumière, mais pas de bruit. Ce lieu clos, qui donnait pourtant une impression d'infini, lui rappelait la boîte en carton dans laquelle il s'enfermait enfant et qui lui permettait de voyager dans le temps. Il tirait alors les rabats derrière lui, saisissait les manettes et se rendait dans le futur aux commandes de son engin. La chambre était aussi une forme d'épreuve, et un concours tacite existait entre les ingénieurs du son. Celui qui s'y enfermait le plus longtemps gagnait le respect de toute l'équipe. Le record à battre était d'ailleurs punaisé sur la porte. L'angoisse montait, car l'absence de stimulus sonore ne renvoyait qu'à soi, comme ce morceau de John Cage, intitulé *4'33"* et dans lequel on n'entend rien que les bruits apportés par l'auditeur. Il n'y avait dans la chambre rien d'autre que soi-même et cette présence imposée confinait à l'abomination. Rares étaient ceux qui se supportaient assez pour s'entendre meubler tout l'espace disponible. À ce jeu-là, Walter était pourtant très fort, non pas qu'il se soit aimé plus que les autres, au contraire, il avait appris à s'oublier en s'imaginant mener une autre vie. À tout moment, il pouvait devenir cette autre personne qui n'aurait pas abandonné la guitare, n'aurait pas planté les concours, se serait battu pour garder Miranda, aurait été un meilleur ami pour Isaac. Il lui suffisait alors de basculer. C'était son expression. Il basculait et son esprit divaguait loin des borborygmes de son corps, des soucis de sa vie quotidienne. Il devenait quelqu'un d'autre, ailleurs, alors qu'il n'était en réalité personne. Il en était convaincu, comme si sa vie véritable lui avait échappé à un moment donné. Rien ne s'était déroulé comme il l'avait prévu. Après trois ans à l'université, il aurait pu choisir d'enseigner la physique-chimie à des gamins de banlieue et se serait sans doute retrouvé à Compiègne ou à Juvisy-sur-Orge, mais il avait poursuivi son parcours, s'orientant vers l'étude des ondes acoustiques. Il avait toutefois le sentiment que quelque chose lui avait glissé entre les doigts. Il avait laissé filer la vie qu'il aurait dû avoir et en nourrissait un certain ressentiment, comme si la fatalité avait eu une dette envers lui. Il voyait souvent son existence comme une illusion parmi d'autres, une simple combinaison de gènes et de circonstances, ce qui l'avait empêché de se lier à qui que ce soit. Il était habitué à la solitude et passer une heure dans la chambre anéchoïque ne l'effrayait plus. Sa seule crainte résidait dans la perspective d'avoir raté le coche. Peut-être n'avait-il pas supporté sa rupture avec Miranda ? Il identifiait l'origine de tous ses problèmes à ce simple événement.

C'est le jour de l'éclipse que tout s'était joué. Il s'était cru Pygmalion et s'était retrouvé seul du jour au lendemain, délaissé par une créature qui s'était émancipée trop vite. Isaac avait disparu, lui aussi. Walter avait d'ailleurs imaginé que ses deux compagnons s'étaient débarrassés de lui pour se mettre ensemble, mais Miranda n'avait en réalité besoin de personne, pas plus d'Isaac que d'un autre. Il ignorait ce qu'elle était devenue, mais l'imaginait souvent à la tête d'une multinationale ou d'un harem de mâles enamourés, et pourquoi pas des deux à la fois. Bien sûr, il aurait pu mener des recherches, enquêter, espionner, mais se tenait éloigné des médias sociaux, des sites de rencontres et de parcours scolaires. Il avait bien essayé d'agir comme tout le monde et de vivre une vie dans laquelle l'oubli serait devenu impossible, mais il se sentait un peu comme ces vétérans de guerres lointaines qui rentrent au pays et se trouvent à la fois désœuvrés et hantés par le souvenir de leurs exactions passées. Il se méfiait surtout de Facebook qu'il voyait comme une prison transparente, le phalanstère de Fourier dans lequel le contrôle social est exercé par la majorité contre elle-même. En réalité, il ne craignait pas de dévoiler sa vie privée, mais plutôt l'absence de celle-ci. Il fallait avoir quelque chose à exhiber. Chacun cherchait à mettre en avant une réussite quelconque, montrant ainsi aux témoins gênants d'une jeunesse engloutie que les promesses avaient été tenues. Il fallait être fier de soi devant les autres, mais surtout devant l'enfant que l'on avait été et qui refusait de mourir. Walter ne voulait pas savoir de toute façon. Il préférait imaginer et se repaître de cette comparaison fictive.

Le navire roulait sur les vagues courtes et dès qu'il eut franchi la passe, le vent se mit à souffler sur les eaux réputées calmes de la Méditerranée. Une écume jaunâtre se formait à la crête des lames et s'envolait, recouvrant ainsi le pont du

Dignity I, collant au bastingage et aux élingues. L'équipage laissa sur sa gauche la petite île inhabitée de Velona et mit cap à l'est, vers les côtes turques et le navire en perdition. Sabine n'avait pas été assez au large pour s'amariner. Les soubresauts rythmiques et l'alcool lui arrachèrent un gémissement de douleur. Elle regrettait maintenant de s'être laissée aller aux charmes de l'indolence grecque. Elle n'était pas à sa place. Elle savait écouter et calmer l'anxiété par la parole, mais se sentait désarmée face à la souffrance physique, à l'urgence immédiate. Ses cours de secourisme n'étaient qu'un lointain souvenir et si on ne comptait pas vraiment sur elle pour pratiquer les premiers soins, elle se désolait tout de même d'être aussi empotée face à une détresse que les mots ne suffisent pas à calmer. Son tour viendrait sans doute, elle le savait, une fois la stupeur et l'angoisse de la mort dissipées. Le vent forcit encore et l'ancien cargo, propulsé par un moteur à bout de souffle, eut bien du mal à poursuivre sa route. Il brinquebalait, chahuté par la houle, et lorsque sa coque se trouvait suspendue au sommet d'une vague plus grosse que les autres, on entendait l'hélice tourner à vide dans un bourdonnement aigu et menaçant.

Le vent cessa de souffler d'un coup. La dépression poursuivait maintenant sa route vers le nord et la mer Noire, laissant derrière elle des branchages arrachés à la terre et sous lesquels les poissons cherchaient refuge, s'abritant là des remous. On naviguait à présent sur des flots couverts de débris épars, fragments de navires emportés par le fond. Les morceaux de plastique se libéraient des épaves qui les avaient retenus dans leur descente inexorable et surgissaient les uns après les autres dans un ballet funèbre et pourtant coloré. La surface encore agitée par l'inertie se couvrait de reliques et de cadavres. Lorsque le *Dignity I* arriva sur zone, les garde-côtes grecs patrouillaient déjà à l'endroit du naufrage sans qu'on sache s'ils avaient reçu l'ordre d'intervenir. Il ne restait rien du ferry que des corps flottants entre deux eaux, le visage tourné vers les abysses, les bras ballants, tentacules devenus inutiles. Leurs vêtements amples flottaient dans la houle transparente. Le voile des femmes, observa Miranda, s'étendait en corolle autour de leur tête si bien que les mortes ressemblaient à de gigantesques méduses ballottées par le courant. Les bribes d'un ancien poème écrit par Georges Séféris lui revinrent alors en mémoire : « Et si la mer Égée se fleurit de cadavres / Ce sont les corps de ceux qui voulurent / Rattraper à la nage le grand navire. » La nuit tombait et l'équipage alluma de puissants projecteurs afin de balayer l'étendue de la mer. Il n'y eut aucun survivant et l'angoisse qu'avait ressentie Sabine à l'idée de ne pas être utile se mua en impuissance et en dégoût de soi. « Ma main fut clouée à la crête d'une vague / Par une flèche subitement jaillie / Des confins d'une jeunesse disparue. » Personne ne prononça un seul mot. Tous étaient saisis par l'horreur de la situation. À l'aide de gaffes et de palans, les bénévoles se mirent à repêcher les corps sans vie. On les aligna un par un sur le pont du bateau comme des poissons ternes, et ce processus méthodique avait quelque chose de comptable. « Rideaux de montagnes, archipels, granites dénudés / Le bateau qui s'avance s'appelle *Agonie*. » Jusqu'au bout, ils espérèrent trouver un rescapé, rien qu'un seul, grelottant de froid, désorienté, mais bien vivant. Cet espoir donnait un sens à leur action, justifiait leur présence, mais des cinq cents personnes qui avaient fui ce qu'on imaginait être la guerre, il ne restait pas une âme.

Cette besogne ingrate prit la nuit tout entière à l'équipage et ce n'est qu'aux premières lueurs de l'aube, le soleil flamboyant se levant sur la terre, émergeant derrière les collines égéennes, que les dernières victimes furent amenées à bord. On trouverait encore des cadavres échoués sur les côtes environnantes pendant des semaines, la mer ne rendant la totalité de son butin qu'au compte-gouttes. Jusqu'au bout, Sabine était restée sur le pont, refusant de prendre le moindre repos. L'un des derniers morts hissés sur le navire fut un garçon d'à peu près cinq ans. Il dérivait près de la coque lorsque Sabine réussit à l'agripper. Elle le retourna pour voir enfin son visage, comme si le regarder en face pouvait lui rendre un peu de l'humanité qu'il n'avait déjà plus. Elle dut tourner la tête pour distinguer ses traits. Son teint hâlé et ses yeux noirs lui donnaient des allures de Calabrais. Ses longs cils avaient quelque chose de doux et de féminin qui contrastait avec la franchise de ses traits. Il semblait dormir, les lèvres bleues, la peau des mains plissée. Elle ne l'avait jamais vu, cet enfant ressemblant à s'y méprendre à mille autres enfants, et pourtant son visage lui parut si familier qu'elle s'effondra tout d'un coup. Elle se mit alors à caresser son visage et ses cheveux de manière frénétique. Était-ce la tension accumulée au cours de la nuit qui demandait à s'épancher, ou bien quelque chose de plus étrange encore ? Elle n'en savait rien. Personne n'en savait rien, mais on n'osa pas tout de suite l'arracher au cadavre qu'elle berçait avec gentillesse comme une pietà, car tous étaient bouleversés. Des mots qui n'étaient pas les siens, des mots obscurs et inconnus lui vinrent alors à l'esprit, comme un prolongement inconnu du poème : « La peur est un animal solitaire / L'animal se cherche une maison / La maison est trop pleine de bruit / C'est le bruit de mes joies / Et de mes colères / Et la peur qui n'aime pas le bruit s'enfuit à toutes jambes dans la forêt. » Elle ne s'entendit même pas hurler. Ce sont les autres, employant la force, qui la séparèrent du corps de l'enfant et qui lui racontèrent la scène lorsqu'elle reprit connaissance.

Moi aussi j'avais reconnu Joshua, l'enfant que j'aurais pu avoir avec Miranda, l'enfant d'un autre que j'avais aimé comme le mien et qui, par quelques sortilèges du temps, surgissait tout de même dans la vie de Sabine, comme si certains événements, certaines rencontres ne pouvaient être évités, quels que soient les choix effectués par chacun d'entre nous. Je tremblai à mon tour devant le corps de l'enfant mort, saisi par le hurlement animal de cette femme qui, sans avoir été mère, sans avoir connu les douleurs de l'enfantement et les angoisses de la maternité, savait pourtant et d'une manière obscure que cet enfant était le sien.

Lorsque Sabine se réveilla, il lui sembla que sa vue s'était encore dégradée. Il ne subsistait plus au centre de son champ de vision qu'un grand trou noir, une béance prête à tout engloutir. Des bribes de connaissances pourtant disparues depuis le temps de l'université lui revinrent à l'esprit. Chez les anciens Grecs, il existait deux sortes d'aveugles. Les premiers recevaient la cécité en guise de malédiction et le don de divination en compensation. Les seconds perdaient la vue en découvrant la vérité. Sabine refusait de choisir son camp. À cette époque régie par Ptolémée, on distinguait aussi la mécanique céleste des lois qui prévalaient ici-bas, car les planètes et les étoiles semblaient flotter dans l'espace ordonné alors que les êtres et les objets chutaient de manière lamentable à la surface de la Terre.

Je songeai au temps de mes propres études, à cet épisode célèbre de la fondation de Rome relaté aussi bien par l'historien Denys, d'ailleurs natif d'Halicarnasse, que par Plutarque lui-même. Manquant de femmes, les hommes de la première génération furent invités par Romulus à capturer les vierges des tribus voisines afin de les épouser. Le viol fut autorisé de manière temporaire jusqu'à la célébration du mariage. La faute, quant à elle, fut rejetée sur les pères étrangers qui avaient refusé d'accorder la main de leur fille, empêchant ainsi la cité de prospérer. Je ne comprenais qu'à présent le rapport obscur entre l'enlèvement des Sabines à l'origine de l'empire et l'agression de Sabine. Cette dernière l'avait conduite à une vie qu'elle considérait comme stérile. Sur le pont maculé du bateau gisaient à présent les morts de tous les âges, des guerres puniques à Bachar el-Assad, d'Archimède à Joshua.

Sabine ne se souvenait même pas d'être rentrée au port, d'avoir marché de la jetée jusqu'à l'immeuble. Elle se tenait maintenant devant la fenêtre ouverte sans savoir l'heure qu'il était. Le soleil était haut dans le ciel sans qu'elle pût déterminer s'il se levait encore ou s'il se couchait déjà. Le petit balcon était écrasé de chaleur et la mer miroitait à nouveau de cet éclat insoutenable. Elle laissa la porte-fenêtre ouverte, mais entrebâilla les persiennes. Un rayon de lumière blanche divisa le carrelage frais et illumina ses pieds nus. Quelqu'un se mit à jouer de la musique dans un appartement voisin, peut-être un membre d'une ONG ou bien un pêcheur de poulpes. Les hésitations répétées du piano trahissaient le caractère artisanal de la performance. Elle crut reconnaître un vieux tube de John Lennon, une ballade vaguement orientale, et les notes égrainées de manière poussive lui tirèrent de nouvelles larmes. Au moment même où elle croyait ne plus avoir d'émotion en réserve, ayant tout donné sur le pont du navire jonché de dépouilles, elle se découvrait une capacité toujours renouvelée à souffrir, dévorée malgré elle par une forme d'empathie qui n'avait jamais masqué sa propre douleur. Elle ne sut même pas d'où venait cet élan soudain. Quelque chose la poussait à pleurer, un mécanisme intime dont elle ne percevait pas les rouages inconscients, mais seulement l'impérieuse nécessité. Elle se soumit donc sans comprendre.

Bien sûr, Sabine ne se souvenait plus d'avoir entendu la même chanson dix-huit ans auparavant, lorsqu'elle évoluait sous le nom de Miranda. J'étais seul à me le rappeler ayant vécu toutes ces années en une heure à peine dans une forme sidérante d'accélération.

Sabine réagissait de manière réflexe à un écho, dont elle avait perdu la source. Le message s'est dissous avec le temps, fracassé contre divers obstacles qui l'ont à la fois transformé et atténué. Le bruit diffus n'a plus qu'un lointain rapport avec le son d'origine, mais porte encore en lui les vestiges du passé. Elle se tenait là, au milieu de la pièce, écoutant la mélodie hachée par les fausses notes et les répétitions, comme elle s'était tenue tout à l'heure au bout de la jetée, elle s'en souvenait maintenant, comme elle avait retenu Isaac avant qu'il ne tombe du haut des falaises de Fécamp. Elle dansait seule à présent, répétant les mouvements de *west coast swing*, exécutant les passes qu'elle connaissait par cœur, *anchor step*, *rolling count* et *sugar push*. Perdue dans ses réminiscences incompréhensibles, elle ne s'aperçut même pas que la musique avait cessé. Lorsqu'elle en eut enfin conscience, elle se précipita sur le mur qu'elle se mit à marteler de toutes ses forces. « Encore ! Encore ! » hurla-t-elle, comme un condamné à mort qui maudit la vie tout en regrettant de ne pas en avoir eu assez.

Vint le moment du choix. Elle ne l'avait pas vu venir, ou plutôt elle découvrit que cet instant avait, en réalité, toujours été présent à son esprit comme une arrière-pensée. Toutes ces années n'avaient servi qu'à la placer dans cette situation. Devait-elle se rendre aux États-Unis pour voir l'éclipse et si oui, où exactement et avec qui ? Les adolescents ne s'étaient pas embarrassés de détails techniques. Fallait-il retourner à Fécamp pour déterrer une boîte dont elle avait oublié le contenu ? Elle se souvenait quand même de la promesse absurde, impossible et naïve qu'elle avait pourtant signée de sa main. Elle avait beaucoup changé et ne se sentait plus tout à fait responsable des engagements pris par une autre. Elle était comme ces nouveaux élus qui ne s'estiment pas liés par les obligations de leurs prédécesseurs. Pourquoi la date qui lui avait toujours paru si lointaine devenait-elle aussi menaçante à mesure que le temps passait et que l'échéance fatidique approchait ? L'été 2017 lui avait servi de repoussoir pendant la moitié de sa vie et si elle avait imaginé, enfant, que l'an 2000 serait une année d'abondance, cet autre moment encore plus lointain avait été un horizon quasi indépassable, la date de péremption de sa jeunesse. Elle avait souvent remis au lendemain des projets personnels en s'abritant derrière ce paravent temporel. Elle irait à Borobudur avant le mois d'août 2017. Elle deviendrait championne de *west coast swing*. Elle tomberait amoureuse, alors que son viol n'avait jamais cessé de la hanter si bien qu'elle n'avait noué de relation avec personne, se méfiant de tous les hommes à cause d'un seul. Elle aurait des enfants qu'elle emmènerait voir l'éclipse totale de Soleil. Elle pratiquerait le deltaplane alors qu'elle avait le vertige. Elle apprendrait à parler le japonais. Elle reprendrait goût à la séduction. Elle ferait une paix définitive avec son corps. Elle deviendrait quelqu'un de meilleur. Elle essaierait de pardonner. Elle ferait fortune et donnerait tout ce qu'elle possédait. Elle s'excuserait auprès de Walter et ferait l'amour avec Isaac tout en même temps, juste une seule fois, rien que pour voir, ou même plusieurs, si le cœur lui en disait. Elle refuserait de céder encore et toujours à l'autocensure. Elle écrirait le grand livre des éclipses dont elle avait rêvé un soir chez Walter et qu'elle intitulerait *Les Corps flottants*. Enfin, elle cesserait d'établir des listes idiotes destinées à ne jamais rien donner d'autre qu'un sentiment de gâchis et de frustration. Il ne restait maintenant plus que quelques jours, elle avait vérifié. Le rendez-vous céleste était d'une précision diabolique, l'échéance immuable. Sabine se servait à présent de la brièveté du délai comme d'un cache-misère, comme si les dix-huit ans qu'avait duré sa préparation étaient enfin réduits à une poignée de minutes. Elle ne savait par où commencer et n'avait d'ailleurs pas l'intention d'agir. Elle prétendait même ne pas y songer, comme on oublie de manière délibérée son propre anniversaire quand les dizaines commencent à s'accumuler. Poussée par la curiosité, elle avait bien trouvé des traces d'Isaac Bahir qui menait des recherches en astrophysique au Japon, mais elle n'avait pas osé entrer en contact avec lui. En apparence, il semblait encore plus éloigné de ses préoccupations d'adolescent qu'elle ne l'était elle-même. Il donnait l'impression atroce d'avoir réussi sa vie, ce qui éveillait chez Sabine un sentiment de fierté mêlé de jalousie. Ses sujets d'étude restaient impénétrables pour le commun des mortels et cet éloignement tant géographique qu'intellectuel lui conférait une aura de mystère. Walter Kerven, quant à lui, semblait avoir disparu tout à fait ce qui, à l'heure des réseaux sociaux, paraissait pourtant impossible. Il avait réussi l'exploit de ne rien laisser derrière lui, pas la moindre occurrence, pas de pétition ou de transaction en ligne, de courrier des lecteurs ou de commentaires. Toute activité électronique laissait pourtant une trace, comme la traînée luisante qui suit l'escargot et révèle son point d'origine. Cet ancien amour qu'elle avait souvent idéalisé par son absence rassurante ne semblait avoir existé que dans son imagination. Au fil du temps, elle s'était pourtant inscrite partout, sur les sites de retrouvailles, les annuaires d'anciens élèves, les réseaux de rencontres. En secret, elle n'espérait qu'une seule chose, qu'on la cherche, que ses anciens amis, que ses amants d'autrefois prennent soudain contact avec elle et lui avouent leur obsession pour sa personne. Elle se refusait pourtant à faire le premier pas. Elle voulait qu'on la désire, qu'on lui témoigne enfin un attachement dont l'absence la rongeait. Rien pourtant ne se produisit jamais. En réalité, elle ne souhaitait pas renouer d'anciens liens, mais souffrait de ne plus être convoitée. Elle était même prête à feindre la surprise, le cas échéant. Le mensonge ne fut pourtant pas nécessaire, car personne ne prit la peine de lui écrire, hormis les fous et les frustrés d'usage. Elle avait vieilli et si elle avait paru hors du commun à quelques-uns du temps de sa jeunesse, elle comprenait maintenant que la multiplicité du choix, l'étalage invraisemblable et toujours renouvelé de chair que proposait Internet l'avaient rendue en fin de compte très banale. En outre, elle ne voulait pas plaire à n'importe qui, mais à ceux qui l'avaient connue autrefois, qui pouvaient encore voir en elle ce qu'elle avait été et dont le silence la condamnait, par conséquent, à une solitude affreuse. Elle se réfugiait dans l'idée qu'une ancienne relation pourrait la rendre à elle-même. Elle s'était épuisée dans la danse, avait feint la sensualité jusqu'à la ressentir à nouveau, s'était abrutie dans le travail, s'était dissoute dans le malheur d'autrui, mais son effondrement complet sur le corps de l'enfant mort lui laissait penser que cette fuite en avant n'avait été qu'un leurre. Elle avait même réussi à mener une vie presque normale, ou tout du moins à simuler cette normalité aux yeux du monde, se conformant à ce qu'on attendait d'elle au détriment de ses propres envies. Elle restait quelqu'un de brisé, comme foudroyée par la balle d'un chasseur anonyme. La vie qu'elle aurait dû avoir lui avait été subtilisée, elle en était persuadée et s'imaginait souvent la trajectoire qu'une autre version d'elle-même devait sans doute poursuivre sans savoir à quel point sa destinée ne tenait qu'à un fil. Le viol incarnait cette soudaine bifurcation. Pourtant, tout la ramenait toujours au promontoire de Fécamp qui s'avançait en surplomb de la mer comme une jetée. Elle en avait pris conscience à sa descente du bateau après une nuit d'horreur, les différents lieux se superposant dans son esprit. Sans savoir pourquoi, le visage de l'enfant, calme et serein, lui parlait aussi et d'une étrange manière de ce moment suspendu.

Sabine était assise sur le canapé, face à la mer. La nuit, les lumières du port attiraient des milliers d'insectes surgis des ténèbres pour venir mourir au contact des ampoules surchauffées. Seul l'écran de la télévision illuminait la pièce de sa lumière bleutée. Elle avait si bien oublié, si bien repoussé cet instant, comme on chasse de ses pensées une échéance douloureuse, un rendez-vous chez le dentiste ou chez le banquier, qu'elle fut surprise par sa propre réaction. Quelque chose en elle connaissait pourtant les rouages du temps mieux que n'importe quel calendrier et c'est donc son corps qui lui fit comprendre que l'éclipse, pourtant distante, venait de commencer. À la télévision, les créanciers de la Grèce lançaient un nouvel ultimatum. On greffait des visages et des mains. La surpopulation menaçait l'économie mondiale. À des milliers de kilomètres de là et sans se soucier le moins du monde du destin tragique et insignifiant des hommes, l'ombre de la Lune maculait pourtant le continent américain. Sabine regarda par la fenêtre ouverte et le trou noir au centre de sa vision lui sembla être un gouffre dans lequel tout se mit à chuter. Le monde s'effondrait de la périphérie vers le centre, dévalant une pente imaginaire, celle de la gravitation universelle. Contre toute attente, elle ressentit un calme étrange. Ce qui semblait dévorer la matière lui offrait une possible renaissance. Tout allait maintenant recommencer. Elle en avait l'intuition. Elle ignorait en vérité ce qui se déroulait à présent sous ses yeux, mais sentait qu'il ne pouvait rien lui arriver de mal.

La boucle se bouclait. Constater que ces dix-huit années n'avaient pas été une vue de l'esprit, une illusion adolescente, mais au contraire un cycle bien réel dont l'influence sur son existence ne pouvait être contestée lui offrait un grand réconfort. « Ai-je passé l'examen ? » se demanda-t-elle soudain. Elle s'interrogeait, car la vie lui avait paru être une épreuve qu'il fallait réussir sans se plaindre afin d'accéder enfin à la réalité. Elle ressentait aussi de la joie et se souvint alors de cette légende juive que lui avait racontée Isaac dix-huit ans auparavant. Les *Lamedvavniks*, ou *Tzadikim Nistarim*, seraient ces trente-six personnes qui ignorent qui elles sont, mais qui ont été choisies en secret par Dieu pour représenter toute l'humanité et en justifier l'existence par leurs actions. Il n'existe aucun moyen de savoir que l'on a été désigné. Par conséquent, il appartient à chacun de se comporter comme tel, conscient de sa responsabilité éventuelle devant les autres hommes et leur Créateur. Sabine espérait mériter à présent une récompense, la saveur de la vraie vie après avoir goûté à tant d'ersatz, car cette existence véritable l'attendait quelque part, elle en était convaincue, ayant jusque-là remis au lendemain la perspective toujours fuyante du bonheur.

QUATRIÈME HYPOTHÈSE

Nous sommes là où nous avons toujours été. Mais pour une certaine raison – une parmi plusieurs possibles – la réalité a reculé, elle a perdu son support, son assise et elle a reflué vers des formes antérieures.

Philip K. Dick, *Ubik*, 1969

Le soleil se couchait sur la baie des Anges et les palmiers en pots projetaient leur ombre dentelée sur la terrasse courbe. C'est là que Walter Kerven vivait à présent, au vingt-troisième et dernier étage de la célèbre marina, n'ouvrant les persiennes du grand appartement que le soir, vivant comme un vampire, à l'abri de la lumière et du monde. Il dormait tout le jour et ne sortait qu'à la nuit tombée afin de préserver ses yeux. Il avait choisi la ville de Nice pour plusieurs raisons. Certes le climat lui rappelait celui de cap Canaveral, mais il lui semblait aussi que Miranda avait exprimé un jour des rêves de Côte d'Azur. S'il avait longtemps cru que cette ancienne idylle ne le préoccupait plus, son emploi du temps ayant été bien rempli depuis lors, il devait reconnaître que ce souvenir revenait pourtant le hanter maintenant qu'il était condamné en quelque sorte à l'oisiveté. À croire que toutes ces années intenses lui avaient seulement permis de penser à autre chose de manière temporaire. À trente-huit ans, il avait déjà pris sa retraite, un peu comme ces sportifs de haut niveau dont la vie débute à peine alors que leur carrière prestigieuse est déjà derrière eux. Néanmoins, son corps était celui d'un homme vieilli de manière prématurée par un séjour prolongé dans l'espace. Walter se sentait donc à son aise au milieu des personnes âgées qui peuplaient la résidence. Il les croisait parfois le soir, munies de leur déambulateur ou de leur portique à perfusion monté sur roulettes. Il perdait la vue de façon graduelle et l'ostéoporose, dont il souffrait comme une femme ménopausée, lui rappelait chaque jour le prix à payer pour ses prétendus exploits. Il avait le sentiment d'avoir exécuté sa tâche du mieux possible, comme on le lui avait appris, ayant toujours du mal à saisir ce qu'il avait accompli. Une fois par semaine, un médecin de l'Agence spatiale européenne venait l'examiner, guettant les inévitables traces d'un cancer qui finirait bien par se déclarer. Il avait pour malheur de voir son unique mission achevée à la moitié de sa vie, si bien que la crise de la quarantaine prenait chez lui des airs de cataclysme. Il se consolait parfois dans l'idée que sa vie serait beaucoup plus brève que la moyenne. Bénéficiant d'un suivi médical particulier, il se donnait encore la possibilité de tomber malade, d'entrer en rémission, puis après une ou deux rechutes d'y passer pour de bon. Il lui restait sans doute quatre ou cinq ans à tout casser. Les journalistes aimaient opérer des métaphores mythologiques pour parler des membres de son équipage. Au contraire d'Icare, Walter s'était éloigné du Soleil, mais les conséquences de son vol s'avéraient similaires. Il fondait à présent, pour de bon et de l'intérieur, comme les liquidateurs de Tchernobyl ou les « cinquante » de Fukushima. Fallait-il toujours donner sa vie pour devenir un héros véritable ? De nombreuses voix discordantes s'étaient toutefois élevées pour rappeler au public que les astronautes étaient tous volontaires. Le programme spatial avait coûté une fortune colossale, au mépris des famines et des guerres, des crises financières, du fléau de la drogue et des pandémies tropicales. Si certains voyaient la maladie comme un tribut à verser pour entrer au panthéon de la gloire, d'autres la percevaient plutôt comme une expression de la justice immanente face à tant d'incurie et de gabegie budgétaire. C'était bien fait, en somme, si Walter perdait la vue, si ses os ne le portaient presque plus, fragiles comme du verre, et si ses viscères étaient sur le point de lâcher, pourries de nodules. Il l'avait bien cherché d'une certaine façon et cette mort annoncée serait bien vue par les libertaires et les supporters de la taxe Tobin. Que les rêves de grandeur propres à l'homme se trouvent confrontés à la médiocrité de sa condition animale offrait un contrepoint à la souffrance, à la misère et à l'injustice sociale. Le spationaute Kerven s'apprêtait donc à mourir pour rassurer des millions de ses semblables. Il savait qu'il en avait émerveillé d'autres. Sa vie n'était donc pas si absurde après tout.

Walter avait choisi Nice, mais ne s'y trouvait pas vraiment, séparé en réalité de la ville authentique par quelques kilomètres d'une route côtière qui longeait l'aéroport et se finissait par la promenade des Anglais. Un an auparavant, c'est là qu'un camion avait foncé dans la foule, comme des avions de ligne avaient percuté les tours jumelles, comme les Zéros japonais s'étaient écrasés sur les porte-avions américains, acte de pénétration donnant la mort plutôt que la vie.

Walter vivait en reclus, dans cette marina posée sur le littoral comme une soucoupe volante, dominant la baie, surplombant les créneaux en forme de vagues. Dans ce petit monde clos, tout était artificiel, comme dans un rêve d'architecte. À la tombée de la nuit, lorsque l'intensité lumineuse décroissait, Walter contemplait le ciel et la mer tout en regrettant de ne plus pouvoir les apprécier qu'aux heures où leurs couleurs s'affadissent. Cette profusion de bleu à laquelle l'œil humain s'est habitué au fil de son évolution lui avait beaucoup manqué. Sur Mars, seuls les couchers de soleil, filtrés par l'atmosphère chargée d'oxyde de fer, rappelaient un peu cette teinte indispensable au bonheur des hommes. Avant de disparaître, l'astre du jour plus petit que sur la Terre devenait blanc bleuté, coloration qui évoquait un arc électrique. C'était la seule possibilité d'apercevoir autre chose qu'un camaïeu allant du jaune pâle au rouge sombre, le ciel se confondant souvent avec le sol lors des tempêtes de sable. Lorsque Walter était sur Mars, il songeait à la mer, à son reflux incessant comme une respiration. À présent, il se tenait sur la terrasse entre chien et loup et pensait au sable orangé des plaines d'Elysium. On avait évité les curiosités naturelles de manière délibérée, les volcans titanesques et les gouffres bien plus profonds que le Grand Canyon. Il fallait avant tout garantir la sécurité de l'équipage, assurer son retour au risque de transformer l'aventure scientifique en promenade de santé. L'exploration véritable serait pour une autre fois. À l'opposé des découvreurs du temps jadis, les pionniers avaient dû se limiter à un périmètre assez réduit. Leurs successeurs éventuels s'offriraient sans doute le vrai frisson de la conquête et des paysages grandioses. Walter, quant à lui, n'avait jamais été très doué pour saisir l'instant présent, mais dix années d'entraînement intensif et de simulations plus vraies que nature lui avaient ôté toute capacité à s'exalter. Son conditionnement l'avait transformé en automate capable de réagir au quart de tour en cas d'imprévu. La poésie et la gloire avaient été laissées au grand public qui avait pu s'extasier devant la télévision. Les contribuables du monde civilisé en avaient eu pour leur argent, mais les hommes envoyés sur place n'avaient pas eu le loisir de s'enthousiasmer. Chaque minute de leur emploi du temps avait été prévue de longue date afin de les empêcher de s'émouvoir. Il fallait qu'ils soient toujours occupés, car l'inaction est chez l'homme, sinon la mère de tous les vices, au moins une source de rêveries et donc de danger. Ils auraient bien le temps de savourer leur périple une fois rentrés, longtemps après, durant leurs vieux jours. Ils se souviendraient alors de leurs exploits comme d'un songe, se passant en boucle des images maintes fois rediffusées. Pour que tous les hommes aient enfin la sensation d'avoir quitté leur berceau, comme l'écrivit Constantin Tsiolkovski, pour que les philosophes écrivent des livres, que les artistes s'émeuvent, que les enfants pointent le ciel du doigt et que les mystiques de tous bords en soient ébranlés, il fallait que quelques hommes soient volontaires pour s'amputer de leur humanité. Les six de la mission *Archimedes* n'avaient pas sacrifié que leur vie à plus ou moins long terme, ils avaient surtout renoncé à leur sensibilité afin d'aiguiser celle des autres.

De temps en temps, Phobos passait devant le Soleil et il était arrivé aux astronautes de voir défiler cette mince colonne d'ombre, comme un pinceau balayant le sol à toute vitesse. La petite Lune traversait le ciel rosé d'ouest en est si vite qu'on pouvait la voir se déplacer à l'œil nu. Ce n'était jamais une éclipse totale, car le satellite est bien trop petit pour masquer complètement le disque solaire, mais à cette occasion, Walter n'avait pu s'empêcher de songer à sa jeunesse et à l'éclipse de Fécamp, comme si cet escamotage de pacotille répondait d'une certaine façon au souvenir grandiose, sorte d'écho très affaibli par le temps et la distance. L'éclipse tant attendue était d'ailleurs sur le point de revenir après dix-huit ans d'absence. Elle serait de nouveau là dans huit jours et Walter prenait maintenant conscience que tout ce qu'il avait entrepris jusqu'alors l'avait été dans le seul but de masquer cette perspective inéluctable qui le poussait à regarder en arrière. On n'avait jamais fui aussi loin. Il n'était pourtant pas question d'aller aux États-Unis pour voir le phénomène se reproduire. Lui qui avait parcouru pas loin de deux cents millions de kilomètres dans l'espace ne pouvait même plus prendre l'avion. Rester assis pendant huit heures dans une atmosphère faiblement pressurisée lui serait sans doute fatal. Il perdrait la vue, subirait une embolie ou ne pourrait se relever. C'en était ridicule.

Cette fameuse éclipse devait maintenant toucher à sa fin. J'en avais l'intuition. Sinon, comment expliquer que les « cercles dérangés » ne m'aient renvoyé cette fois-ci que huit jours en arrière, au lieu de dix-huit ans ? L'antigravité qui alimentait la machine rendue folle s'amenuisait, perdant son énergie comme un ressort qui se dévide. De Midway jusqu'aux îles du Cap-Vert, l'obscurcissement continu, c'est-à-dire le contact entre le cône d'ombre mouvant et la surface de la Terre, devait bien durer quatre heures, pendant lesquelles j'étais revenu en arrière encore et encore. La largeur de la bande de totalité rétrécissait à présent et les sauts spatiotemporels devenaient plus erratiques. J'appréhendais déjà la fin de cette anomalie et son cortège d'inconnues. Qu'allais-je devenir à l'issue de ce mirage ? Les vies que j'avais appréhendées cesseraient-elles d'exister sans observateur pour attester de leur existence, comme l'arbre qui tombe dans la forêt sans causer le moindre bruit, où les éclipses elles-mêmes qui cesseront d'être spectaculaires lorsque les hommes qui les regardent auront disparu pour de bon ?

Le carillon Westminster de la porte retentit et ses huit notes un peu kitsch emplirent l'espace de l'appartement jusqu'à la terrasse. Le garde du corps fit alors entrer le journaliste qui rendait visite à Walter tous les soirs depuis une quinzaine de jours. Il était très ponctuel et s'était adapté aux horaires nocturnes de son hôte afin de tirer profit du temps qui lui était imparti. On avait recommandé à Walter ce Benedetti qui avait déjà écrit tant de documents à succès. L'ancien spationaute était maintenant frappé par un sentiment d'urgence. S'il voulait laisser une trace quelconque de ses exploits, il devait agir vite afin de prendre la mort de court. L'écrivain rejoignit Walter à l'extérieur et les deux hommes se serrèrent la main sans échanger un seul mot. Benedetti plaça l'émetteur HF sur son interlocuteur, puis alluma l'enregistreur.

– Où en étions-nous ? demanda Walter.

– Vous me parliez de l'éclipse de 1999, je crois, comme d'un moment décisif dans la détermination de votre carrière.

La nuit était tombée et les étoiles les plus vives scintillaient dans un ciel qui n'était plus jamais obscur, mais reflétait désormais le halo orangé de la ville et les réverbères de la promenade des Anglais.

– Vous ne voulez pas qu'on descende ? demanda Walter tout à coup. Nous pourrions marcher un peu.

– Si vous voulez, répondit le journaliste.

Walter prit les lunettes de soleil qu'il avait glissées dans la poche de son pantalon blanc et les remit devant ses yeux. Le clignotement rapide des lumières électriques remplaçait maintenant l'éclat du soleil et tout recommençait. L'heure de transition pendant laquelle il pouvait se passer de ses verres fumés était passée. Ils prirent l'ascenseur et se retrouvèrent dans la luxuriance du jardin. La fraîcheur qui régnait en haut de la tour s'évanouit aussitôt et les deux hommes furent saisis par la torpeur écrasante qui régnait au niveau du sol.

– Ça ne vous dérange pas que je prenne votre bras, demanda Walter, ce ne sont pas encore les ténèbres, mais j'ai tout de même du mal à apprécier les distances.

– Aucun problème, répondit Benedetti, nous deviserons comme de vieux amis. Je vous tirerai les vers du nez et vous ferez semblant de vous confier à moi. Nous marcherons de concert. Où voulez-vous aller ?

– Faisons le tour de la marina. Le quai des grands yachts nous mènera au bout de la jetée et à sa lumière verte, comme dans *Gatsby le Magnifique*.

Prononçant ces mots, il comprit à quel point ils lui avaient échappé, car il s'apprêtait justement à évoquer ses illusions amoureuses, tout comme le héros de Fitzgerald avait érigé le fanal en symbole de ses fantasmes déçus. L'aveuglement intellectuel de Walter se dissipait pour se muer en cécité véritable, ce qui n'en finissait pas de le fasciner. L'obscurité, comme un liquide, passait ainsi d'un contenant dans un autre, selon le principe des vases communicants.

– Vous vouliez que nous parlions de l'éclipse, c'est bien cela ? demanda Walter.

– Non, c'est vous qui vouliez m'en parler.

– En réalité, ça n'a rien à voir avec ce que vous croyez. On pourrait vendre aux lecteurs cette histoire d'éclipse comme l'origine d'une vocation, ce qui plairait à tout le monde. Les gens raffolent de ce genre d'histoires parce qu'elles semblent avoir du sens, mais en réalité c'est tout autre chose. Fécamp, je ne voulais même pas y aller pour être honnête. Il faut dire qu'à cette époque, j'étais le prototype du garçon de bonne famille, oisif et jouisseur, qui se laisse porter par la vague. J'étudiais pour satisfaire mes parents, en dilettante. C'est Isaac Bahir qui nous a traînés là-bas, Miranda et moi. L'éclipse, c'était son truc. Il me bassinait avec ça depuis des années.

– Cet Isaac, c'était votre meilleur ami, c'est bien ça ? demanda Benedetti qui, dans cette réalité divergente, ne semblait pas m'avoir connu.

– Oui, du moins c'est ce que je croyais. Vous allez me prendre pour un fou, mais je sens parfois sa présence, comme s'il était derrière mon dos, à observer par-dessus mon épaule, à juger encore tout ce que je dis, tout ce que je fais. Je ne cesse en réalité de dialoguer avec son absence.

Ces mots à peine prononcés, Walter s'arrêta net, comme si quelqu'un venait de crier son nom dans une foule pourtant inexistante. Il se retourna.

Tous ses sens étaient maintenant à l'affût d'une voix perdue dans le brouhaha des années accumulées et j'étais le seul à savoir qu'il ne se trompait pas tout à fait, puisque je l'observais bel et bien, retranché dans ma bulle.

– Il était toujours à la traîne, reprit-il, mais doué pour les études, une vraie bête à concours. On donnait souvent l'impression d'un tandem mal assorti, moi aux commandes, lui à la remorque. On ne se ressemblait pas. En réalité, c'est Isaac qui me tirait de l'ennui et de l'angoisse. Grâce à lui, je me suis ouvert à la culture. *Gatsby*, dont je parlais tout à l'heure, c'est lui qui me l'a prêté. C'est même lui qui m'a poussé à m'inscrire en prépa. En échange, je l'ai toujours protégé des brimades. Vous savez comment sont les mômes à cet âge-là, sans pitié, malfaisants, se serrant les coudes par lâcheté, ivres de leur toute-puissance. Ils s'entraînent en quelque sorte à l'oppression, au salariat, à tout ce qui viendra par la suite dans leur vie. Ils font leurs armes. La concurrence n'arrange rien.

– Je vois très bien ce que vous voulez dire.

– J'ai tout fait pour l'aider, parce qu'il m'aidait aussi à sa façon et j'étais persuadé qu'il voyait les choses de la même manière. Nous nous sommes retrouvés à Fécamp parce qu'Isaac était obsédé par les éclipses depuis qu'il avait lu *Tintin, Le Temple du soleil*, ou vu un documentaire sur l'éclipse de 1991 qui s'était déroulée au Mexique. Les deux peut-être, je ne sais plus. De toute manière, à ce moment-là, j'étais bien trop obsédé par Miranda pour m'intéresser à quoi que ce soit d'autre.

– C'était votre petite amie de l'époque ?

– Oui. J'ai même insisté pour que ces deux-là se rapprochent. Imbécile que j'étais ! Bref, l'éclipse a eu lieu, véritable empilement de masses au-dessus de nos têtes. J'ai eu l'impression d'être tiré vers le haut comme une marionnette au bout de son fil. La création se met alors au garde-à-vous et parle à chacun dans le creux de l'oreille. Les métaphores sont vaines. Il faut l'avoir vécu au moins une fois pour comprendre.

– Désolé, mais j'étais resté à Paris et n'ai perçu qu'un assombrissement certain, un peu comme un ciel d'orage. Je ne voyais pas l'intérêt de parcourir deux cents kilomètres pour une fraction d'obscurité supplémentaire. Il pleuvait de toute façon et, en définitive, je n'ai rien vu du tout.

– C'est toujours la même chose, il faut convaincre les gens de faire le petit effort de plus. C'est pourtant celui qui change tout. Pourquoi envoyer des hommes sur Mars à grand renfort de milliards alors qu'on peut très bien y envoyer des robots pour une fraction de cette somme ? Après l'éclipse, nous sommes montés jusqu'au sémaphore. Il y a là un éperon rocheux, cerné par la mer, comme l'étrave d'un navire immobile. C'est là que nous avons organisé la cérémonie. Miranda a sorti de son sac la boîte en fer blanc qu'elle avait élue entre tous les contenants pour servir de capsule temporelle. Je me souviens encore de ce qu'il y avait écrit sur le couvercle : « Chamonix-Orange-L'Alsacienne-biscuits ». C'était déjà une antiquité à l'époque. En tout cas, Miranda n'avait pu la voler à l'inventaire de l'épicerie familiale. Ne me demandez pas ce que nous avons mis là-dedans.

Je ne sais pourquoi les détails les plus insignifiants semblent si importants lorsqu'on est jeune. Je me souviens toutefois de cette scène comme d'un moment de bonheur absolu. Le vent du large soufflait sur les joncs et les herbes hautes. Le soleil se couchait doucement sur la mer. Les goélands planaient au-dessus de nos têtes en silence. Nous avions le sentiment d'avoir vécu quelque chose d'extraordinaire qui nous souderait pour toujours. Comprenez-moi bien, je ne suis pas du tout sûr d'avoir ressenti toutes ces émotions à ce moment-là. J'étais trop imbu de moi-même de toute façon pour laisser de l'espace à ces sentiments étranges et m'en voulais presque d'avoir été ému par l'inexplicable et inattendu pouvoir de l'éclipse. C'est maintenant, en vous le racontant, que je prends la mesure de cet instant décisif. Ne me demandez pas pourquoi, mais j'ai l'impression que tout s'est joué là, au sommet de la falaise, dans une forme d'équilibre cosmique, quand tout est à sa place, comme si l'alignement parfait de l'éclipse se prolongeait, mais entre nous cette fois. Nous étions alignés nous aussi et projetions une ombre merveilleuse sur le paysage alentour. Peut-être que tout le monde conserve un souvenir particulier de son adolescence, une photo de groupe qui évoque l'insouciance, l'apogée d'une trajectoire parabolique vouée à s'écraser sous les forces implacables de la gravité. Je ne sais pas. Moi, j'ai ça, ce souvenir précis auquel me raccrocher et je sais qu'une fois mes yeux devenus tout à fait inutiles, je conserverai cette image comme un trésor plus précieux que les menus objets que nous avons enfouis ce jour-là. Avec naïveté je croyais à l'époque qu'il fallait se départir de quelque chose de valeur pour marquer le coup. Je n'avais pas conscience que cet équilibre précaire est la seule richesse qui vaille. Bref, nous avons enterré là notre jeunesse, mais nous n'en savions rien à l'époque.

– Et qu'est devenue cette boîte ?

– La boîte n'a pas tant d'importance. Elle est toujours là-bas pour ce que j'en sais. Nous étions supposés retourner la déterrer avant mercredi prochain.

– Mercredi prochain ?

– Oui, l'éclipse du 11 août 1999 appartient au saros 145. Elle doit donc se reproduire selon un cycle immuable tous les dix-huit ans et dix jours, même tracé, même durée, mais endroit différent. La Terre a tourné. Or, le 21 août 2017, c'est la semaine prochaine. Nous devions aller tous ensemble aux États-Unis pour voir cette nouvelle éclipse, répétition invariable de la précédente, mais il semblerait que les promesses juvéniles soient faites pour être trahies.

– Et pourquoi n'iriez-vous pas, après tout ?

– Parce qu'après ce moment suspendu qui m'apparaît aujourd'hui comme une source de grâce ineffable, nous sommes rentrés à Paris. Je ne sais pas ce qui m'a pris. J'étais troublé par un trop-plein d'émotions contradictoires. Je voulais sans doute prolonger ce moment qui s'était déjà enfui et croyais le conserver en restant avec les autres. C'était bien inutile. J'en ai conscience à présent, car cette fenêtre sur la plénitude ne s'est jamais rouverte, jamais, vous m'entendez, même quand j'ai foulé le sol de Mars. La vérité, c'est que j'ai commis une erreur. J'ai fait une connerie ! Je leur ai proposé de venir chez moi prendre un dernier verre, selon la formule consacrée. On s'est retrouvés dans le grand appartement de mes parents, plein d'immenses couloirs vides, et cet espace qui m'avait toujours dérangé devint insupportable. Soudain, les pièces en enfilade, les moulures au plafond, le parquet de chêne qui grince, les débarras et les arrière-cuisines, toutes ces pièces d'un autre âge se mirent à m'assaillir. L'appartement lui-même, vaste contrée hostile que je n'avais jamais habitée qu'à moitié, se mit à symboliser ce manque que je ressentais de manière confuse depuis que nous avions quitté Fécamp. Une fois la route de la falaise redescendue bras dessus bras dessous, quelque chose s'était immiscé en moi, un doute, appelez ça comme vous voudrez, une absence. J'avais ressenti quelque chose de merveilleux et d'indescriptible et la disparition subite de cette émotion avait transformé ma vie suffisante en vaste champ de ruines. Je ne savais rien de tout ça, bien incapable d'analyser quoi que ce soit. Je me sentais mal. J'avais peur sans comprendre pourquoi et le caractère imprévisible de cette angoisse rendait la crise encore plus intolérable. Alors, j'ai bu. Je suis tombé sur la réserve de mon père et j'ai enchaîné les verres. Les alcools rares, les whiskys hors d'âge, j'ai tout siphonné. Les deux autres ne disaient rien et j'ai cru qu'ils se taisaient parce qu'ils ressentaient le même genre de malaise. Avant tout, j'étais furieux contre moi parce que j'avais été faible. J'avais suivi Isaac contre ma volonté, surpris par des sentiments que j'avais toujours réussi à tenir à distance. J'avais l'impression d'avoir été expulsé d'une place forte que j'avais pourtant bâtie avec patience afin de me protéger de l'extérieur. Au bout d'un moment, j'ai tout de même trouvé l'énergie de me lever. J'ai dû balbutier une excuse et me suis rendu dans ma chambre où je me suis écroulé. J'ai sans doute dormi quelques minutes, une heure tout au plus. Je n'avais plus aucune notion du temps. C'est une sirène de pompiers dans la rue qui a dû me réveiller. J'avais chaud, je m'en souviens, et mes vêtements me collaient à la peau. J'ai entendu des bruits au bout du couloir, des chocs sourds et répétés. Alors, j'ai longé le mur en titubant et les ai trouvés là. Ils baisaient dans la pénombre sur le canapé. Il était sur elle et gigotait entre ses cuisses pendant qu'elle lui susurrait des trucs à l'oreille en lui caressant le visage. Elle l'encourageait sans doute, ou lui débitait des horreurs, des commentaires salaces dont j'avais toujours rêvé sans jamais avoir osé les demander. Je me souviens avoir pensé : « Pourquoi est-ce qu'elle ne me dit jamais rien à l'oreille quand je lui fais l'amour ? » Je les ai regardés un bon moment, pas plus de quelques secondes en réalité. Au début, je n'étais même pas en colère, stupéfait. L'alcool me protégeait en quelque sorte, occultant la réalité du monde par un voile de brume. J'avais l'impression d'assister à un spectacle, un théâtre d'ombres sans grande signification. Ces gens m'étaient étrangers après tout. Il n'y avait ni affect ni proximité, rien qu'une grande étendue floue et assez nauséeuse entre moi et ces pantins désarticulés qui auraient pu tout aussi bien être des acteurs dans un film porno. Je ressentis même une forme d'excitation à les voir s'agiter et gémir. Leur respiration était courte. J'ai dégrisé d'un seul coup. Et puis c'est arrivé à retardement, l'adrénaline qui déferle et submerge tout comme un raz de marée, une colère animale, celle d'une bête blessée qui veut rendre les coups qu'elle a reçus. J'ai appuyé sur l'interrupteur. Leur stupeur fut totale. On eut dit deux lapins paralysés au milieu de la route par la lumière des phares. Puis je me suis jeté sur Isaac et l'ai frappé de toutes mes forces. Il ne fit même pas mine de se défendre. J'ai frappé et frappé encore. Miranda hurlait. Il a perdu connaissance. En ce qui me concerne, il aurait pu être mort. Ça n'aurait fait aucune différence à mes yeux. Au bout d'un moment, j'ai agrippé son bras puis j'ai traîné son corps inerte à travers le couloir jusqu'à la porte d'entrée. Je l'ai ensuite poussé sur le palier à grands coups de pied. Je me souviens d'une masse informe et maculée qui ne grognait même plus sous les coups répétés. Je suis ensuite retourné dans le salon. Miranda se terrait dans un coin de la pièce, recroquevillée sur elle-même pour n'offrir aucune prise. En m'approchant d'elle, je l'entendis me supplier et me demander pardon. Elle ne voulait même pas que je l'épargne, mais souhaitait que je lui pardonne, que tout soit comme avant, que rien ne soit arrivé. Elle aurait compris les coups, la punition, la vengeance, mais pas que cet « accident » puisse changer quoi que ce soit entre nous. Même dans l'ignominie, elle montrait une certaine classe. C'était exaspérant. Je l'ai attrapée par les cheveux et elle s'est levée, accompagnant le mouvement afin d'éviter le sort d'Isaac. Je dois avouer que je l'avais toujours trouvée plus forte que moi, plus forte que nous tous. J'admirais cette force et la jalousais en secret. Aussi, la voir ainsi démunie, repentante et en larmes avait quelque chose de très excitant. J'ai honte de l'avouer, mais je suis passé à deux doigts de la prendre, là, contre le mur, pendant qu'elle braillait, dégoulinante de larmes et de morve. J'aurais joui très vite et l'aurais sans doute pardonnée du même coup. Quelque chose m'a retenu, allez savoir quoi, des siècles de culture patriarcale, de vaudevilles et de maris trompés. Mon attitude m'était dictée par ce qu'il fallait penser en de telles circonstances et non plus par les sentiments que j'éprouvais. Je l'ai poussée nue et tremblante sur le paillasson, puis ai refermé la porte sur son visage saccagé. Le Rimmel formait des estuaires noirs sous ses yeux bouffis. C'est la dernière fois que je l'ai vue. Le lendemain matin, terrassé par la gueule de bois, je me suis demandé si je n'avais pas rêvé toute la scène. Le désordre du salon m'a pourtant ramené à la réalité. J'ai ouvert la porte pour en avoir le cœur net, mais il n'y avait plus personne sur le paillasson. C'est comme ça que j'ai su qu'Isaac n'était pas mort. Il n'est jamais revenu en cours et je n'ai plus jamais entendu parler de lui par la suite. Ne mettez pas ça dans votre livre.

Benedetti souriait, amusé par la franchise de son interlocuteur. Il s'était attendu à une personnalité lisse dont il faudrait par la suite dresser le panégyrique. Il avait pourtant de la sympathie pour ce Walter Kerven, héros de la conquête spatiale, mais plus attachant en fin de compte que les boy-scouts de la NASA.

– Si je vous raconte tout ça, reprit Walter, c'est pour vous montrer à quel point les aléas de l'existence ont décidé à ma place. L'éclipse n'a eu qu'une influence indirecte. Je me sentais trahi et j'aurais pu me complaire dans cette attitude, mais c'est le contraire qui se produisit. Je me mis à bûcher comme un dingue, travaillant pour la première fois de ma vie avec un acharnement de possédé. J'abandonnai la posture du dilettante, me plongeai dans les études dont je fis un dérivatif. Cette trahison m'a permis de réaliser mon potentiel et je devrais sans doute remercier ces deux salopards pour avoir contribué à ce que je suis aujourd'hui. D'élève moyen et désengagé, je devins premier de ma classe, sous le regard stupéfait de tous mes professeurs. Je ne sortais plus, mangeais à peine, bachotant seize heures par jour. Après six mois de ce régime, je passai le concours haut la main, intégrai Normale Sup et me spécialisai en géochimie, l'étude des cycles de la Terre. Parallèlement, l'élection *in extremis* d'Al Gore à la Maison-Blanche au mois de novembre 2000 relançait le programme spatial et propulsait l'exploration de Mars au rang des priorités américaines. Le nouveau président voulait réduire l'usage des énergies fossiles et renouer avec les heures les plus glorieuses de la conquête de l'espace. Le Congrès, à majorité démocrate, transféra aux missions martiennes le budget tout d'abord prévu pour la construction d'une grande station spatiale et un premier vol d'exploration fut fixé pour l'année 2015. Je poursuivais mes études et pratiquais le pilotage à un bon niveau, enchaînant les qualifications sur des engins de plus en plus gros. J'étais doué et mes parents assuraient ces dépenses importantes dans l'espoir que j'intègre l'ENAC et devienne un jour commandant de bord sur long-courriers. Mon père avait toujours rêvé d'aviation et me piquait souvent les maquettes qu'il m'offrait lorsque j'étais enfant, les finissant dans mon dos quand j'étais impatient ou maladroit. Durant cette période, les espoirs américains de conquérir Mars par leurs propres moyens se heurtèrent à des difficultés économiques. La NASA dut mettre de l'eau dans son vin et ouvrir le programme à des participations extérieures. Les Russes, les Japonais et les Chinois étaient sur les rangs. L'Europe, quant à elle, décrocha la conception et la construction du module de service en échange d'une participation à l'équipage. L'année où j'entamai mon doctorat, l'Agence spatiale européenne lança un appel à candidatures et, sur un coup de tête, je postulai. Mon profil les intéressa tout de suite. Nous étions douze à nous entraîner dans l'espoir un peu vain de marcher sur une autre planète. Nous avions une dizaine d'années devant nous pour nous perfectionner dans toutes les disciplines, mécanique, médecine, vol spatial, ingénierie, agriculture, chimie des sols, géologie à un niveau très poussé.

– Vous êtes en train de me dire que c'est une histoire de coucherie et une élection présidentielle qui ont fait de vous le premier Breton dans l'espace, comme on vous appelle désormais à Brest, l'un des six hommes à avoir foulé le sol de la planète Mars ?

– Je vous l'ai déjà dit, je pourrais vous baratiner, prétendre à l'existence d'une vocation précoce, à des signes avant-coureurs, mais il n'y a pas eu de phénomène surnaturel le jour de ma naissance. Tout au plus a-t-on cru à la réception d'un signal extraterrestre. Si, je vous assure. Pour la petite histoire, les scientifiques du radiotélescope de Parkes, en Australie, découvrirent par la suite qu'il s'agissait du rayonnement produit par l'un des tout premiers fours à micro-ondes. Je vous sens un peu perplexe.

– Au contraire, je suis impressionné par le concours de circonstances qui vous a mené si loin de chez vous.

Les deux hommes avaient maintenant quitté le quai d'Honneur et sa touffeur tropicale pour s'engager sur la jetée. Le vent du large se levait et leur apporta une fraîcheur bienvenue. Des voiliers en tout genre se dandinaient dans le clapotis du lagon artificiel. On entendait les chaînes d'ancre gémir et les cordages se tendre comme une respiration grinçante. Des élingues claquaient contre les mâts en aluminium, sonorité qui rappelait à Benedetti la cloche des vaches qu'on laisse libres de brouter dans les alpages. Au bout de la route, la lumière verte indiquant le côté tribord du chenal s'alluma dans la nuit naissante. On voyait aussi les loupiotes clignotantes des avions de ligne à la queue leu leu pour atterrir à l'aéroport de Nice, comme un chapelet étincelant sur la ligne d'horizon.

– La simulation est le seul moyen de conditionner des hommes, reprit Walter. Je vais vous décevoir et ne suis pas sûr que vous deviez écrire ça dans votre livre au risque de décourager même les plus téméraires, mais le réalisme de ces répétitions nous a privés en définitive de tout étonnement. Je n'ai pas eu le courage d'en parler avec mes camarades de vol, mais je suis à peu près sûr qu'ils pensent la même chose que moi. Pour assurer le succès de la mission, pour éviter que l'un d'entre nous foute la merde et panique, on nous a privés de nos émotions. L'entraînement n'était pas qu'une longue acquisition de techniques et de savoir-faire, mais aussi, et avant tout je crois, une forme de désensibilisation au long cours. Petit à petit on nous a privés de notre capacité à nous émerveiller. Quand les enjeux technologiques et financiers sont si élevés, il n'y a plus de place pour l'improvisation ou pour la nouveauté. Tout doit être prévu, envisagé, ressassé jusqu'à la nausée. Je comprends mieux aujourd'hui la dépression d'Aldrin et l'isolement d'Armstrong après les missions Apollo, et pourtant le niveau d'illusion dont ils ont bénéficié n'avait rien de commun avec le nôtre. On les a accusés de ne pas avoir été sur la Lune et bien que ces accusations soient absurdes, elles n'en demeurent pas moins vraies d'une certaine manière. L'espèce humaine a bien été sur la Lune, mais Armstrong et Aldrin, eux, ont juste répété pour la millième fois des gestes qu'ils connaissaient par cœur pour les avoir accomplis pendant des années dans un décor en tout point similaire. Ils n'ont jamais rien ressenti. Ils n'ont rien vécu. Toute leur aventure se résume à une vague impression qui mêle faux-semblant et réalité, à peine un songe. On nous a comparés à Christophe Colomb et à son équipage, mais le Génois ne comprit jamais la chance qu'il avait eue, car il ne savait pas où il allait et s'il s'est cru en Inde, c'est qu'il ne connaissait pas grand-chose à l'Inde véritable. Croyez-moi, l'ignorance est une source inépuisable de découverte. Tout savoir par avance est un tue-l'amour. L'homme n'est pas adapté à l'espace. C'est un milieu trop hostile pour y aller sans préparation et le dressage qu'il s'impose pour ne pas y rester l'empêche d'y aller vraiment. J'ai passé un mois sur Mars, mais je l'avais déjà vécu des centaines de fois en simulateur. On m'admire aujourd'hui pour quelque chose que j'avais déjà accompli, aussi bien et aussi longtemps, peut-être même mieux. Je ne vois pas de différence. Les images étaient les mêmes. Les sensations étaient identiques. J'ai mangé les mêmes rations. J'ai chié à heure fixe. En fin de compte, la préparation était si poussée qu'elle est devenue indissociable de la réalité. J'irais même jusqu'à dire que la simulation était parfois plus intéressante, plus vive que ce que j'ai vécu par la suite, car on feignait des pannes improbables, des catastrophes qui ne se sont pas produites. Les machines, vérifiées mille fois, ne nous ont jamais lâchés. Le facteur humain est bien plus imprévisible, et c'est pourquoi on a extirpé tout ce qu'il y avait d'humain en nous pour assurer le succès de cet énorme investissement.

– Vous l'avez senti dès le début, ce processus de déshumanisation ?

– Nous n'étions que deux à venir du monde civil et nous sommes sans doute ceux qui souffrent aujourd'hui le plus de cette situation. Les autres avaient tous connu l'armée pendant la majeure partie de leur vie. Ils avaient eu le temps de s'habituer. Certains avaient même le goût d'obéir. Ils voulaient être pris en charge, répondre aux commandements sans avoir à réfléchir au bien-fondé de leurs actions. Renoncer au doute était pour eux un soulagement, je le sentais bien. J'ai dû accomplir un chemin beaucoup plus long pour parvenir au même résultat. Je pensais pourtant que le jeu en valait la chandelle.

– Vous ne le pensez plus ?

– Je ne sais pas. On n'a rien trouvé sur place qui ait justifié la présence de l'homme. On nous avait dit que des robots passeraient tous à côté d'un fossile sans même le remarquer, mais on n'en a pas trouvé non plus, sans doute parce qu'il n'y en a pas. C'est l'orgueil, si vous voulez mon avis, qui nous pousse à accomplir des exploits aussi extraordinaires qu'inutiles.

L'assemblage en orbite du SLS *Archimedes* était en voie d'achèvement lorsque j'ai appris que je ferais partie de la mission Alpha. Le module de service était un grand cylindre contenant une sphère supposée abriter l'équipage des rayons gamma. Loin du champ magnétique terrestre, nous savions que ce réduit serait notre unique refuge en cas d'éruptions solaires. C'était de loin l'endroit le plus sûr de ce grand amas de tubes et de combustible fissile. À l'origine du projet, la paroi devait être blindée afin d'offrir une protection maximum. À l'arrivée, et pour des raisons de coûts et de poids, il ne restait de cette louable ambition qu'une mince feuille de métal dont les vertus protectrices étaient plus symboliques qu'autre chose. Le module de commande, quant à lui, devait être mobile, en rotation rapide autour d'un axe central afin de créer une pesanteur artificielle par la force centrifuge. Cette idée judicieuse, qui devait nous éviter de longues heures d'exercices physiques et une perte importante de masse musculaire, fut pourtant abandonnée. Il fallait réduire les coûts de manière drastique. Pour autant, nous étions tous volontaires et savions très bien ce que nous risquions. Nous voulions laisser une trace dans la poussière rouge, être les premiers, devenir des héros immortels comme Achille qui choisit une vie courte et glorieuse plutôt qu'une existence longue mais ennuyeuse. Tous les jeunes croient à ce genre d'absurdités, car la mort leur paraît être une échéance lointaine, à peine une obligation. Bien entendu, ils changent d'avis en vieillissant et regrettent avec amertume leur inconséquence une fois le moment venu. À plusieurs reprises, nous avons d'ailleurs dû quitter nos postes et nous enfermer dans cet habitacle dont la rotondité singeait celle des planètes et de leurs satellites.

C'est en observant le dessin final du vaisseau que quelqu'un proposa de le baptiser *Archimedes*. En effet, le savant grec a établi pour la première fois que le volume d'une sphère équivaut aux deux tiers du volume du cylindre qui la circonscrit. C'est aujourd'hui banal, mais allez savoir pourquoi, Archimède considérait ce résultat comme le plus important de toute sa carrière. Il en était d'ailleurs si fier, pour une raison qui nous échappe aujourd'hui, qu'il voulut qu'on grave cette formule sur sa tombe. C'est Cicéron qui l'atteste.

À Houston, les contrôleurs de vol recevaient en permanence des informations en provenance du satellite SoHO destiné à observer le vent solaire. À la moindre alerte, nous disposions de quelques minutes pour nous enfermer dans la sphère, tandis qu'à l'extérieur, le flot de particules très énergétiques déferlait dans l'espace. Nous devions donc nous soumettre aux aléas de la météo solaire, mais même en dehors de ces périodes de danger imminent, les rayons cosmiques émis par toutes les étoiles de la galaxie pénétraient la carlingue en tous sens, traversaient nos corps de part en part, cisaillant au passage des brins d'ADN, créant ainsi des cellules folles qui, en se multipliant, finiront par nous emporter tous.

Les périodes de nuit étaient simulées par une variation de la lumière ambiante. Durant les périodes de sommeil, alors que je m'attachais dans mon sac de couchage bardé de Velcro pour ne pas dériver à l'intérieur de l'habitacle, je me souviens avoir vu, les yeux fermés, des étincelles, de minuscules feux d'artifice. Des noyaux atomiques en provenance d'étoiles lointaines ou même d'autres galaxies traversaient ma rétine à intervalle régulier et illuminaient ma nuit de flammèches ponctuelles. Mes yeux servaient alors de détecteurs, comme ces globes photosensibles qu'on enferme au cœur des montagnes les plus denses dans l'espoir de capter l'une de ces collisions. Au début, je pensais même avoir rêvé ces lueurs nocturnes, l'esprit déjà embrumé par un demi-sommeil, mais j'en parlai avec mes camarades qui confirmèrent l'existence d'un tel phénomène. Je ne m'en alarmai pas pour autant, séduit tout d'abord par le spectacle imprévisible et sans me rendre compte tout à fait que ces éclats infimes étaient en réalité des explosions à l'intérieur de mes yeux. Chaque nouvel éclair signifiait la disparition définitive d'un cône ou d'un bâtonnet. Ce n'est qu'après mon retour sur la Terre que les premiers symptômes sont apparus.

Durant les longs mois de voyage, je flottais, ne regrettant pas les économies effectuées par nos commanditaires. Plus de confort m'aurait en effet privé de cette sensation délicieuse. J'apprenais à ne plus avoir de corps et songeais pour la première fois depuis bien des années à l'éclipse de Fécamp, en revivant des sensations assez similaires. Je dois même dire que l'absence de pesanteur conjuguée au spectacle qui se jouait derrière mes paupières closes me procurait un plaisir presque hallucinatoire. Le commandement au sol tâchait de nous occuper, exigeant toujours de nouvelles expériences, de nouveaux tests dont l'intérêt scientifique n'était pas aussi important que la capacité à nous garder en éveil. La vérité est que nous étions désœuvrés. Les machines se suffisaient à elles-mêmes et nous étions un poids mort pour les algorithmes intelligents qui devaient s'astreindre à nous maintenir en vie. Aller sur Mars est très ennuyeux. Vous devez vivre dans un espace confiné avec cinq autres personnes, leurs bruits, leurs odeurs et leur présence continuelle. Il n'y a rien à voir. La monotonie est totale. Le vrombissement continuel de tous les systèmes vous colle la migraine. On rêve d'isolement et de forêts, de montagnes et de vagues, de vent. Il est très difficile de résister à ce sentiment d'apathie et de nostalgie que la chair suppure en permanence. Tout en vous est animal et songe aux clairières et aux sous-bois, aux tanières des mois d'hiver, à l'odeur du foin. Moi qui ai grandi en ville, je n'ai pas pensé une seule fois aux rues de mon enfance. Je ne voulais qu'une seule chose, le parfum tendre des premières sèves ou la saveur iodée des embruns. Si j'avais été privé de mon humanité par l'entraînement intensif, amputé de ma corde sensible, c'était pour mieux redevenir la bête que je n'avais jamais cessé d'être et qui sommeillait tout au fond de moi, enfouie sous les pensées d'un autre. Seule l'apesanteur rend l'expérience supportable. Tout ce qui me plaisait dans cette expérience est ce qui me détruit aujourd'hui. J'ai eu beau courir sur un tapis, pédaler sur un vélo et me réfugier dans la sphère lorsqu'on m'en donnait l'ordre, mes os s'effritent comme du plâtre, je perds désormais la vue et mes organes vont lâcher.

Au bout d'un certain temps, j'avais perdu la notion des jours et des semaines, le vaisseau s'est inséré en orbite martienne. La petite tache rouge était devenue un grand paysage coloré qui emplissait à présent la totalité des hublots. Le sentiment d'inutilité qui nous rongeait tous s'est évaporé et nous avons repris le cours de nos activités, comme si nous étions encore à l'entraînement. Chacun savait de nouveau quel était son rôle. Le conditionnement reprenait le dessus. Nous avons tous embarqué à bord du module d'exploration et après de périlleuses manœuvres de freinage dans l'atmosphère ténue de la petite planète, nous nous sommes posés sur les sables orangés d'Elysium Planitia.

– Je me souviens que le réalisateur en charge de la retransmission avait choisi de passer *Life on Mars* de David Bowie pour accompagner les premières images. Le chanteur venait de mourir.

– Le reste est maintenant dans les manuels scolaires. Je ne sais pas s'il faut vraiment revenir là-dessus. On ne se souvient bien que des expériences nouvelles ; or j'avais déjà tout vécu tant de fois. C'est aujourd'hui que j'ai l'impression d'être sur Mars. À mesure que ma vue diminue, les souvenirs me reviennent et les sensations que je n'ai pas éprouvées sur place m'assaillent désormais. Je rêve et ressens à nouveau, avec une acuité que je croyais pourtant perdue. Je suis sur Mars plus qu'hier, comme si le présent était insaisissable.

Les deux hommes étaient parvenus à destination. De gros blocs de pierre jetés çà et là dans les flots de la Méditerranée concluaient la promenade. Il était impossible d'aller plus loin et la lumière clignotante resterait pour toujours inaccessible sur son chaos minéral. De grands yachts mouillaient, impassibles et miroitants, tandis qu'en arrière-plan, les immeubles de standing se dressaient sur le trait de la côte comme des pyramides mayas. Les fenêtres illuminées formaient une mosaïque de couleurs, signal dont le message restait inintelligible au commun des mortels. Chaque baie vitrée racontait pourtant l'histoire d'une vie, une trajectoire particulière, dont il était vain de vouloir connaître l'origine ou la destination. Seul cet instant suspendu et sans signification était perceptible, comme une impression ordinaire et rassurante de famille et de repas du soir. Certaines cases de la grille s'éteignaient ou bien s'illuminaient sans logique apparente et le message évoluait en permanence, mutait avec le temps, comme un code, saturé de sens ou bien dénué de raison, mais toujours adressé aux habitants d'une rive inaccessible.

– Il y a trop de silicates et de métaux lourds dans le sol martien, reprit subitement Walter, passant du coq à l'âne.

– Je vous demande pardon ?

– On pourrait peut-être y faire pousser des légumes, mais ils seraient impropres à la consommation.

– Que voulez-vous dire ?

– J'ai cherché la vie ailleurs et ne l'ai pas trouvée. J'ai tenté de l'apporter, mais cela n'a pas marché. C'est en scrutant le sol à la recherche de bactéries fossiles que j'ai sans doute rencontré la mort, comme dans ce conte d'un poète persan. C'est en tentant de fuir son destin qu'on finit par croiser sa route. Si j'étais resté ici, si j'avais pardonné à Miranda comme elle me le demandait, j'aurais sans doute eu une vie à moi, quelque chose. Je me sens si démuni aujourd'hui. On nous prend pour des héros, mais nous ne sommes rien que des pantins. En réalité, j'avais perdu la vue bien avant d'aller sur Mars. Je ne suis pas puni pour avoir aperçu la vérité comme dans les mythes antiques. Cette dégradation inéluctable de la vision n'est que la manifestation physique d'un trouble plus ancien et les rayons gamma n'ont rien à voir là-dedans.

Walter s'était interrompu et je reprenais le fil de mes pensées avant que d'autres images ne m'assaillent. Au fil des années, j'avais cherché cette matière manquante, dont la nature résiste à l'analyse et qui permettrait pourtant d'expliquer la vitesse de rotation des galaxies. Pressentir la nature véritable de la réalité ne m'avait pas permis de l'appréhender pour autant. La sphère d'Archimède, quant à elle, coincée dans sa cage cylindrique, existe bel et bien et exerce, en ce moment même, son influence sur moi comme elle l'a déjà exercée sur d'autres avant moi, sans pour autant que cette répétition cyclique ait une quelconque portée, une morale, ou un but. Ce n'est pas un châtiment divin ni même une récompense, mais un accident auquel je prête à présent une signification, car c'est ce que font les hommes. Ils prêtent un sens qui ne leur est jamais rendu.

Une fois la porte close, Miranda s'était effondrée sur le paillasson, berçant Isaac, sanglotant jusqu'à ce qu'il reprenne tout à fait connaissance. Elle ne savait pas si elle pleurait sur son propre sort ou sur celui de son compagnon amoché. Personne n'avait rien entendu. Les voisins étaient tous en vacances et la cage d'escalier restait vide. De toute façon, demander de l'aide aurait ajouté une humiliation à une autre. Au bout d'un moment, il leur fallut pourtant accuser le coup. La prostration constituait en soi une forme de déni.

L'adrénaline les empêchait de penser de manière rationnelle, mais le temps passait. Le sang d'Isaac coagulait et rien dans leur situation ne semblait s'améliorer, car l'enchantement auquel ils avaient cru n'existait que dans leur imagination. Ils avaient pensé que leurs actes ne prêteraient jamais à conséquence, que tout s'effacerait au fur et à mesure, comme des enfants jouent, font semblant d'être morts, puis se relèvent, tombent à nouveau et interrompent des guerres en levant le pouce. Ils venaient pourtant de basculer dans un monde où les actions de chacun laissent des marques indélébiles.

Isaac et Miranda étaient nus. Ils durent malgré tout quitter le palier et raser les murs jusqu'à un abri quelconque, une cachette où se terrer le temps nécessaire. Le velours du tapis rouge qui recouvrait les marches encaustiquées était doux sous leurs pieds. Longtemps après, c'est bien le contraste entre cette douceur inattendue et la honte qui leur reviendrait en mémoire plus que tout le reste. Miranda aurait pu soutenir Isaac, mais leur nudité respective était soudain devenue dérangeante. Les caresses qu'ils s'étaient prodiguées un moment auparavant étaient désormais frappées du double sceau de la culpabilité et de la gêne. Si rien ne leur avait paru inconvenant jusqu'alors, mus par le seul désir et l'aveuglement, ils étaient maintenant conscients d'eux-mêmes au point que chaque partie de leur corps, pourtant jeune, leur paraissait abjecte et corrompue. Les seins de Miranda tombaient comme ceux d'une femme âgée. Le sexe d'Isaac qui, quelques minutes plus tôt et pour la première fois de sa vie, lui avait enfin paru signifiant, n'était plus qu'un petit amas de peau recroquevillée. Ils se dissimulaient l'un à l'autre en se tournant le dos. La colère de Walter les avait chassés du paradis terrestre. Dans un élan de dégoût plus que de mansuétude, Walter avait cependant jeté toutes leurs affaires par la fenêtre et ils trouvèrent donc leurs vêtements éparpillés sur le trottoir, ce qui leur évita de marcher à travers la ville en s'abritant derrière chaque réverbère. Les frusques informes jonchaient le macadam comme les traces d'un passé révolu, des enveloppes vides.

À cette heure avancée, il n'y avait plus ni métro ni RER. Miranda ne pouvait rentrer à Limeil-Brévannes et dut par conséquent se résoudre à suivre Isaac jusque chez lui, alors que la solitude lui semblait être l'unique moyen de ne plus penser à ce qui venait de se produire. Ce qui pour elle devait rester inconséquent avait pris des proportions incalculables. Elle ressentait ce basculement définitif comme une chute d'autant plus violente qu'elle était restée une enfant trop longtemps. L'assurance dont elle avait témoigné jusqu'alors n'était, en réalité, que l'inconscience de la jeunesse. Le courage qu'on lui prêtait aurait nécessité une véritable compréhension du danger et non l'ignorance qui caractérisait son obstination. Le sexe était un cadeau qu'elle avait consenti à offrir, rien de plus. Elle se désolait donc qu'un tel élan de générosité fût sanctionné comme une faute. En tout cas, Isaac se souviendrait longtemps de sa première expérience. Il n'avait même pas eu le temps de jouir. Les coups s'étaient mis à pleuvoir presque tout de suite. La douleur et l'effroi avaient succédé au plaisir, liant ainsi chez lui, et de manière irrémédiable, le sexe et la peur. Il avait trahi son meilleur ami et si ce dernier avait profité de sa supériorité pour le rabaisser à l'occasion, c'est sans doute parce qu'il avait eu l'intuition de la véritable nature d'Isaac, fustigeant ainsi sa vilenie future par anticipation. Des années plus tard, chaque nouvelle érection lui procurerait un sentiment de trouille indicible qui lui ferait perdre tous ses moyens, l'exposant ainsi à une indignité supplémentaire.

Au cours des mois qui suivirent, Isaac et Miranda durent

composer avec une réalité nouvelle. Le centre de gravité de leur association avait soudain disparu, rompant ainsi un équilibre précaire. C'est bien Walter qui les avait reliés l'un à l'autre et si son absence momentanée les avait arrangés alors qu'ils étaient nus sur le divan, la disparition définitive de cette masse autour de laquelle ils orbitaient les laissait cette fois désemparés.

Peu à peu Isaac comprit qu'il avait désiré Miranda parce qu'elle lui avait semblé insaisissable. C'est un sentiment de rivalité indicible qui l'avait animé. S'il se sentait maintenant libre d'agir à sa guise, délié de toute obligation, cette indépendance longtemps rêvée n'était rien qu'une déception. Ce qu'il avait cru être l'amour véritable, celui pour lequel on peut être amené à tout compromettre, n'avait été que l'apparence trompeuse et morale de la jalousie. N'éprouvant plus désormais le besoin de s'affirmer, il regardait Miranda comme un butin encombrant, car trop précieux pour être conservé sans crainte. Ce qu'il avait cru être de grands sentiments n'étaient en réalité que des réflexes de maquignon. Isaac avait voulu attirer l'attention des femmes comme Walter, susciter du désir comme Walter et regarder le monde depuis la position du dominant à l'image de Walter. Il craignait à présent qu'on ne lui ravisse celle qu'il avait lui-même dérobée, le vol l'ayant transformé en propriétaire angoissé. Bien sûr, ils firent de nouveau l'amour et jusqu'au bout cette fois, mais ce fut triste. Il ne pouvait cependant être question d'avoir tout compromis sans rien obtenir en échange. Ils étaient par conséquent comme ces joueurs qui parient encore et encore l'argent qu'ils n'ont déjà plus après avoir essuyé de grosses pertes et dans l'espoir vain de se refaire. Le sexe devint alors un enjeu transactionnel, car le fiasco de leur relation devait être contrebalancé d'une manière ou d'une autre. Isaac prétendait aimer Miranda qui feignait d'avoir du plaisir, non pour épargner la fierté de son partenaire, mais bien par amour-propre, car elle ne pouvait supporter l'idée de s'être trompée. Ils finirent par se quitter tout de même, comme on se retire d'une partie après avoir tout perdu. Il ne leur restait que le souvenir d'un grand gâchis, celui de la pensée magique qui faillit à sa mission et n'enjolive pas le réel, mais au contraire en aggrave les conséquences.

Ne pouvant retourner au lycée Saint-Louis où l'attendait sans doute Walter, Isaac avait abandonné sa classe préparatoire pour entrer à l'université et y poursuivre des études de sciences physiques. Sa rupture avec Miranda était venue comme un soulagement, puisqu'il n'avait jamais su y faire avec personne. Isaac se sentait aimable et pourtant mal aimé. Il préférait donc s'astreindre par le calcul à la description de corps élémentaires, dont la trajectoire imprévisible lui paraissait cependant moins aléatoire que celle des corps humains.

Après un doctorat en astrophysique, Isaac Bahir s'intéressa de plus près à l'œuvre d'Isaac Newton. C'est sans doute l'homonymie qui lui donna la légitimité de s'attaquer ainsi aux fondements mêmes de la science moderne. Un Isaac pouvait bien en cacher un autre. La loi de la gravitation universelle trouva donc en lui l'un de ses principaux détracteurs. Il marchait dans les pas de Mordehai Milgrom et refusait lui aussi de croire en l'existence d'une matière invisible qui expliquerait le mouvement des astres. S'appuyant sur la gravitation, la relativité générale était si bien vérifiée par certains aspects que ses défenseurs étaient prêts à tous les compromis pour en préserver le caractère sacro-saint. Comme chacun le sait, plus les corps sont éloignés les uns des autres et moins ils sont censés s'attirer, mais l'observation des galaxies dément pourtant cette assertion effectuée dès le XVIIe siècle. Les disciples d'Einstein, forts d'une théorie expliquant presque tout, ont donc inventé une mystérieuse matière noire pour expliquer ce phénomène. Cette masse énorme et invisible reste pourtant indécelable. De nombreuses expériences ont été menées pour identifier cette substance, qu'il s'agisse d'astres obscurs, ou bien de particules exotiques et néanmoins très abondantes, mais rien n'a jamais été trouvé. Les observatoires et les accélérateurs de particules ont été mis à contribution. On a même placé des détecteurs au cœur des montagnes dans l'espoir de découvrir de nouveaux corpuscules, mais en vain. Avec Milgrom, Isaac croyait plutôt que Newton s'était trompé, ou tout du moins que la gravitation théorisée par le scientifique britannique serait en fin de compte moins universelle qu'il n'y paraît. Ce qui peut sembler vrai à l'échelle de l'être humain, ou même du système solaire, le serait moins pour les galaxies et l'attraction entre les corps serait plus forte que prévu, notamment lorsque la distance qui les sépare est assez importante. Il n'y aurait donc pas de matière noire ou de masse manquante à découvrir. Il n'y aurait que des principes mal compris et des règles nécessitant d'être ajustées plutôt que des objets insensés et relevant de postulats invérifiables.

Milgrom et Bahir restaient pourtant des parias au sein de la communauté scientifique. On les appelait parfois les Guildenstern et Rosencrantz de la physique contemporaine, du nom des deux personnages qui trahissent Hamlet dans la tragédie de William Shakespeare. Il semble toujours plus facile d'inventer des curiosités que de remettre en cause ce qui tient maintenant du dogme. Dans quelle mesure ce parti pris était-il pour Isaac la conséquence de choix personnels ? Milgrom eût été surpris d'apprendre que son *partner in crime* était avant tout guidé par son passé et que la suppression du concept de masse manquante répondait chez lui à une nécessité psychologique. Il lui avait fallu vivre sans Walter, puis sans Miranda, et s'il y était enfin parvenu, c'est bien que le monde pouvait lui aussi se passer de sa béquille conceptuelle. La plupart des astrophysiciens souscrivaient à la pensée dominante qui consiste à tout attendre des générations futures. Au lieu de déplorer un déséquilibre évident de leur théorie, ils avaient foi en l'avenir qui se chargerait sans aucun doute de résoudre leurs difficultés d'aujourd'hui, car tout vient à point à qui sait attendre. La croyance quasi mystique en la continuité du progrès anesthésiait tout sens critique et poussait les chercheurs à remettre au lendemain la résolution de questions mal formulées. Isaac, quant à lui, se voulait iconoclaste, mais projetait sans s'en rendre compte sa propre vision du monde sur la réalité. Tous se croyaient cartésiens, mais souffraient en réalité de comportements irrationnels, car leur vie d'être humain, leurs problèmes quotidiens, leurs souvenirs et leurs rêves, leurs désirs mêmes, leurs craintes inavouables et leurs ambitions, leurs imperfections innombrables et leurs objectifs de perfection les empêchaient d'atteindre une vérité désincarnée qu'ils voulaient transcendante, plutôt que cohérente.

Miranda se retrouva seule et bien que sa rupture fût l'aboutissement logique d'un processus entamé dès le premier soir, elle eut soudain l'impression d'être à nouveau nue sur le paillasson. La fac d'histoire ne lui offrit pas la moindre distraction. Elle avait assumé seule la faute qui avait déboulonné Walter et si son affection et son sentiment de culpabilité étaient sincères, elle ne pouvait s'empêcher de penser à son ancien amant comme à ces statues de dictateurs qui gisent à côté de leur piédestal. Ce déchaînement de force brute avait été un aveu d'échec et si Walter avait changé d'avis, s'il s'était tourné de nouveau vers Miranda dans les jours ou les semaines qui avaient suivi, elle n'aurait pu le regarder de nouveau comme avant.

Isaac semblait avoir obtenu ce qu'il voulait, une correction dans tous les sens du terme, et cette modification de trajectoire, tout autant que les coups, l'avaient à la fois remis sur les rails dont il s'était éloigné, et l'avaient lavé d'une certaine manière de son passé encombrant. Le jour de l'éclipse avait été pour lui une libération inattendue. Sans le savoir, il s'était soustrait au joug de Walter. Il avait aussi évacué la question dévorante du désir par l'assouvissement de la pulsion. Si ce double affranchissement lui avait beaucoup coûté, il en ressentait tous les jours un nouveau bien-être et n'avait jamais eu l'intention de laisser Miranda prendre la place que Walter avait occupée dans sa vie.

Les années s'étaient accumulées, transformant la jeunesse en relique un peu surannée, comme ces fleurs conservées dans un herbier et qui perdent leurs couleurs et leur volume. Les souvenirs momifiés des uns et des autres témoignent longtemps après d'une cruauté devenue inexplicable. Les vestiges desséchés ne tiennent plus que par la pression du temps. Il suffit parfois d'un souffle pour tout éparpiller et rendre à la poussière les formes conservées avec piété. La mémoire ne permet pas toujours de rendre justice à ces formes du passé tant les restes ont évolué vers un état insoupçonnable. On distingue à peine certains détails qui justifiaient pourtant une conservation minutieuse, et il faut imaginer tout ce qui manque désormais pour avoir une idée plus ou moins juste de ce qu'on a été.

Miranda enseignait à présent l'histoire et la géographie au collège André-Malraux de Compiègne. Elle était redevenue Sabine, avait eu deux enfants avec Michel, un professeur de physique-chimie qui travaillait dans le même établissement. Durant les congés scolaires, ils séjournaient dans des résidences Pierre & Vacances en Bretagne ou dans les Alpes de Haute-Provence et ces escapades leur rappelaient un peu leur premier séjour à l'UCPA. Ils roulaient en Volvo d'occasion, habitaient un pavillon de banlieue coquet et sans prétention, entouré par des thuyas que Michel taillait à la fin du mois d'août. Si on le lui avait demandé, Sabine aurait répondu sans hésiter qu'elle était heureuse, ayant atteint une sorte d'idéal français, basé sur la famille, un confort standard et modeste, l'accession à la propriété. Toutefois, personne ne lui demandait jamais si elle était heureuse et elle se voyait maintenant vieillir à toute allure. À mesure que la date fatidique de l'éclipse approchait, elle prenait conscience qu'elle n'irait pas aux États-Unis comme prévu. Toutefois, la rupture impromptue n'avait pas véritablement dissous le pacte de Fécamp, car à ses yeux une promesse était toujours une promesse. Au fil du temps, elle avait imaginé que les souvenirs douloureux s'affadiraient, que tout serait pardonné, mais pas qu'on l'oublierait dans son faubourg à crever d'ennui. Cet environnement lui rappelait d'ailleurs, et par bien des aspects, le désespoir qui l'avait poussée à fuir Limeil-Brévannes. Elle savait maintenant qu'elle n'irait nulle part pour des histoires sordides d'argent, de congés scolaires et de contraintes familiales. Il fallait payer les leçons de piano du plus jeune, l'appareil dentaire de l'aîné, les traites de la maison. Le pire est qu'elle ne pouvait parler à personne de sa déception. Elle se voyait parfois de l'extérieur infliger à son mari des remarques et des coups bas destinés à compenser la médiocrité de sa propre existence. Sabine songeait souvent à cette férocité adolescente qui l'avait tant ébranlée autrefois, comme si les jeunes gens avaient eu besoin de se faire les griffes sur une période très ramassée, seule disponible pour s'entraîner à la dureté de l'avenir. Cette cruauté redoutée a pourtant une intensité que la vie perd par la suite et qui manquait tant à Sabine. Il lui arrivait par conséquent de se regarder dans la glace et de se gifler de toutes ses forces ou de s'enfoncer la pointe d'un stylo dans la paume de la main, dans l'unique but de ressentir encore cette douleur intolérable et de se sentir vivante. Le personnage de Miranda avait laissé un vide, alors même qu'il n'avait plus de signification pour personne, s'étant désagrégé avec le temps.

Lorsque les deux fils de Sabine s'étaient passionnés pour le programme spatial comme tous leurs camarades de classe et avaient punaisé des posters d'astronautes dans leur chambre, le passé avait ressurgi avec une violence inattendue. Walter était de nouveau là, comme un obstacle inévitable. Il était d'autant plus présent dans la vie de Miranda qu'il avait réussi la sienne. Elle s'était longtemps crue indispensable, au point que les autres ne pourraient sans doute rien obtenir sans elle. Ce stratagème lui avait permis de valoriser sa propre trajectoire. On ne veut pas découvrir sur le tard que ses anciens amants sont heureux, riches et bien portants. Miranda préférait les imaginer brisés par les regrets, incapables de surmonter une perte somme toute relative. Aussi avait-elle choisi de ne jamais chercher sur les réseaux sociaux à savoir ce qu'Isaac et Walter étaient devenus. Elle jouissait ainsi de leurs malheurs hypothétiques, se remontant le moral en les imaginant seuls et trop vieux pour plaire à qui que ce soit, contraints par la vie encore plus qu'elle ne l'était elle-même, limités à des postes subalternes. Elle n'avait pas besoin qu'ils soient malades, victimes de la violence sociale ou jetés en prison, car exprimer ce genre de désirs aurait constitué à ses yeux une forme de perversion. Elle se contentait fort bien d'un malheur minimum, à la fois supportable par les uns et assez gratifiant pour elle-même. Lorsqu'elle se laissait aller à ces rêveries un peu dévoyées, elle s'imaginait croisant Walter dans la rue. Ce dernier lui laissait entendre à demi-mot à quel point elle lui avait manqué. Au lieu de se jeter dans ses bras, comme elle en crevait d'envie, elle le regardait se languir, lui exposant par le menu sa propre réussite, lui montrant des photos de ses deux garçons alors qu'il n'avait pas d'enfant, lui parlant de ses responsabilités de professeur principal en classe européenne, alors qu'il était sans emploi, citant à tout bout de champ le nom de son mari, alors que Walter était bien sûr divorcé. Tout ce qui la frustrait dans sa vie quotidienne devenait alors un sujet de fierté pour elle-même et un objet d'admiration pour les autres, comme ses origines modestes restaient une souillure qu'elle prétendait pourtant avoir adoptée comme emblème. La scène était si plaisante, si gratifiante, témoignant de manière si parfaite d'un sentiment de revanche à la fois sexuel et social qu'il était arrivé à Sabine, à cette simple évocation, d'avoir un orgasme presque sans se toucher. Elle serrait alors les cuisses, étouffant un râle contre l'oreiller, tandis que son mari, qui lui reprochait souvent son manque de désir, dormait à côté d'elle en lui tournant le dos. Au fil des nuits, Walter devenait parfois Isaac. C'était la seule variante qu'elle s'autorisait.

La sélection finale des astronautes survint comme un coup de tonnerre dans ce monde chimérique qu'avait élaboré Sabine petit à petit. Soudain, il ne fut plus question d'échec ou de comparaison malsaine. Le véritable Walter fit son retour par la grande porte, évinçant d'un coup son double déprécié. Sans même le savoir, il priva Sabine de sa source principale de plaisir et l'expulsa de son propre fantasme, comme il l'avait déjà mise à la porte de chez lui une première fois.

Pour le commun des mortels, la réalité de la mission martienne ne devint perceptible que le jour où le SLS *Archimedes* fut enfin assemblé sur orbite et prêt à partir. Les astronautes passèrent alors du rang de fonctionnaires anonymes à celui de héros nationaux. Michel lui-même se passionnait désormais pour l'expédition, décomptant avec ses enfants les jours précédant la mise à feu du moteur VASIMR, profitant de l'occasion pour expliquer aux garçons son principe de fonctionnement magnétoplasmique. Jalouse de l'attention que sa propre famille accordait à Walter sans même le connaître et désireuse de grappiller ne fût-ce que quelques miettes de cette gloire soudaine, Sabine avait affirmé l'avoir connu du temps de ses études. Ainsi, elle avait bénéficié d'un regain d'intérêt, jouissant aux yeux de ses enfants d'une aura particulière. L'héroïsme supposé avait rejailli sur sa personne, mais elle souffrait en secret de n'exister à nouveau qu'à l'ombre du grand homme. Cette situation ajoutait en réalité à sa frustration et elle regrettait parfois de n'avoir pas su se taire. Son mari n'avait posé aucune question, suspectant toutefois une peine de cœur mal digérée. Il se méfiait d'autant plus qu'elle ne lui en avait jamais parlé auparavant. Bien sûr, les enfants en discutèrent à l'école afin de se mettre en valeur si bien que la rumeur se mit à enfler. On somma Sabine de s'expliquer, et lorsqu'elle confessa en salle des professeurs qu'elle avait fréquenté autrefois le seul Européen à se rendre sur Mars, elle fut aussitôt mandatée pour prendre contact avec lui au nom de tout l'établissement. Ses collègues se mirent à rêver de programmes pédagogiques et son proviseur d'une subvention particulière. Tout ce qui touchait à la planète rouge bénéficiait de l'attention des médias et des hommes politiques. Les petites municipalités se battaient par conséquent pour la paternité réelle ou supposée de la gloire nationale. On s'écharpait entre Plévenon et Mûr-de-Bretagne. Ainsi, les élus de Compiègne prirent aussi connaissance de la révélation. La relation insoupçonnée devint aussitôt un motif de fierté susceptible d'être exploitée à des fins politiques. Tous les maires rêvaient d'un jumelage entre leur commune et Houston. Enfin, le *Courrier picard* publia un article sur cette enseignante qui avait « bien connu » l'aventurier breton.

Les sous-entendus enflaient toutefois avec la rumeur et l'on prêtait maintenant à Sabine des penchants de Messaline. Le timide étudiant se serait lancé à corps perdu dans l'aventure spatiale afin d'oublier le souvenir d'une femme débauchée et dominatrice, préférant encore les dangers de l'espace à la souffrance amoureuse, comme autrefois les marins partaient en mer pour ne plus songer à leur femme infidèle. Sabine n'avait toutefois rien d'une Paimpolaise et n'avait même pas attendu le départ du pauvre Walter pour se jeter dans les bras d'un autre, l'honnête Michel se voyant ainsi rabaissé au rang d'amant diabolique. Soudain, tout le monde semblait avoir un avis sur la question et les réseaux sociaux servirent de caisse de résonance à cette clameur frénétique. La ville se divisa en deux camps. L'un soutenait cette administrée honorable, membre de la communauté et dont les anciennes relations pouvaient servir. On espérait toujours bénéficier d'une large couverture médiatique. Le maire portait donc à bout de bras la réputation de Sabine et de sa famille. On parlait même de l'érection devant l'hôtel de ville d'un monument à la gloire de l'épopée spatiale, une flèche en titane de cinquante mètres de haut qu'un artiste local et proche de la municipalité se proposait de bâtir contre une somme raisonnable. L'édile espérait bien que Sabine saurait persuader son ancien ami de participer à l'inauguration juste après son retour qui devait, selon ses calculs, coïncider avec les prochaines élections municipales. L'autre camp était constitué des parents d'élèves outragés par les mauvaises notes de leurs enfants, des petits commerçants délaissés au profit des grandes surfaces et des voisins envieux ou dérangés par un problème de haie, d'arbre mitoyen ou de permis de construire. Tous ceux-là croyaient dur comme fer à la perversité de l'enseignante, car cette version des faits les satisfaisait à plus d'un titre. Après tout, la littérature était déjà pleine de héros outragés, de femmes vénales, de déceptions amoureuses et de maris trompés. Bien sûr, on n'avait pas lu *L'Iliade* ni quoi que ce soit d'autre d'ailleurs, mais on connaissait quand même tout de la guerre de Troie, et puisqu'on avait vendu aux foules la figure d'un nouvel Achille, il leur fallait aussi une salope pour canaliser l'opprobre. Après tout, Sabine n'avait-elle pas cherché à capter l'attention de la presse et à en tirer profit, alors qu'elle n'était qu'une enseignante de seconde zone dans une petite ville de province sans histoires ? Bien sûr, on aurait toléré qu'elle ait un passé encombrant à la condition expresse qu'elle le dissimule comme tout un chacun. Après tout, les bourgeois fréquentaient bien les boîtes à partouze de la région sans que cela fasse de vagues. Dans ce petit monde, tout était permis à condition de respecter la discrétion et le silence. L'hypocrisie était de mise et s'affranchir de cette règle tacite apparaissait comme une faute impardonnable. Qu'elle ait blessé un type au point qu'il veuille s'enfermer dans une capsule pendant deux ans n'avait pas grande importance. On se souvenait un peu d'Héloïse et Abélard, des moines trappistes et des navigateurs en solitaire. Tout le monde avait commis bien pire, mais le promouvoir et tenter ainsi de s'extraire du commun ne pouvait être toléré sans une mise à l'écart. Au Moyen Âge, les villageois l'auraient accusée de sorcellerie et brûlée en place publique, mais l'ostracisme moderne était bien plus sournois.

Sabine et sa famille n'avaient pas résisté à la pression. Après plusieurs semaines de ce régime, le mari offensé s'était rangé du côté de la populace, reprochant à sa femme tout ce qu'il avait sur le cœur depuis des années, se servant ainsi de la rumeur pour expliquer le comportement de son épouse au fil du temps. Si elle n'avait jamais montré beaucoup d'entrain sexuel, c'est sans doute parce qu'elle songeait depuis toujours à un autre. Combien de fois d'ailleurs l'avait-elle trompé et avec qui ? S'il savait au fond que Sabine ne l'avait jamais trahi, sauf avec les fantômes du passé, l'impression n'en était pas moins douloureuse. Elle avait vécu dans un monde de souvenirs dont il était exclu. Étant l'objet d'une certaine commisération dans le voisinage et au collège, Michel avait préféré endosser le costume du mari bafoué plutôt que d'assumer une éventuelle complaisance. Il se devait d'être une victime afin de ne pas être coupable de quoi que ce soit. Les enfants, quant à eux, essuyaient désormais les quolibets de toutes sortes. On leur reprochait de la même manière d'avoir voulu se distinguer et si leur mère avait connu ce héros sans tache que tout le monde adulait, ce devait être d'une manière honteuse. La gloire de l'aventure ne pouvait retomber ni sur elle ni sur eux. Enfin, Sabine avait sombré petit à petit dans la dépression et bénéficiait maintenant d'un arrêt de travail que son médecin renouvelait tous les mois, ne sortant plus guère de chez elle. Au même moment, le vaisseau *Archimedes* avait quitté l'orbite de la Terre, en route pour Mars, emportant avec lui Walter Kerven, ignorant des malheurs de Miranda, mais songeant tout de même à elle dans le vide de l'espace. La longue traversée était peu propice au spectacle et donc à l'attention des chaînes de télévision. Petit à petit, les flashs spéciaux et les retransmissions en direct se firent plus rares, refluant vers des horaires accessibles aux seuls insomniaques, bouchant ainsi, et de manière très opportune, certains trous de la grille des programmes. La situation s'améliora pour Sabine durant cette période, mais les soupçons qui pesaient toujours sur elle se ravivaient à chaque fois que l'actualité le permettait. Son effacement était toutefois perçu comme un signe positif de contrition.

Peu importait qu'elle ait quelque chose à se reprocher du moment qu'on l'ait vue expier en public. Sous la pression de la foule, le maire avait même dû changer son fusil d'épaule, renonçant à son monument grandiose. Il trouverait bien une autre occasion de valoriser son mandat, même si la venue du héros à Compiègne resterait toujours à ses yeux une superbe occasion manquée. On ne pouvait s'opposer à la vindicte populaire sans risquer de la subir à son tour et son soutien à Sabine, en perdurant au-delà du raisonnable, lui avait déjà coûté de précieux points dans les sondages. La conquête de Mars avait des conséquences inattendues.

J'étais comme suspendu, perdu dans des limbes, détaché une fois encore de ma vie véritable. J'absorbais ce qui m'était présenté, l'intégrant comme la seule et unique vérité, sachant cependant que l'ordre des permutations ne peut être infini, car il est contraint par la durée totale de l'éclipse. L'énergie déclinante alimentait encore la machine. J'en avais maintenant fini avec Miranda. Benedetti et Walter se tenaient toujours au bout du quai et, bien que mon contrôle sur la situation ait été nul, comme un spectateur privé de sa télécommande, j'avais toutefois l'impression qu'ils avaient attendu mon bon vouloir pour reprendre leur déambulation nocturne. Le déroulement du temps semblait assujetti à ma propre vision, s'interrompant lorsque je détournais le regard ou m'intéressais malgré moi à un autre aspect de la même histoire.

– Rentrons, déclara soudain Walter. Il commence à faire frais.

Et les deux hommes firent demi-tour, Walter ayant posé sa main sur l'épaule de Benedetti. Ils rebroussèrent chemin sans avoir jamais atteint cette fameuse lumière verte qui les avait pourtant attirés à l'extrémité de la marina, comme étant le bord vacillant de leur monde. La baie des Anges valait bien East Egg après tout et Valles Marineris avait pris la place de la vallée des Cendres. *On ne fait pas revivre le passé ?* s'était demandé Gatsby incrédule. *Mais bien sûr que si !* avait-il conclu. Benedetti raccompagna Walter jusqu'à l'appartement, puis prit congé comme chaque nuit, étant lui-même devenu un visiteur du soir. À l'écoute de son interlocuteur, une idée étrange avait toutefois germé dans son esprit et comme il devait rentrer à Paris pour quelques jours afin d'informer son éditeur de ses progrès, il décida de s'offrir un détour afin de satisfaire sa curiosité et de parfaire son travail.

Le ciel était zébré au-dessus de Fécamp et le port balayé par des averses ponctuelles, ce qui justifiait amplement l'achat de pull-overs Saint James ou de coupe-vent Armor-lux au Comptoir de la mer. Les touristes s'y pressaient déjà comme dans un refuge lorsque Éric Benedetti fit son entrée. On se surprenait à la caisse à parler du mauvais temps et du mois d'août qui n'était plus ce qu'il avait été, se référant ainsi à un passé indéterminé et mythologique, celui de la pêche à la morue sur les bancs de Terre-Neuve, ou de l'invasion de l'Angleterre par Guillaume le Conquérant. Un front plus sombre que le précédent s'avançait à l'assaut de la plage de galets et les hôteliers pestaient contre une saison pourrie. Bref, rien n'avait changé dans ce petit port de pêche depuis la dernière visite de Benedetti, à l'exception de l'éclipse qui était devenue le nom d'une crêperie. Le palais Bénédictine dominait toujours la colline, avec ses clochetons tarabiscotés, sa façade néo ceci et ses fenêtres néo cela. Dans ce bâtiment, tout ce qui avait semblé ancien sans l'être vraiment l'était enfin devenu, et jusqu'à l'art qu'on appelle pourtant *nouveau*.

Benedetti traversa le grand bassin, longea le quai Guy-de-Maupassant puis se lança à l'attaque de la falaise par la route du Phare. Il ne tarda pas à trouver l'endroit que lui avait décrit Walter Kerven, car un trou dans la glissière de sécurité indiquait toujours un passage dans les hautes herbes qui entouraient le sémaphore. La mer en contrebas prenait des allures de lagon corallien à mesure que le ciel s'obscurcissait avant l'averse. Les falaises paraissaient plus blanches qu'à l'accoutumée et toutes les couleurs de la côte, pâles et diffuses comme les avaient aimées les peintres, se chargeaient d'un contraste inhabituel. Éric n'eut pas à chercher bien longtemps. Le rocher formait comme une sorte de jetée suspendue entre ciel et terre. Il tourna le dos à la mer et, les mains dans les poches, se mit à écarter les herbes du pied à la recherche d'un indice. De la sorte, il eut l'impression d'être Long John Silver dans *L'Île au trésor*. Ce sentiment exaltant était contrebalancé par une forme de culpabilité. Pourquoi était-il venu jusque-là ? Pour s'assurer que le récit de Kerven était authentique, ou bien pour s'emparer d'un butin quelconque ? Il y avait quelque chose d'un peu gênant dans sa démarche. Il en avait conscience. S'agissait-il de scepticisme ou d'une avidité malsaine ? Il n'était pas capable d'opérer un tri entre ses différentes motivations qui ne lui semblaient pas antagonistes, mais plutôt consubstantielles. Il avait pourtant éprouvé le besoin de traverser une partie de la France pour en avoir le cœur net. L'histoire de Kerven l'avait sans doute touché d'une façon plus profonde que prévu, mais que ferait-il du trésor perdu de la jeunesse si jamais il le trouvait ? Le remettrait-il à sa place après l'avoir étudié, comme certains pêcheurs, satisfaits de leur exploit, rejettent leur prise à l'eau ? S'agissait-il de l'orgueil du biographe qui découvre un détail enfoui et décide pourtant de ne pas l'utiliser, jouissant de sa trouvaille de manière égoïste ? Il n'avait pas réfléchi à tout cela et pensait qu'il prendrait sa décision au dernier moment. Encore fallait-il trouver quoi que ce soit. Toutes ces pensées se heurtaient à mesure que l'excitation grandissait, mais il n'eut pas l'occasion de trancher. Son pied balaya une touffe d'herbe déjà couchée et qui semblait avoir été piétinée, dissimulant un trou béant qui ne pouvait être dû au hasard ou aux intempéries. La terre retournée était encore fraîche. De trésor, il n'y avait plus la moindre trace, comme dans les véritables récits de pirates. Benedetti se demanda tout de même qui, d'Isaac ou de Miranda, était venu juste avant lui à l'approche de l'éclipse, car dix-huit ans et dix jours s'étaient maintenant écoulés. Il n'y avait sur la mer que le reflet des nuages menaçants. On n'attendait plus la venue des astres, les ombres reptiliennes ou les couleurs morbides qui annoncent une transfiguration, mais quelque part ailleurs, un phénomène identique était sur le point de se produire à nouveau, similaire en taille et en durée, marquant ainsi la perpétuation d'un cycle immuable et qui échappe aux préoccupations des hommes.

À travers tout le continent américain, des curieux par millions allaient s'extraire de leurs tâches quotidiennes et se sentir arrachés à eux-mêmes par la masse des astres en suspension au-dessus de leur tête. Ils étaient sur le point de flotter à l'intérieur de leur propre corps. Certains imprudents perdraient la vue par ignorance ou par bravade. Ils regarderaient le Soleil en face en voulant voir une ombre et se brûleraient les yeux, vivant ensuite dans un monde de ténèbres. Certains entendraient même de la musique, mais tous percevraient la notion d'infini au point de ne pouvoir réintégrer l'étroitesse de leur vie par la suite. Ils prieraient, rejoindraient des sectes apocalyptiques, entameraient des carrières scientifiques, mettraient le feu à des effigies au beau milieu du désert, iraient dans l'espace en tant que touristes fortunés afin de toucher du doigt la rotondité de la Terre, tueraient des animaux sauvages en guise de sacrifice à une divinité quelconque, se tueraient eux-mêmes sur la route en percutant la pile d'un pont, boufferaient, baiseraient, spéculeraient, vivraient dans la rue, piloteraient des drones, lanceraient les dés à Las Vegas afin de discréditer à la fois Einstein et Mallarmé, croiraient en un dieu bienveillant tout en appuyant sur la gâchette de leur Smith & Wesson, adoreraient des idoles et prendraient leur retraite en Floride, mais aucun n'oublierait jamais que la Lune était entrée dans sa vie d'une manière physique et inattendue.

Cette fois, il n'y eut pas de transition ou de diminuendo. Le spectacle des ombres sur la paroi de la grotte s'interrompit d'un coup sec, comme les flammes vacillantes d'un flambeau donnent vie aux peintures pariétales puis s'éteignent tout à coup faute de combustible. L'ombre de la Lune avait quitté la surface de la Terre pour se perdre dans l'espace et la machine d'Archimède, privée de son unique source d'énergie, avait cessé de fonctionner. Tout cela n'a duré que le temps d'un contact physique, celui d'une caresse entre les astres, d'un baiser. Le dernier saut temporel avait été plus court que les précédents et j'avais senti venir la fin de l'expérience, l'intensité des visions diminuant petit à petit, mais je ne retrouve pas pour autant le laboratoire que j'ai quitté.

Je suis à nouveau là, sur cet éperon rocheux et cerné par la mer, comme l'étrave d'un navire immobile. Miranda et Walter se tiennent à mes côtés. La boîte de biscuits gît au fond de son trou, mais il ne s'agit plus d'une représentation donnée à mon unique intention, *a morality play* dont le sens serait fourni par le spectateur plus que par les comédiens, mais du cours de ma vie qui reprend à un moment que j'ai pourtant déjà vécu et dépassé depuis longtemps. Je comprends maintenant ce que sont devenus l'archéologue Jean-François Lemonnier et le caporal Émile Rivoire, disparus de leur époque respective et revenus dans une autre, prisonniers de leur propre boucle temporelle de dix-huit ans et dix jours. Il leur appartient désormais, comme à moi, d'infléchir le cours de leur vie afin de ne plus revenir en arrière, ou bien de vivre encore et encore la même période jusqu'à ce qu'elle soit bien accomplie, comme un exercice de style, une figure imposée. Je suis une nouvelle fois le jeune homme que j'ai été, avec quelque chose de plus cependant, la mémoire d'une vie déjà vécue et restant pourtant à accomplir. Cette expérience que j'ai conservée n'entrave pas la joie pour autant, car mon corps est vif et souple et c'est lui en fin de compte qui anime tout le reste. Moi qui n'ai pas su apprécier ma jeunesse et qui voulais mûrir le plus vite possible afin de me débarrasser des obligations de l'enfance et de l'adolescence, je me vois condamné par une machine cassée à revivre tout cela pour de bon, après avoir vu ce que je pourrais en tirer. Je devrais me sentir victime d'une mauvaise farce et me mets soudain à pleurer, mais les larmes qui coulent à présent sur mes joues sont celles d'un bonheur inconcevable. Je déborde, je m'épanche, tant cette impatience que je méprisais de manière rétrospective est en réalité une ivresse de chaque instant que je ressens dans ma chair. Les corps flottants qui passaient devant mes yeux ont maintenant disparu et j'ai l'impression de voir le monde pour la toute première fois. Je cherche à dissimuler mon trouble de peur que mes compagnons ne se moquent de moi, mais je les vois attendris, retenant eux aussi leurs larmes avant de me prendre dans leurs bras. Se pourrait-il que cette jalousie et cette compétition que j'ai toujours imaginées entre nous ne soient rien d'autre que le fruit d'une illusion, une de plus, et que mon attitude envers eux ait donc été injuste? Ils pensent que je pleure sur le cadavre de la jeunesse, alors que je pleure de joie à l'idée de l'avoir enfin retrouvée. Ils ne pourraient comprendre tout à fait ce que j'éprouve, même si je le leur expliquais. Que vais-je devenir à présent et que ferais-je subir à mes amis par maladresse, ou par amour? Comme un romancier passe son temps à considérer les options, à imaginer les répercussions de telle ou telle action sur l'intrigue, je me vois offrir la possibilité de choisir ma voie en connaissance de cause. Je suis à même de tout réécrire en sachant ce qui pourrait arriver, sommé de choisir, investi de cette responsabilité considérable. Et si l'inconscience m'a donné jusqu'ici la force de blesser les autres, la clairvoyance dont je dispose désormais m'empêche de causer du tort à qui que ce soit tout en sachant pourtant qu'il n'y a pas de bonne solution. Le bonheur des uns s'obtient toujours au détriment des autres. Je crois, enfin, que cette dernière version de moi-même, que je peux maintenant choisir de devenir, avait sans doute raison. Je me suis trompé de route au fil des années et si je me suis éloigné des gens que j'aimais, le cours de ma carrière s'avère aussi être une impasse. Il est bon que mon détecteur de particules exotiques soit resté dans le laboratoire souterrain à bas bruit, là-bas du côté de Rustrel, car de toute évidence il n'y a pas de masse cachée. J'ai cherché au cours de ma vie la manifestation d'une présence qui a toujours été là. En réalité, rien ne manque à l'appel et c'est juste l'attraction entre les corps qui s'avère plus forte que prévu, surtout lorsqu'ils sont éloignés. En définitive, si « Einstein a avalé Newton vivant », suivant la formule de l'écrivain James Blish, c'est donc qu'il s'est empoisonné sans le savoir. Tout mon système de pensée, qu'il se soit agi de la physique ou de l'amour, reposait en réalité sur une conception erronée, pour ne pas dire une imposture. Je prends Miranda dans mes bras et la serre fort contre ma poitrine. J'en profite pour lui glisser à l'oreille : « Ne change plus jamais de nom. Tu l'as mérité celui-là. Tu seras toujours pour moi la fille du magicien Prospero, la cinquième lune d'Uranus, cet astre inaccessible et brillant dont un seul hémisphère a été cartographié ». Bien sûr, elle ne comprend pas un traître mot à mon charabia et met ce délire touchant sur le compte d'une émotion mal maîtrisée, ce en quoi elle n'a pas tout à fait tort. Si Walter a usé de son ascendant sur moi, c'est que je l'ai bien voulu. Je l'ai laissé faire parce que cela m'arrangeait et ne peux aujourd'hui lui en vouloir. Ne l'avais-je pas compris la première fois qu'il avait enfoui son couteau dans la boîte? C'est qu'il avait déposé les armes devant moi et enterré la hache de guerre. « C'est fini, me murmure Miranda, l'éclipse est terminée », comme une mère rassure son enfant après un cauchemar et sans savoir à quel point ce qu'elle déclare est vrai, tant l'éclipse que j'ai vécue encore et encore, prenant son pouls, ressentant son rythme jusque dans les battements de mon cœur a maintenant cessé de m'influencer, me laissant là, pantelant et heureux au bout de la jetée. Je revois Miranda berçant Joshua dans un demi-sommeil. Je la revois penchée sur le corps de l'enfant mort sans comprendre tout à fait qu'il est le sien, mais le ressentant tout de même par-delà le temps, l'espace et la raison.

Je la revois violentée dans ce grand appartement. Serais-je assez fort pour empêcher que tout cela n'arrive sans rien détruire? Je pense à Walter et au lycée de Compiègne, à son corps sanguinolent sur le tapis du couloir, à mon propre corps ayant pris sa place dans la même position prostrée, comme les deux faces d'une même médaille, preuve que certaines choses doivent s'accomplir quoi qu'il en coûte et quels qu'en soient les protagonistes, ces derniers étant parfois interchangeables. Je ne peux m'empêcher de lui déclarer : « Quel grand héros tu vas devenir! Je sais que tu iras sur Mars » même s'il me semble de plus en plus difficile de concilier tous les aspects positifs de nos destinées parallèles. Ils éclatent alors de rire, surpris par mon côté prophétique et larmoyant. Ils n'y comprennent rien, mais sentent pourtant qu'il est en train de se jouer quelque chose qui les dépasse. Il faudra sans doute que je lâche du lest, que j'admette malgré moi une certaine dose de souffrance tant celle-ci me semble inévitable, et ce, sans savoir où se situe le curseur, la limite acceptable, ou même s'il en existe une. Il doit bien y avoir un avenir commun que nous pouvons choisir. Enfin, je songe à Éric Benedetti qui ne se tient pas sur la falaise à nos côtés. Miranda et Walter ne le connaissent même pas et pourtant, il m'apparaît de manière de plus en plus évidente comme le témoin objectif de notre histoire, « l'aède de la cour du lycée », le barde qui chantera notre légende et nos petites lâchetés, sans qui nous ne serions que des marottes dérisoires. Mes compagnons font maintenant mine de partir. L'autorail pour Paris et la vie en général les attendent, mais je les arrête d'un cri : « Attendez-moi! » Ils s'arrêtent alors net, coupés dans leur élan et rebroussent chemin, contrits de m'avoir oublié l'espace d'une seconde. Le ciel est clair. Les mouettes planent au-dessus de nous en silence et je prends la mesure de cet instant, car je sais comme personne que les souvenirs ne se commandent pas, ne se distinguent en rien des autres moments de la vie, sinon par la trace invisible qu'ils laissent derrière eux et qui ne se révèle qu'avec le temps. Ce moment parfait est toutefois une exception à la règle. Puis je recouvre la boîte d'une poignée de terre lancée sans tristesse aucune, car je sais avec une certitude inébranlable que ma vie consistera désormais à revenir la chercher.

Ce 424e titre du Dilettante a été achevé d'imprimer à 1515 exemplaires le 5 mai 2023 par l'Imprimerie Floch à Mayenne (Mayenne). Il a été tiré, en outre, 13 exemplaires sur vélin rivoli blanc, numérotés à la main. L'ensemble de ces exemplaires constitue l'édition originale de « Les Corps flottants », de Mikaël Hirsch.

Dépôt légal : 2e trimestre 2023
(102616)
Imprimé en France